光文社文庫

波風

藤岡陽子

光　文　社

目次

波風

久保山《くぼやま》医院の前に散り積もった桜の花びらを箒《ほうき》で集めていると、

「カ、ト、モ」

と呼ぶ声が背中から聞こえてきた。加藤朋子《かとうともこ》という自分の名前を、そんなふうに短縮する人はひとりしかいない。振り向くと桜の樹にもたれかかるような姿勢で、田畑美樹《たばたみき》が立っている。

「美樹？」

私は目の前に現れた友人の姿に、年甲斐もなく大きな声を出し、手に持っていた柄の短い箒をポロリと地面に落とした。

「漫画みたいなひとコマだね」

美樹は笑うと、

「仕事が終わるの待っててていい？　カトモに頼みごとがあるのよ。最初で最後、一生に一度きりの私からの頼みごと」

と歩み寄ってくる。美樹は看護学校時代からの腐れ縁で、前に会ったのは私の送別会だから、かれこれ五年になるだろうか。それなのになんの遠慮もなく、昨日の続きのように話しかけてくる。その感じがなんとも彼女らしい。

「どうしたの突然。そんなたいそうな頼みごとなんて、何がなんでも断りたいよ」

啞然《あぜん》としている私の代わりに、美樹がちりとりに溜まった花びらをビニール袋に入れていく。枯れた茶とピンクが混じる花びらが、彼女の白い手によって瞬《またた》く間に小さく集められた。

「じゃ、仕事終わったら携帯に連絡ちょうだい。番号変わってないから。私はてきとうにこの辺を散歩してるわ」

美樹は私の質問に答えないまま袋の口をしばり、意味深な笑みを口元に浮かべて片手を上げる。その笑顔につられるように頷《うなず》くと、彼女は白のトレンチコートの裾を風で膨らませて、桜並木を歩いて行った。


これからどこかへ出掛けるのも面倒なので、夕食は私の家で宅配のピザを注文することにした。私が暮らす賃貸マンションは、久保山医院の目の前にある停留所からバスに乗って、十五分ほど走ったところにある。職場に近いことと、大きなスーパーが歩いて一分のところにあるという理由だけで決めた、なんの取り柄もないありきたりの住まいだ。

「本当にどうしたの？　頼みたいことって何？」

玄関のドアを開けて入るなり、私は美樹に詰め寄った。彼女は犬がふんふんと匂いを嗅《か》ぐように顔を動かして、部屋の様子を窺《うかが》っている。

「まあまあ。慌《あわ》てない、慌てない」

「だって驚くよ。連絡もなく訪ねてきて、何かあったのかなって」

美樹は看護学校を卒業してからずっと、同じ系列の大学病院の手術部に所属している。今年で三十四歳になるから、勤続年数でいうと、もう十三年になるのだろうか。私は大学病院を五年前に退職した後、久保山医院に再就職し、今はカルテの日付が変わるぐらいで、さしたる変化もない毎日を送っている。

電話でピザの注文をしている間、美樹はバッグから取り出したタブレットをテーブルに置いて熱心に操作していた。年を経ても変わらない彼女の美しい横顔に目を向けつつ、既婚者の彼とはまだ続いているのだろうかと思う。

「そうそう、そういえば今日の明け方に最低なオペがあってね。午前四時頃、緊急で」

注文をすませてテーブルにつくと、美樹が切り出した。オペの話よりも、彼女が訪ねてきた理由が知りたくてたまらないのに、ついついペースに巻き込まれていく。

「最低なオペって？」

「今日は平和な当直だったわ、と感慨に耽《ふけ》りながら休憩室でカップラーメン食べてたら、膀胱が破裂した中年男が救急車で運ばれてきたのよ」

「膀胱破裂？」

「そう。なんだよぉって感じでしょ？　膀胱破裂するまでオシッコ我慢すんなよぉって」

美樹は下腹部に手を当てながら苦笑いする。

「その中年男がいよいよストレッチャーに乗せられて手術室に運ばれるって時にね、男の妻らしき女が病院に駆けつけて来て絶叫したのよ。『あんたなんか死んじゃえばいいのよぉー』って。周りにいた人間はそりゃもう呆然よ。手術棟に響き渡るくらいの大声なんだもん。でもね、絶叫の理由を後で知って、なるほどと思ったわよ。……なんだと思う？」

美樹がニヤニヤしながら訊いてきたので、私は「さあ」と首を傾げた。

「どこかのホテルでそういうプレーをしてたらしいのよ」

「プレーって？」

「オシッコ我慢するのが快感、ってやつ。それで破裂しちゃったんだって。そりゃ妻も怒るわよね。夫がばかなことして、しかも夜明け前に病院に呼び出されて。あたしもね、膀胱のオペに付きながら、なんかとてつもなく虚しくなってきたわよ。長年この仕事やってるけど、昨夜はワースト3に入る夜勤だったわ」

肉体の疲労と精神の摩耗でいっきに気分が落ち込んだと美樹は舌打ちをしながら笑った。

そして、ひとしきり笑った後、表情を冷たく硬くし、

「小林《こばやし》師長、亡くなったの」

と呟《つぶや》いた。

「昨日お葬式だったの。病院近くの増上寺《ぞうじょうじ》で」

美樹が自分の手元を見つめるようにして、小さな声を出す。

「うそ……」

「ほんとよ。あたし、夜勤の前にお葬式に出てきたの。看護学校の先生もほとんど全員が来てた」

「小林師長って、小林優子《ゆうこ》先生のことだよね」

仕事柄、人の死には慣れているつもりなのに、のどが詰まり声が掠《かす》れた。

「うん、優子先生」

手元に落としていた視線を私の顔に戻して、美樹はため息をつく。小林先生は手術部の師長で、過去には私たちの看護学校の教員でもあった。病院に長く勤めた後、看護教員として教鞭《きょうべん》を執っていたのだが、やっぱり現場が好きだからと再び病院に戻った人だった。

「なんで？　だってまだお若いでしょ」

「若く見えても、この春で五十六だったのよ。今年の二月に入って体調が悪いからって休んでたんだけど、さほど重病とは思ってなかったの、みんな。二週間ほど前の花見には、テレビ電話で話もしたしね。胃癌だったの」

見舞いに行った時、美樹にだけ自分がもう末期であることを教えてくれたのだという。他の人には黙っていてほしいと口止めされ、誰にも話せなかったのだと。

「小林先生、そんなに悪くなるまでどうして放っておいたのかな？　自覚症状あったでしょう」

「胃癌の自覚症状って、ただの疲労と似たところがあるじゃない。小林師長のことだから無理してたんじゃないかな……もともと我慢強い人だから」

ほとんど人を褒《ほ》めない美樹が、唯一尊敬していたのが小林師長だった。相手が教授であろうと准教授であろうと、言うべきことははっきりと口にする人で、未熟な技術で執刀している医師がいれば、「手術室は練習場じゃないですよ」と啖呵《たんか》を切り、「あなたには無理だから別の先生に代わってください」と叱り飛ばした。誰に対しても容赦のない彼女の存在は煙たがられもしたが、私たちが知る限り、小林師長がついたオペに事故はなかった。

過酷な業務のせいか、手術部に配属になった看護師の多くは異動を希望し、心身の弱い者は退職すらしていく。そんな中で、十年以上も手術部一筋でやっている美樹や小林師長といった看護師は希有《けう》な存在で、同じ場所に長く留まる者同士の信頼や連帯感が互いにあったに違いない。

「昨日がお葬式だったなんて、全然知らなかった。言ってくれればよかったのに」

「いいのよ。式に出ても小林師長と話せるわけじゃないんだし」

美樹がわざと明るい声を出す。冷蔵庫の中のビールがなくなったので、私は置き場所がなくて本棚の隙間《すきま》に立てて保存していた泡盛《あわもり》の瓶を持ち出し、テーブルの上に置いた。

「偉大な先輩への弔い酒ってことで」

美樹はグラスを持ち上げ、私も頷く。

「カトモぉ。あたしさ、いろいろ考えちゃったよ。さすがに」

アルコール度数の高い泡盛を、ビールと同じペースで飲み続ける美樹が、酔っ払いの口調になってくる。もともと酒に強い方ではなく、彼女が酔いつぶれる様をこれまでに何度となく見てきたが、今日は黙認するつもりでグラスに泡盛を注ぎ足した。

「いろいろ考えてさ、考えて考えて、一つだけ考えがまとまったのよ。それはね、死ぬ時には後悔したくないってことよ。そのためには自分を抑えて生きるばかりじゃだめなのかなって」

美樹はそこまで言うと、突然立ち上がり「コンタクト外してくる」と洗面所へ向かった。気分が悪くなったのだろう。トイレのドアを開ける音がする。私はトイレの流水音を聞きながら、小林師長と最後に飲んだ夜のことを思い出した。大学病院を退職する時、美樹が主催してくれた送別会に小林師長も顔を出してくれた夜のことだ。

仲のいい看護師が数人集まり、新橋《しんばし》の焼き鳥屋でたらふく飲み食いした後、路地をいくつか曲がって迷路の行き止まりのような場所にある寂れたスナックの二階を借り切って歌った。みんな仕事帰りだったり、日勤を終えてからいったん家で休んで出て来てくれたりと疲労しきっているはずなのに、階下の客から苦情が出るほどの大声で店内に昭和ソングを響かせた。

人生が甘くないことを十分に知っているくせに、先のことはわからないという無茶な若者のように振る舞っていた。自分たちがいなければ、病院の看護組織は成り立たないという自負と裏腹に、実際の仕事のキツさの中でやめどきを窺っている。自分の生き方を肯定する思いと否定する思いのやじろべえは、日替わりでその重心を左右どちらかに片寄らせた。そうしたひりひりした思いを抱えた同僚たちの中で、小林師長はその夜もただ静かに座り、いつものようにすべてを受け止めたような笑みを浮かべていた。

「柔軟にやりなさいね。幸せの形に合わせて、自分の形も変えられるように。加藤さんはそういう生き方をしなさいよ」

会もお開きになる頃、たしか小林師長はそんな言葉で送り出してくれた。あの時はまさか、それが最後の会話になるなんて思ってもいなかった。

「あたし、やめようかな、病院」

トイレから戻ってきて幾分正気を取り戻した美樹は、グラスの中の氷を奥歯で嚙み砕いていた。

「小林師長がいなくなったら、オペ室も変わっちゃうだろうし」

「もったいないじゃん。ここまで頑張ってきたのに」

「頑張ってきたからやめるの。エイズにB型、C型肝炎、梅毒に結核……患者の感染症に、いつ自分もうつるかわかんないのに毎月三十万そこそこの給料で働いてさぁ。休日には勉強会に駆り出され、残業代なんかもまったくつかず、それでもやってこられたのは気概みたいなのがあったわけだけど、それももう限界かも」

瓶に残る泡盛の最後の一滴まで飲み干すために、瓶の底をぺちぺちと叩きながら美樹が表情を消す。

「あたし、このまま頑張り続けることが怖くなったみたい。仕事も恋愛もいったん終わりにしたいって切実に思うの」

「仕事っていうのはわかるけど、恋愛まで、なんで？　彼と何かあったの？」

私は、美樹の恋人の顔を思い浮かべる。彼女がつき合っているその人は、呼吸器外科の次期教授と噂される医師で、仕事においても人間関係においても如才なく、その立ち振る舞いが紙芝居のページを引き抜くように、場の空気を一変させるような人だった。美樹が魅《ひ》かれる気持ちはわかるが、自分なんかは足がすくんでしまい、まともに目も合わせられないタイプの人種だ。

「小林師長が亡くなった時、彼がなんて言ったと思う？　あんなに頑張る必要なんてなかったのにな、だって。あたしね、彼のその言葉を聞いて、悔しかったの。悔しくて、悲しくなった。だって小林師長は頑張るしかなかったんじゃないの？　師長を頑張らせてたのは、周りのみんなじゃない？　それをそんな……。彼がひどく冷酷な人間に思えた。というか、冷酷な人間だってこと、ようやく認める気になったのかもしれない」

テーブルの上に両方の肘《ひじ》を立て、美樹が掌で頬を支える。

ひと回りも年上の、妻子のある男を好きになって関係を持ち、もう十年という歳月が過ぎてしまった。自分はこれまで相手に何も求めずにやってきた。好きという気持ちや一緒にいられることが何より重要だと考え、彼にとって居心地のいい場所であり続けた。彼の妻は何年も前から自分たちの関係に気づいているし、気づいていて無関心を装っている。妻は夫と揉《も》めることも、離婚することも望んではいなかった。だからこそ自分たちはこんなにも長くつき合ってこられたのだが、今となってはそれが良かったのかどうかわからないと、美樹は力のない声を出す。

「決して穏やかな十年ではなかったのよ。私も、きっと彼の妻も。それなりに苦しくて、それなりに頑張ってきたんだと思う。何も求めていないようなふりをしてきただけ」

自分がこれまでいろんなことを我慢してきたのは、彼のことを思いやってのことなのか、ただ臆病なだけなのか、はたまたその両方か、それはよくわからない。

でも、自分のこれまでの人生はただ諦《あきら》めたように凪《な》いでいるのだと、美樹はつまらなさそうに笑った。

「ねえカトモ。私ね、どうしても欲しいものがあるのよ。それを手にするために、カトモについて来て欲しい場所があるの。一人ではとても行けそうにないからカトモと……。それがあたしの頼みごとです」

椅子に座り直して姿勢を正した美樹が、真剣な目を向けてくる。

「欲しいものって？」

「それは……まだ言えない」

「それじゃ、わけわかんないよ」

「そう簡単なことじゃないのよ。足がね、震えるくらい勇気がいることなの。だからカトモについて来て欲しいって思ったんじゃない」

美樹はじっと私の顔を見ていたけれど、やがて視線をテーブルの上に落とした。こんな目をして人に頭を下げる美樹を、初めて見る。

いつもいつも、この人はみんなから頼られて……。頼まれて任されて、さも簡単に引き受けたような顔をして笑っていた。

「わかったよ。私はついて行くだけでいいんでしょう。何もしなくてもいいんだよね」

だから、そんな彼女が「足が震えるくらい勇気のいる」ことにつき合ってあげてもいいかという気になった。何をやっても鈍くさい自分を、これまで何度も救ってくれた友人の願いを、ひとつくらい、聞いてもいいんじゃないかと。


美樹との約束は、春を過ぎ、初夏になってようやく守ることができた。看護師がひとりしかいない久保山医院で休みを取るのは難しく、彼女のたいそうな頼みごとは「沖縄に行く」ということだけを伝えられ、内容は不明のまま三カ月間も持ち越された。

「おはよう。早いね、カトモ」

早朝六時という時間にもかかわらず、私も美樹も待ち合わせの十五分前には羽田空港に着いた。

私よりわずか二、三分遅れでやって来た美樹は化粧も完璧で、着ている服もいかにもリゾートへ出かけますといった袖のないワンピースだ。

「美樹らしいやる気を感じるね、その服」

とからかうと、美樹は「カトモも」と私の首に巻いていた鮮やかなオレンジ色のスカーフをぐいと引っ張る。そういえば美樹とは学生時代からずっと友達だったのに、一緒に旅行するのはこれが初めてだ。

「あの娘たちも同じ飛行機ね、きっと」

搭乗手続きをするため航空会社のカウンターの前に並んでいる時、美樹が前方に並ぶ集団に目をやった。

「そうだね。ずいぶん若いねぇ」

ほとんど下着のようなタンクトップから滑らかな肌が露出し、日に焼けた肩には流行のタトゥーが目立つ。

「入れ墨なんていいことないのに。施術用の針も使い捨てでなければ危ないじゃないねぇ。針の使い回しでエイズやC型肝炎がうつるってこと知らないのかな、まったく」

薄手のカーディガンを手提げバッグから取り出し、肩を隠すように羽織りながら美樹が呟く。

「入れ墨じゃなくてタトゥーって言わなきゃ」

私はスカーフの結び目がおかしなところにきていないか確認しながら、美樹の耳元で囁《ささや》き返した。こうして若い娘の集団を目の当《ま》たりにすると圧倒される。若者特有の落ち着きなさや不安定な、それでいて絶え間なく外に向かって発散しているエネルギーにあてられてしまい、彼女たちの目にできるだけ留まらないように、話題の的にされないようにと構えてしまうのだ。はしゃぐ姿は子供や若い人たちだけに許されるような気がして、私は浮かれて緩んでいた自分の顔を、つと引き締めた。

「さ、カトモ。行くわよ」

心の中の呟きが聞こえたのか、美樹が耳元で声をかけ、唇の片端をあげて強気な笑みを浮かべる。

羽田発六時半の飛行機は、時間通りに東京の空を飛び立った。飛行機の中では、おろしたての石鹸のような笑顔で対応する若いキャビンアテンダントに怯《ひる》んだりもしたが、窓から見下ろす東京湾や、まっしろな雲や目が痛くなるような青空が、気持ちを膨らませた。

「飛行機の小窓って、病院のトイレに似てる。ほら、患者に尿取ってもらって、小窓を開けて置いてもらうじゃない、検尿するために」

美樹は、窓から見える景色に感動している私の気分をわざと萎《な》えさせもしたが、「今から四日間、仕事は忘れようね。心を無にして、無責任女となって、ただ自分の欲望に突っ走ろう」と、彼女なりの興奮を耳打ちしたりした。

「彼には？　旅行に行くって言って来たの？」

私はふと気になって訊いてみた。小林師長の死をきっかけに、美樹と彼との関係に変化があったかもしれないと思ったからだった。「報告しないわよ。そんなこといちいち」美樹は何言ってるの？　というように答えると、

「夫婦でもないんだから」

とさっぱりした顔で軽く笑った。その笑みは周りの空気を軽くする類《たぐ》いのものだったので、なんとなくほっとした。

千葉の実家に帰るくらいの移動しか、ここ何年もしたことのない私にとっては、長旅ともいえる旅だった。飛行機に乗って二時間半後には、ガイドブックに載っているような空や海の色をこの目で見られるのだと思うと、一時鎮《しず》まっていた興奮がまた蘇《よみがえ》る。大切な用事の付き添いとはいえ、突然に、そして強引に自分を旅に引っ張ってきてくれた美樹に感謝の言葉を伝えようかと思って彼女の横顔を見る。しかし美樹はイヤホンをしたまま目を閉じていたので、やめておいた。

沖縄に到着した初日、二日目と、私たちは那覇市内のいわゆる観光名所を回ったり、泊《とまり》港からフェリーに乗って渡嘉敷《とかしき》島に渡ったり、思いつくままに出歩いていたのだが、三日目の朝になると美樹が、

「ねえカトモ。今日、レンタカー借りていい？」

と言い出した。

オリオンビールと泡盛を浴びるように飲みたいから車は運転しないと言い切っていた美樹が、朝起きるとすぐにそう切り出したのだ。大きな庇《ひさし》のついた帽子を被って外に出てはいるがそれでも日差しが強く、美樹の顔はこっちに来てからほんのり赤く火照《ほて》り、その赤みが彼女をいくつも若く見せた。焼くというより焦《こ》がすという感じで照りつけてくる太陽は、今朝もすでにまっ白な光を放っている。

「いいけど……でも運転するんだったらお酒は飲めないよ。私はほら、免許持ってないから代わってあげることできないし」

「いいの、いいの。きょうは飲まないから」

美樹は顔の前で手を振り、起きた後のベッドの乱れを手際よく整えている。

「今日、行くんだね？」

何か言いたそうにしている美樹の横顔に訊いてみる。沖縄に着いたのに「今日はまだ……」と二日間、「ついて来て欲しい場所」に足を向けず、私も強く押し出すことはしなかった。彼女の思い詰めた横顔を見ていると、そう簡単に思い切れることではないのだろうと思っていた。

「カトモ、つき合ってくれる？」

ホテルの名前が胸に刺繍《ししゅう》された部屋着を脱ぎ、几帳面《きちょうめん》にたたみながら、美樹が怒ったような表情を見せる。着替えをして、化粧というより日焼け対策用にコパトーンのSPF50を顔と首に塗りたくって部屋を出ようという時に、美樹が旅行カバンの奥から一枚の葉書を取り出して私に渡した。その取り出し方が、テレビドラマなんかでよくある、刑事が警察手帳を胸ポケットから抜き出すやり方のようで、思わず顔を後ろへ引いた。

「何、これ？　……拝啓、初夏の候……皆様いよいよご健勝のこととお慶《よろこ》び申しあげます。さて私こと、このたびをもちまして永い看護師生活および人生に終止符をうつことになりました……。って？」

葉書には美しい海の絵が印刷されており、文章の最後に「小林優子」と手書きの文字が添えられている。

「これね、小林師長からの挨拶状。小林師長ね、準備していたのよ。自分が亡くなった後の亡くなるひと月前に刷り上がり、それからこつこつ宛て名を書き綴《つづ》っていたのだと美樹は小さく笑った。

こんな仕事を長くしていると、病人の死期がなんとなくわかってくる。尿の量が減り、全身がむくみ、食事が少しずつ喉を通らなくなるということは、本人の意志にかかわらず、体の機能が生命維持を諦めたということだった。何より病によって死を間近にした顔には、いわゆる死相が浮かび、経験豊かな看護師であれば命の途切れる日まで推測することも不可能ではなかった。小林師長は自分の亡くなるその日を推定し、少しずつ旅立つ用意をしていたのだろうと思うと、胸が痛んだ。

「……ここまで自分で何もかも完璧にすることないのに」

柔らかな文面の向こうに師長の強さが滲んでいるような気がして、私は胸が詰まった。

「できるだけ人の手を煩《わずら》わせたくなかったんじゃない？　それに師長、夏がくる前に逝きたいって言ってたのよ。葬式に来てくれた人たちを、暑い日に喪服を着せて並ばせるのは忍びないからって」

そういえば式の当日は、風が涼しくて、空気に花の匂いがまじる春の日だったなと美樹は遠くを見る目で口にする。言いながら私の手にあった葉書をトランプを抜くように取ると、葉書を裏返した。葉書の宛て名には「伊良皆先生」と書いてあった。

「この葉書ね、伊良皆海人《いらみなかいと》に宛てたものなの。カトモ、覚えてない？　産婦人科の伊良皆先生」

美樹に言われて、私は伊良皆海人という人のことを、思い出そうとした。そして糸屑のような頼りなくおぼろげな記憶が、人の良さそうな黒縁メガネの顔と、少し猫背の白衣姿を伴ってぼんやりと蘇る。私は手術部で二年間働いた後、異動で消化器外科病棟に移ったから、それほど多くの医師と顔を合わせたわけではない。そしてそのうちに大学病院をやめたので、病棟で顔を合わせた医師の顔や名前なんかをいともあっさりさらさらと忘れていったのだ。それでも、たしかに伊良皆という名前は、記憶のどこかに残っていた。

「小林師長が亡くなる前にあたしに預けたのよ。伊良皆先生に渡しておいてって」

美樹が短く息を吐いた。

「えっ……？　なんでわざわざ美樹に？」

彼女の言葉の意味がよくわからずに眉をひそめる。

「あんたって人は、忘れっぽいというか、人の私生活に関心がないというか。友達が昔つきあってた男のことくらい、少しは覚えておきなさいよ。さんざん相談してたあたしがばかみたいじゃん」

美樹は、手に持った葉書をうちわ代わりにして自分の喉元に風を送っていた。そういえば、まだ美樹が今よりずっと若い頃、彼氏に結婚を申し込まれたと悩んでいたことがあった、ような気がする。美樹も私も二十代の前半で、人生に仕事と遊びしかなかったような時期だ。

「思い出したような……。結局別れたんだっけ？」

「そりゃそうよ。そうじゃなきゃ今こうしてあんたとこんな風に旅してないっしょ」

「だよね……。でもなんでこんな葉書、持って来たの？　……あっそうかっ。そうだったんだ。初めから美樹、伊良皆先生に会いに来たんだね、はるばる沖縄まで。あぁん、なんだこれですべてわかったよ。なになに、ドラマみたいな展開じゃない？　三十半ばにしてこんなことやっちゃうあなたって……」

と美樹が強引に沖縄旅行を決めた理由が明白になったところで、気持ちが高揚してきた。自分のことではないのに、首筋から頬にかけて体温が上がってくる感じがする。

「ごめんね、この葉書のことを黙ったままカトモを連れて来ちゃって。何も話さないで……」

「いいよいいよぉ、なんかこういうのもいいじゃない」

彼女の勝手な計画につき合わされたことに腹立ちはなく、むしろ何かに祈るような気持ちになっていた。

「伊良皆先生かぁ……懐かしいなぁ。うん、ちょっとずつ記憶がくっきりしてきたよ」

名前の海人は沖縄の方言で「うみんちゅ」と発音するらしく、上の先生たちから親しみを込めてそう呼ばれていたのを思い出す。とにかく子供が好きで、手術室で赤ん坊を取り上げると、まっさきにまだ肉の塊《かたまり》のような赤ん坊を愛しげに抱いていた。新生児用の十円玉くらいの小さな聴診器で生まれたての鼓動を聴いている彼の横顔が、本当に嬉しそうだったのを憶えている。

「伊良皆先生が今、読谷村《よみたんそん》という土地の診療所で働いていることを小林師長から聞いたの。ここからだったら一時間くらいらしいんだけど……どうする？」

彼女にしては珍しく、相手に選択を委《ゆだ》ねるように訊いてくる。

「今から車借りに行ったとしても……昼過ぎには着くんじゃない？　行ってみようよ」

そして私には珍しく、相手の気持ちを引っ張るような言い方で答える。

道順は簡単だった。那覇市内から本島の西海岸に沿って、残波《ざんぱ》岬の方向に国道五十八号線を北上して行けば、読谷村にたどり着く。診療所の住所が読谷村のどこにあたるかは知らないが、とにかく行ってみればなんとかなるだろう。道をまっすぐ走って行けばたどり着く場所。そんな場所に向かうことが、わけもなく嬉しかった。伊良皆先生に会いに行くのは美樹であって自分ではないのだけれど、私は高ぶっていた。

那覇市内のレンタカー屋で車を借りると、私たちはさっそく読谷村に向かった。車は一番安いクラスを選んだのだが、それでも銀色の車体はピカピカに磨かれていたし、車内は清潔で、気に入った犬をペットショップで手に入れたような気持ちになった。

「よし、行くか。水着も持ってきたことだし、空振りしたら海で泳ごう」

運転席に座ると、バックミラーの位置を両手で入念に合わせながら、美樹が威勢よく声をかけた。ハンドルを握る美樹の、鎖骨の浮いた肩にはうっすらと筋肉が盛り上がっている。全身麻酔で完全に意識を失った患者たちを毎日持ち上げている、細いけれど逞《たくま》しい腕だ。

「運転大丈夫？」

最初に停まった赤信号で、彼女の横顔を見つめた。そういえば、彼女が車の運転をしているところなど一度も見たことがない。

「大丈夫、でしょうよ」

「でも……いつもは彼氏の車に乗ってんでしょ？　美樹自身が運転する機会なんてないんじゃないの？」

「まあ、その通りね。いつもはおじさんの車かタクシーで移動だからね。でも安心して、免許は持ってる」

美樹は青信号になったのを見て笑顔で「発進しますっ」と叫び、私の右耳には発進という言葉がしばらく残った。胸の中で「発進」を復唱してみると、心臓が脈打つ感じがする。開いた窓から、涼やかな風が入ってきた。燃え極まった太陽の光が空を鮮やかな青に染め、空の低い位置では飛行機が轟音《ごうおん》をたてながら飛んでいる。

「うえぇ、いきなり混んでる。動きそうもないね。カトモ、地図みてよ。他に迂回する方法ない？」

しかしガイドブックの注意書きにもあった通り、国道五十八号線はひどい渋滞で、十五分も走らないうちに車はとたんに速度を失ってしまった。私は美樹の言葉に急いで地図を見たが、この道を使う以外の手段は見つからず、首を振る。軍用道路であり、沖縄が日本復帰する一九七二年までは「一号線」「ハイウェーナンバーワン」と呼ばれていたこの西海岸を南北に貫く道を、進むしかない。

「こんなとろとろ走ってたら眠くなるわよ。ねぇカトモ、ゲームしない？　お互いにひとつずつ、どんな質問にでも答えるっていうゲーム」

窓を開けるとサウナの熱気に似た暖気が流れこんでくるので、しかたなしに窓を閉めエアコンをかけていると、疲労の蓄積した私たちを眠気が襲う。

「うん、いいよ」

「じゃ、あたしから。カトモはなんで突然大学病院をやめたの？」

ハンドルを握る右腕に、日焼けを防ぐためのタオルをかけながら、美樹が目を細めた。遊びの延長のように冗談めいた口調だが、けっこう本気で退職の理由を知りたがってるのが澄ました顔でわかる。

「う……ん、もう五年も前のことだし、よく覚えてないなぁ」

「嘘ばっか。理由もなくやめるようなあんたじゃないでしょ。学生時代から忍耐力だけが取り柄なのに。老人ホームの実習で、素手で三十個もの入れ歯を洗ったカトモ伝説、まだ残ってるよ。飲み会のネタ」

美樹は車が流れだしたのを確認してアクセルを踏み込み、運転席の窓を半分開けた。

私はこれまで誰にも話したことのない、自分の気持ちを美樹に話すべきかどうか躊躇《ちゅうちょ》したが、増していく車のスピードと窓から吹き込む風に気持ちを押される感じで、結局打ち明けることにした。

「ある日の朝のことなんだけどね、出勤して病棟に入ったとたん、体が動かなくなったことがあったの」

朝のカンファレンスが始まる直前のことだった。ナースステーションに向かっていた足が、突然足枷《あしかせ》を嵌《は》められたみたいに重くなって前に進めなくなった。そんなことは初めてで、どうしていいかわからず立ち尽くしていると、今度は声も出なくなった。

「実はね、その前の日にすい臓癌で末期状態の患者さんに、メロンを食べさせたんだよ。患者さんに『どうしても』ってお金を渡されて、非番の日に銀座の千疋屋《せんびきや》まで買いに行ったの。一番上等なのってお願いされてたから、ひと玉一万円のマスクメロンね。それで患者さんに渡したら、すっごく喜んで食べてくれて……」

そのことが発覚して、師長を始めとする上の人たちからひどく叱られた。あなたはどうしていつもいつも、余計なことばかりするの。六年目にもなって、新人もしないようなことをやって、恥ずかしくないの？　一人の患者を特別扱いして、周りも同じような要求をしてきたら、それにすべて応えられるの？　いい顔したいんだったら、あなたが不眠不休でその要求を叶えなさいよ。

恥ずかしかった。消化器外科には後輩もたくさんいて、看護学校の実習生も入っていて、そんなふうにみんなの前で怒られて、顔を上げられないくらいに恥ずかしかった。でも、そこまで強く咎《とが》められることなのか、そんなに悪いことをしたのか、自分ではよくわからなかった。

「患者管理のできないだめナース。いつもそう言って叱られてたんだよね、私。まあ……自分が鈍くさいのはよくよくわかっていたけれど、でも患者さんを管理するのって、そんなに大事なことなのかなって思ってた。病院の決めたやり方通りに、患者さんの二十四時間を管理することって、本当に患者さんのためだからなのかな、とか。そんなことをもやもや考えていたらある日、体が動かなくなったの。自分が何をすればいいのかわからなくなった」

リハビリをしたがらない患者さんもいた。もう九十歳近いおばあさんで、

「私はここまで毎日骨が折れるくらい働いてきたの。戦争で夫を亡くして、それからずっと、ずっと。だから今はちょっと休ませてほしいの」

と拝むように手を合わされた。もちろんリハビリをすることの必要性はわかっていたけれど、「じゃあ、明日からにしますか」と笑い返してしまった。だめだなとは思いながら、いつも患者さんに押し切られる自分だった。

「ほんと、どうしようもないだめナースだったんだよ。美樹とは手術部で二年間しか一緒には働いてないからわかんないかもしれないけど」

「わかってるわよ。カトモがとろいことくらい」

「あ、やっぱり」

「でも、全然だめじゃなかったわ。カトモがうちの病院に合わなかっただけで、あんたが間違っているとは、あたしは思わないから」

自分たちは、患者ひとりひとりに対して、「看護目標」を設定する。そして目標の達成に

向けて患者を管理し、指導していく。めまぐるしく入れ替わる大勢の患者を看る上で、その方法は理に叶っている。そうでもしなければ、マニュアルがなければ、現場は混乱して正常に機能しなくなるから。

「でもね、その目標って私たち医療者が決めるものよね。患者の心が置き去りになってるってこと、けっこうあるのよ。カトモはね、そうやって置き去りになった心に、目を向けてあげられる人なのよ」

美樹が真顔で口にするので、私は肩をすくめて俯《うつむ》いた。照れくさいような、でも胸が詰まるような、そんな気持ちになる。そんなふうに自分のことを見てくれた人は初めてで、閉じた瞼《まぶた》に涙が滲んできた。

「カトモってね、あたしが出逢った人たちの中で、一番優しいの。どんなことでも、カトモは許してくれる。『そっかそっか』ってそれ以上はなんにも言わないで、隣にいてくれるの。だからあたしは、あんたにだけは弱みを見せられる。……あんたが出逢ってきた患者さんたちも、そうだったと思うわよ。ありがとう、ってきっと感謝してた」

美樹は声に力を込めると、国道沿いにあるアイスクリーム店の駐車場に車を停めた。「ビッグディップ」とカラフルな大きな文字で書かれた看板は、ガイドブックに載っていたのと同じもので、彼女はひそかに立ち寄ることを決めていたらしい。私はそこでさとうきび味のアイスを奢《おご》ってもらい、美樹はココナッツとマンゴーのダブルアイスを食べた。

その後は車が順調に流れだし、思っていたより早く、読谷村にたどり着いた。

那覇市内ももちろん日差しは強かったが、本島中部の西側、東シナ海に突き出したこの辺りはさらに空を塞《ふさ》ぐ建物がまったくないせいか、空気の明度が上がっている。目が痛いような明るい陽光は、雪山のそれに似ていた。

「美樹、この辺じゃない？　今通り過ぎたバス停、読谷村診療所前って書いてある」

目指していた読谷村診療所は、思いのほか早く、簡単に見つかった。門構えの向こうに、平屋の白い建物があり、そこがどうやら診療所のようだった。

「駐車場あるみたいよ」

私は窓から顔を出しながら門の中の様子を窺い、美樹に伝える。しかし彼女はブレーキをかけることなくそのまま直進し、少し先の道を左に曲がった。

曲がった道は緩やかな下り坂で、一番先には濃い青の海が広がっていた。

「うわっ。この先海だよ。このまま下っていけば海なんだね」

私は小さく叫んだ。

車はそのまま坂を下り、細い砂利道に出て、いつの間にか私たちはさとうきび畑のあぜ道にいた。

「どうしよう……」

あぜ道に車を停めると、美樹は車を降りて道に立った。美樹に続いて私も車を降りたが、その瞬間から皮膚が焦げるような熱い感じがしてくる。

「どうしようって、何が？　道に迷ったの？」

「いいじゃない。突然訪ねて行って、引かれないかしら」

「いいじゃない。さりげない感じで。美樹が行けないんだったら、私が先に会いに行こうか？」

美樹の緊張が自分にも伝わってきて、鮮やかな光のせいもあるのか、目の奥が熱くなってくる。

「いいよ。自分で行けるわよ……」

美樹は頰を微かに緩め、再び車に乗り込みエンジンをかけた。Uターンをする場所がないので、しばらく直進して砂利道を走っていると、一台の白い軽トラックとすれ違い、運転席のおじさんが「どこへ行くのか」と窓から顔をのぞかせた。「読谷村診療所です」と答えると、このまま進むと突き当たりで道幅が広くなっているので、そこでUターンして来た道を戻るように教えられ、私たちは頭を下げて礼を言った。炎天下のもと麦わら帽子ひとつでトラクターを運転する年老いた男たちが、背丈を越えるきび畑の中に何人か見えた。

教えられた通りに来た道を戻ると、再び舗装された道路に出た。今度は海を背にして坂を上っていき、上りきった所を右折して診療所の敷地に入る。

診療所じたいは平屋の小さな建物だったが、沖縄県立都屋《とや》の里《さと》という施設が隣接していて、敷地内の駐車場はかなり広々としていた。

運転席のドアを勢いよく開き、美樹は少しばかり緊張した面持《おもも》ちで診療所の看板を見つめた。

「じゃ、行こうか」

後部座席に置いていたバッグから小さな紙袋を取り出すと、美樹はナースステーションで朝のカンファレンスでも始めるように背筋をぴんと伸ばす。

「それ何？」

私は美樹が持つ紙袋を指差す。

「何って手土産。分別のある大人が手土産も持たずに他人様の職場を訪ねられるわけないでしょ。鳩サブレ。ベタだけど」

緊張を通りこして冷淡な口調になっている美樹が、唇をゆがめる。

「美樹、落ち着いてるね。さっきまでどきどきしてたくせに」

「ばかじゃないの。女子中学生じゃあるまいし。こういうことはさっさと行動した方がいいのよ。引っ張れば引っ張るほど足がすくむってもんでしょ」

　十数年ものキャリアがそうさせるのか、美樹は過度な緊張を慎重な動作にうまく転化し、美しい姿勢を保って歩き始める。白い壁と赤瓦の屋根をもつ目の前の診療所は明るい日差しの中に清潔に佇《たたず》んで見えた。

「すいません、失礼します」

　裏口のようなものがなかったので、正面玄関から中に入ると、受付に事務員らしき女性がひとり座っているだけで、患者は一人もいなかった。美樹は女性に丁寧な挨拶をすると、以前東京の病院で伊良皆先生に世話になった者です、こちらに来たので立ち寄ってみましたというようなことを、よどみなく説明した。私は彼女が話をしている間、待合室を見渡しながら何か興味深い物がないかと探した。出入り口に一対《いっつい》のシーサーが神社の狛犬《こまいぬ》のようにちょこんと座っているのが惚《ほう》けていて良い感じで、久保山医院の土産にシーサーを買って行くことに決める。待合室に電気はついておらず、窓から差し込む日の光が室内を照らしている。

「カトモ、行こう」

　ふらふらと待合室を物色している私の腕をつかんで、美樹は振り返る。「きょう非番なんだって。非番の日はたいてい自宅かその周辺の畑にいるはずだからって、自宅の場所を教えてもらった」

受付の女性に描いてもらった地図を見ながら、美樹は伊良皆先生の家を探して車を走らせた。といっても、その地図は驚くほど大ざっぱで、目印には診療所とさとうきび畑と用水路と海しか描かれていなかった。それでも方角だけを頼りに車を走らせ、地図上では畑の中にぽつねんと浮かんでいるはずの家を目指した。今にも止まりそうな速度で走る車のタイヤが砂利道をゆっくりと踏みしめ、焼けた砂をタイヤのゴムが圧すジャリジャリという音が尻に響く。美樹は辺りを見回しながら慎重にハンドルを操り、私は窓から体を半身乗り出して、目の前に広がるさとうきび畑の中に、赤瓦の平屋を探した。

「あっ……あそこに家らしきものが」

一番の手掛かりとなる用水路までたどり着くと、畑の中に、屋根から下が緑の作物に埋もれて見えない一軒家を見つけた。地図にあるように、海を背景にして畑の中に建っている。

私の叫び声に、美樹は車を砂利道の脇に寄せ、エンジンを切った。

「ほんと……あれかも」

畑と砂利道の間に平行して流れる幅一メートルほどの用水路に水は一滴もなく、からからに干上がっていた。美樹はしばらく目を細めてその家を眺めていたが、思い立ったように用水路に渡してある一枚の板の上に足を乗せ、

「ちょっと行ってくる」

と彼女よりはるかに背の高いさとうきびの中に埋もれていった。

私は、草をかき分けて進んでいく彼女の背中を見送った。背中がやがて見えなくなり、しばらく聞こえていたザクザクという音もしだいに遠ざかると、大きく息を吸い、そして吐いた。太陽の照りつけから逃れるために影のある場所を探したが他に建物がないので見つからず、しかたがないので砂利道にしゃがみこむ。すごく明るい場所なのにとても静かで、この世で自分だけが太陽に照らされているような感じがする。

美樹と伊良皆先生の再会のシーンを想像していると、宝くじを買って一等が当たったら何に使おうかと考えている時のような、芒洋《ぼうよう》とした幸福感がじんわりと自分を包む。美樹だけ幸せになるなんて、というようなひがみは、本当になかった。いや、本気でほじくり返せばどこかにはあるのかもしれないが、今この瞬間には微塵もなかった。三十も半ばになり、もうとびきり幸せなことなんてこの先起こらないんじゃないだろうかと思いながら生活してきた。自分も美樹も、今のまま、もらった手紙が少しずつ黄ばんでいくように年を重ねていくのだろうと。そんなくすんだ未来を弾くような美樹の行動とその結末を、私は祈るような気持ちで見守っている。

「だめだカトモ。誰もいないみたい」

暑さのせいで頭がぼんやりとしているのか、美樹がすぐ近くで声をかけてくるまで、私は彼女が戻ってきたことに気がつかなかった。

「ごめん待たせちゃって。暑かったでしょ」

鼻の下に溜まった汗を手の甲で拭いながら、美樹は目を伏せた。美樹の方こそ作物の中を潜るようにして歩くのは大変だったのだろう、汗だくで息が上がっている。

「人が暮らしてそうな気配はあるんだけど、表札も出てないし、呼び出しのインターホンもないのよ。それで中に向かって大声で叫んでみたんだけど、誰も出てこないのよ」

地図を見る限りこの家だと思うんだけどなと呟きながら、美樹は首を傾げた。

「さっき車で走ってた時に、畑で作業しているおじいさんが何人かいたでしょ？ その人達に訊いてみようよ。伊良皆さんのお宅はどこですかって」

私は言いながら、来た道を戻った。数十メートルも歩けば、窓越しに見かけた作業中の老人たちに出会えるはずだ。

「もういいわ。帰ろ」

美樹は眉間に皺《しわ》を寄せたしかめっ面で車のドアを開けようとしたが、私はその手を取って、彼女を引っ張る。

「もういいわよ」と体重を後ろに乗せて手を引き返していた美樹だったが、数メートルひきずるように無理矢理歩いたところで、素直についてくるようになった。

「何張り切ってるのよ」

美樹は私に手を繋がれたまま、力の抜けた子供のようにだらだらと歩いている。彼女が足を前に出すたびに、パンプスの底が砂利を擦るザザッという音がしんとした道にひろがる。

「美樹、私ね、昔からこういう女の子に憧れてたんだ。好きな男の子の手を引っ張ってぐんぐん進んでいくような女の子……羨ましかった」

そういう人になれたなら、自分はもうちょっと、欲しいものを手にしていたかもしれない。

「今からでも遅くないじゃない。今だってあんた、あたしの手を引っ張ってるじゃない」

ふふんと笑いながら美樹はもう一方の手で肩を小突いてくる。私たちは照り返しの強い白い道を手を繋いで歩きながら、「へへ」とか「ふふ」とか笑い合っていた。傍から見ればいい年をした女二人、頭でもおかしくなったのかと思われたかもしれない。実際に太陽に灼かれて思考が蕩《とろ》けていたのだけれど、誰も見ていない場所に立ち、私は分別のある大人を閉じこめ、十年も二十年も昔の気持ちを思い出していた。

「誰かーっ。誰か、いませんかー」

いつの間にか美樹は、生い茂るさとうきびの群れに向かって叫んでいた。彼女の声に乗せて、私も叫ぶ。

「すいませーんっ。ちょっとお訊ねしたいんですがーっ」

するとと突然に、

「どうしました？　道に迷ったんですか？」

と畑の中から、頭に白いタオルを巻いた農夫が出てきて、私たちはひぃっと声が上がるくらいに驚いた。すぅっと顔が冷えていくのを感じる。酔人《すいじん》のように叫んでいたことを、今さらながらに後悔しつつ、

「あのぉ……伊良皆さんというお宅を探しているんですが」

と虫の羽音くらいの小さな声で返した。

農夫は頬被りのタオルを取って顔と首の汗を拭うと、私の顔を怪訝《けげん》そうな表情で眺めている。私は目が合うのを避けるように下を向き、つま先がめくれかけた自分の靴を見つめた。

「どちら……さま？　ぼくが伊良皆ですが」

柔らかい声でそう言うと、農夫は俯く私の顔をのぞき込む。

「伊良皆……？」

隣で美樹が呟く。

「あなた、伊良皆海人さん？」

囁く美樹の声につられて顔を上げ、目の前の農夫をしげしげと見ると、日に焼けた男の顔が十年以上前の記憶を揺すった。

「美樹……田畑美樹さん？」

眼鏡を取って二度、三度瞬《まばた》きした後、目の前の男は無言でその場に立ち尽くした。汗で肌に張り付いた男のシャツから、土と草の匂いが漂ってきた。


さっき見つけた畑の中の一軒家はやはり伊良皆先生のものだった。彼は私たちを家の中に招き入れると、「今みんな出掛けてて、こんなものしか出せないけど」とテーブルに冷たい麦茶を運んでくれた。意外にも家の中はひんやりとしていた。牧歌的な外観とは違い、室内は食洗機やオーディオ、最新の大型テレビまで揃っていて、あまりに現代的なので拍子抜けするくらいだった。

美樹が小林師長の訃報《ふほう》を告げ、師長からの葉書を手渡すと、伊良皆先生は沈痛な表情でしばらく黙していた。

「亡くなったとは……ぜんぜん知らなかった。ありがとう、わざわざ届けてくれて。小林師長は、厳しい人……だったよ。研修医時代はほんと怖くて、毎日びくついてた。でも自分がある程度仕事をこなせるようになると、今度はありがたい人だったな。こっちがやりやすいように配慮してくれて、オペの時も行き詰まったら、先生、こっち使ってみたらって別の器械渡してくれたりなんかしてね」

伊良皆先生は「懐かしい時代だ」とほほ笑むと、今はほとんど農家をやってて医師としては週に二日ほど働いているだけなのだと言った。

「週に二日だけなんですか？」

私はさっきから言葉の少ない美樹に代わって訊いた。緊張しているのか、それとも別のことを考えているのか、美樹はさっきからぼうっとしたように黙り込んでいる。

「うん。それでも農業と兼業だときついくらいなんだ。うちは祖父と妻の三人しか人手はないし、刈り入れの時なんかは医師の仕事を休みたいんだけど、読谷村診療所には産婦人科医がいないんだ。周辺の医院にも産婦人科がないから患者さんがいる限りは診なくちゃいけないんだよ。きみたちは？　今も看護師として頑張っているんだろ？」

指先まで日に焼けた伊良皆先生は、彼の言葉通り医師というより山男の風貌だった。手術を担う医師としてあってはならない切り傷やささくれだらけの手を、美樹が凝視しているように見える。そして彼女はふいに視線を伊良皆先生の顔にあてると、

「あの頃……あなたが大学病院をやめて沖縄に帰って家を手伝うって言い出した時、本当に農業をやるとは思ってなかった。いろんなこと面倒くさくなって、激務が嫌で大学病院をやめて地元に戻るだけだと思ってた。だからあたし……あの時きついこといっぱい言ったような気がする」

ごめんなさい、と静かに頭を下げた。さっきから謝るタイミングを待っていたのか、「ごめんなさい」と口にした彼女は、ほっと息を吐きながら肩の力を抜いた。

伊良皆先生はいやいやと慌てて首を振ると、

「ぼくもね、説明不足だったんだよ。きっとあの頃のぼくはきみの目には、すごく情けないだめな奴のように映ってたと思うし、激務が辛くて逃げ出したいと思っていたのも事実なんだ」と笑う。

自分の家は代々、さとうきび農家として生計を立ててきた。といっても順風満帆だったわけではなく、戦争が終わった時には農地は荒れ果て、さとうきび栽培と製糖業は壊滅状態にあったという。でもそんな畑の中からも生まれ育つさとうきびがあり、四十を過ぎたばかりの働き盛りの祖父は、農業の再開に踏み切ることを決めた。米軍に土地を貸すと軍用地料としておそらく、農業をしているより多くの金を手にすることができたと思うが、それを祖父と父は拒《こば》んだ。自分が小さい頃、防衛施設局の職員が幾度となくこの家を訪れたのを覚えているのだと、伊良皆先生は言った。

「でも、そんなにまでして守ってきたこの土地を、祖父と両親はある時売ることにしたんだ。ぼくの大学の費用を捻出するために、半分以上の農地を売ったんだ。祖父と両親が相談して決めたことなんだけど、ぼくの気持ちとしては複雑だったよ。同じ土地に留まり暮らすことにこだわり、先祖から受け継いだ畑を守り続けてきた人たちだったけど、息子には沖縄を離れても生活していけるようになってほしかったみたいなんだ。それでぼくは東京で暮らすことになったんだけど、祖父が老い、父が急死して事情は変わった。この畑を母と老いた祖父だけで切り盛りすることなんてとうてい無理だから、ぼくが農業を継ぐことにしたんだ」

それが十数年前の決断だ。自分の意志で戻ることに決めたのだと伊良皆先生は笑った。

「あの時……今聞いたようなこと、ぜんぜん話してくれなかったじゃない」

美樹の声が尖っていた。

「あの頃……きみは電車の運転をしているように前だけを見て、あまりに楽しそうに働いていたから……こんな話はとてもできなかった。話をしても自分の思いをうまく伝えられるかわからなかったし」

当時は、自分でもこの決断が正しいのかわからなかったのかもしれないと伊良皆先生は声を小さくした。だからきみにもきちんと話せなかったのかもしれないと。

「子供さんは……？　何人？」

美樹が、家の中に散らばっているおもちゃや子供用の椅子や小さな衣服なんかを眺めながら柔らかい声を出した。あまりに唐突な質問だったので、伊良皆先生はなんのことだかわからず戸惑っていたが、彼女の視線の先にあるものに気づくと、

「三人いるんだ。上から五歳、三歳、一歳。男、女、男。結婚が遅かったものだから、子供もまだ小さくて。子供の記憶はぼくの人生の記録だから、本当はもっともっとたくさんほしいんだけどね」

とテーブルの上に貼ってあるアニメのシールを指先で擦《こす》るようにしながら笑った。

大学病院の話や、こっちの診療所の話やさとうきび栽培の話などで一時間ほど盛り上がり、三人の口が同時に閉じた頃、美樹が「じゃあそろそろ行くね」と、席を立った。伊良皆先生は美樹の言葉に頷くと慌てて自分も椅子から立ちあがり、玄関の扉を開けた。扉を開けると薄暗い室内に慣れていた目に、刺さるような光が差し込んでくる。伊良皆先生は美樹と私を手招きすると、畑の中に向かって歩いた。

「畑っていうより、なんか深い草原よねぇ。前が見えないからひとりで歩いたら、迷子になっちゃいそう」

頭の上に被さってくるさとうきびを手で払いのけながら、美樹がはしゃいだ声を出す。畑の中を歩いていると、作物で日陰になっているせいか意外に涼しく、葉に擦れて皮膚が痒《かゆ》いのさえ我慢すればけっこう快適だった。先を歩いていた伊良皆先生が、美樹の言葉に振り返り、優し気な笑みを見せる。

前を歩いていく伊良皆先生の背中が、ふと立ち止まった。畑の中から空を見上げ、鼻歌を歌いながら後をついて歩いていた美樹の体が彼の背にぶつかる。伊良皆先生は美樹の正面に向き合うと、眼鏡を取り、手の甲で額から目の中に流れてくる汗をぬぐった。そして肩をすくめるようにして、

「こんなふうに……。こんなふうに、きみがぼくの後ろをついて、畑の中を歩いている姿を考えないでもなかったんだ。何度かは、ぼくだって、きみをさらうみたいにしてこの場所に連れてこようと思ったんだよ。でもできなかった」

と弱々しい口調で言った。伊良皆先生の言葉ははっきりと私の耳に届き、腹痛に耐えるような彼の表情も見えたけれど、前を歩く美樹の顔は見えなかった。美樹は伊良皆先生に何か伝えたようで、彼はその言葉に対して笑顔で頷いたが、彼女が何を話したのかは聞こえなかった。そしてまた伊良皆先生は前を向いて歩き始め、私たちはさとうきびのトンネルを抜けて砂利道に出るまで無言で歩いた。

車を停めていた場所まで戻ると、美樹は、

「この辺りはニライビーチっていうんだって。人も少ないし、水もきれいだっていうし、ちょっと泳いでくか」

と独り言のように呟き、私がその返事をする前に車を走らせた。ビーチまでは五分もかか

らず、ビーチを臨んで建っているホテルの駐車場に車を停めて、水着に着替え、樹木の緑の中にぽっかり空いた水色の穴のように見える海に続く階段を降りて行く。

波打ち際に並んで座りながら、下半身だけを水の中に浸して、何時間も海を見ていた。

空のうすい水色があって、その下に波と同じような淡く白い雲。遠くの海は青く、その前方に透明な青緑が広がっている。海の色は色紙のように混じり気のない鮮やかな色彩を放ち、美樹と私は日焼けを厭《いと》うことも忘れ、しばらくずっと目の前の景色を見ていた。

「きれいだねぇ。日本にこんなきれいな海があったとはねぇ」

さっきから何度も繰り返した言葉をまた、口にしてしまう。

しかし美樹はそれを咎めることなく、何度でも同じ笑顔で「そうだね」と相槌を打つ。白い水着姿の彼女は二十代の頃のように張りつめた体型ではなくなっていたが、それでも十分に美しかった。

「さっき、なんて返したの？」

波がくるたびに体が後方へ押されるような感じになり、その感触を楽しみながら私は訊ねた。服を脱ぐ前は億劫《おっくう》だったが、海に入ってしまえば、べとべとする塩水も水着の中に入り込んでくる砂も案外平気なものだ。

「さっきって？」

「伊良皆先生が、美樹に告白……のような言葉を口にした時」

遊泳区域を示すブイの向こうでジェットスキーが白い飛沫《しぶき》をあげて水面を滑っている。

「あたしをさらうんだったら、よっぽどの大波じゃないと無理だったわよ、って」

庇《ひさし》の大きな帽子を被っているぶん顔のほとんどが影になっていて、美樹の表情は見えない。抑揚のない穏やかな口調から彼女の本心は嗅ぎ取れなかったが、その話し方は、想いを目の前の海に放つような、そんな感じがした。

「伊良皆先生とは……なんで別れたの？」

本当はここに来るまでの道程の中で訊きたかった質問を、思い切ってしてみる。すると美樹はもったいぶることもなくあっさりと、

「簡単よ。あたしは、変われなかったの」

と笑った。

伊良皆が「東京の大学病院をやめて沖縄に帰り、農業をやりたい」と打ち明けた時、自分はまだ看護師として働き始めたばかりだった。彼は自分と一緒に沖縄に来ないかと伝えてきたが、行くことができなかった。仕事はどこへ行っても続けられると思ったけれど、その時手にしていた自分の暮らしを手放すことは難しかった。東京が好きだったというより都会で働き暮らしている自分が好きだった。

本当にありきたりの別れ方をした。伊良皆と別れた後、彼を思い出すことはほとんどなかったし、彼との思い出が尾を引くというようなこともなかった。

「病院をやめるとか、故郷に戻るとか、農業をするとかいきなり告げられてわけがわからなかったのよ。まあはっきり言うと、伊良皆が好きで好きでたまらないってわけではなかったのかもしれない。そこまで彼のことを好きだったら、自分の持ってる何もかもを放り出して彼についていったのかもしれないしね。好きっていうことだけではきっと、今のおじさんへの執着の方が強いんだと思うのよ。ただね、あたしの人生で、結婚しようと言葉にしてくれた男は伊良皆だけだったのよ……振り返ってみれば」

これからどう生きていけばいいのか、わからない。病床の小林師長を見舞った時、すがるような気持ちでそんな言葉を口にしていた。そうしたら小林師長が、この葉書を手渡してくれたのだと、美樹は笑った。

「実はねカトモ、あたしあんたより二つ年くってるのよ。年長扱いされるのも面倒だから看護学校の時から言ってなかったけど、あたし、ふつうに短大出た後で看護学校に入ったのよ。だから今、三十六よ、実は」

と美樹は「六」の発音にことさら力を入れて言った。「三十も半ばを過ぎるとね、いろいろ弱気にもなっちゃうわけよ……」

地元の人は、夏の盛りに日中の海水浴はしないという。日差しが強すぎて肌を焦がすからで、そのせいか浜辺にも海の中にも、思ったより人がいなかった。この海岸はホテルのプライベートビーチになっているため、おそらく今ここにいる人達のほとんどは観光客なのだろう。

「カトモ、あたしさぁ、おじさんと別れるつもり」

波の勢いを楽しむように、美樹が波打ち際に寝そべりながら口にする。

「へぇ……」

「へえって、それだけ？　何よ、もっと反応しなさいよ。どうして、とか、もう好きじゃないの、とか」

「……どうして？　もう好きじゃないの？」

「そうね……もう十年近くもつき合ってるわけでしょ、あたしたち。既婚者と恋愛するのは間違ったことかもしれないけど、それをのぞいて、あたしはすごくまっとうに生きてきた気がするの、本当に。彼を誠実に好きになってきたし、仕事でも正しいことをしてきたつもり。……でも最近思うの、まっとうに生きる必要があったんだろうかって」

自分はこれまでなんの波風も立てず、周りを気遣いながらやってきたけれど、それは称賛されることではないような気がするのだと美樹は海の向こう側に目をやった。

「それでこれ。あたし、本当は、陰湿で生臭いことを計画しながらこの海に来たの。あんたは爽やかなロマンスを期待してたみたいだけどさ」

彼女は傍らに置いていた籐のバッグから小さなポーチを取り出し、その中から掌ほどの小さな薬袋を抜き出して見せた。

「何、それ？」

青い海と陽に晒《さら》され、力強く引き締まった彼女の肌に、その薬袋は不釣り合いすぎて、私は眉をひそめる。美樹は砂のついた指を薬袋の中に滑りこませ、中から白く丸い小さな錠剤を取り出すと掌に載せた。

「まさか……毒薬とか……」

「そんなんじゃないのよ。これ……排卵誘発剤。あたしね、最近になってもうこれ以上前に漕ぎ出ることなどないだろうおじさんとの関係を絶ち切って、新しい生き方をしたいと思うようになったの。それで、新しい人生には子供がいてほしいって。子供って、自分の過去を血の通った形として留めてくれるでしょう？　でも誰の子供を産みたいかって考えて……子供が誰の子かというのは重要なことだから。それで、カトモに軽蔑されることを承知で告白すると、あたし、伊良皆の子供が欲しいと思ったの」

「先生の？」

「うん。なぜか伊良皆の」

と美樹は頭を振った。妄想に近い自分の計画を実現するために薬剤師の友人から薬をわけてもらい、排卵日にあたるきょうの日に合わせて服薬してきた。

これまで一生懸命まじめに頑張ってきた。多少具合が悪くても欠勤することもなく、同期が疲労を理由に退職していっても自分だけはと踏ん張ってきた。好きになった人に家族があるなら、その家庭生活に支障ないように自分を制してきたつもりだ。

でも、ここらでひとつくらいルール違反をしてもいいんじゃないかと開き直ったのだと、美樹は笑いながら、しかし妙にまじめな口調で言った。

「自分の出会ってきた男の中で伊良皆が一番良い人間だったような気がしてね。人生を懸けて育てるなら彼の子がいいな、なんてね……どう思う? ばかみたいでしょ。……あたしね、臆病なのよ。今手の中にあるものを失うと、すべてが無になりそうな感じがして、これまでずっと変わらずにいたのかもしれない。でも本当はもっと違う場所に行きたかったんだと思うの。大きな波が自分を呑み込んでいくのを、ずっと待ってたんだと思う」

美樹は遠くの水平線を睨《にら》みつけるようにして顔をしかめた。

彼女は掌に載せていた白の錠剤を握ると、海に向かって放り投げる。錠剤はいったん海水に浮かんだが、波に寄せられまた浜辺に戻り、貝殻のように砂に埋まった。白い泡のような波の終わりが、ソーダのシュワッという音を立てながら足の下の砂をさらっていき、私たちは座ったり、寝そべったりしながらずっとそこから動かないでいる。

「あたしも変わらないけど、あんたも変わらないね、カトモ」

波にさらわれずに生きてきたあたしたちは、果たして強いのだろうか……と美樹が私の目を見る。いくつもの波が自分の元に届いたはずなのに、そのうちのいくつかの波はあたしたちをどこかに連れていってくれるものだったのかもしれないのに、あたしたちは変わらなかったね。自分が好きだった人も、自分を好きだった人も、いつの間にか遠くにいっちゃうんだ、と波の音に重ね合わせるようにして美樹は呟く。

「ねぇ、美樹、変わらないのは、強いってことなのかな……」

「さあねぇ。約束された未来のない今を生きるあたしたちは、こんなにも頼りなくよるべない存在なのにねぇ」

美樹は冗談めいた口調で返すと、照れ隠しのように海の中に入っていく。離れて見ると、彼女の帽子の庇が海面に降り立った鳥の翼のように見えた。

「カトモーっ、あんたも泳ぎなさいよぉーっ」

いつのまにかずいぶんと沖に出た美樹が、大声で叫ぶ。

おそらくもう足が着かない場所にいるだろう美樹に向かって首を振った後、両方の腕を顔の前で交差させバッテンを作った。私は泳げない。小学生の時にプールの授業で溺れ、「加藤ってエラ張ってるくせにエラ呼吸できないのかよぉ」と同じクラスの男子にからかわれた。それ以来、私は真剣に泳ごうとしたことがない。ぶざまな自分を誰かに見られることを、恐れ続けたからだ。苦手なことは極力避ける、失敗をするくらいなら挑戦もしない、といった消極的な努力を続けながら生きている。

境目のない海を区切る白いブイが点々と浮かんでいて、美樹がそのブイにつかまってゆらゆらと揺れているのが見えた。さっきまで彼女の頭の上にあった帽子がいつしかなくなっている。泳いでいる間にどこかへいってしまったのだろう。美樹が、ブイとブイを繋いでいるロープをくぐるか乗り越えるかして危険区域に行ってしまうのではないかという不安にかられ、水面で揺れるクラゲのような姿から目を離せないでいた。

「何、カトモ。あんたなんで泳がないのよ」

全身から水を滴《した》らせ、美樹が浜辺に戻ってきた。

「だから、泳げないんだって」

「泳げない？　泳げないんじゃなくて泳がないんでしょ」

ホテルの浴室からこっそり持ってきたホテルのロゴが入った大きなバスタオルをマントの

ように肩からはおり、美樹が呆れた顔を見せる。

「あの辺、結構波が高くてさ、それがなんか気持ち良かったわよ」

帽子を被っていることを忘れて思わず水に潜ってしまい、その時に帽子はどこかへ流れてしまったらしい。

ひとり、またひとりと海岸にいた人達が荷物を片付けて引き上げていく。浜辺に連なる青と白のビーチパラソルが風を受けていっせいに揺れていた。

「子供を育てる人生もいいと思うよ。美樹の子だったらきっと強い子供になるよ」

私は意を決してそう伝えた。すると美樹は、空を仰ぐようにのけぞり、いかにも嬉しいという顔で笑った。

「あたしたちもそろそろ行くか」

美樹が立ち上がって、水着の尻についた砂を片手で払う。その仕草が妙に色っぽくて、少しだけ哀《かな》しくなった。

礼を言いたくなるほどの澄んだ青い海を後にすると、私たちは言葉少なに来た道を戻った。来る時には何度も道に迷いブレーキを踏んでいた美樹だったが、帰り道は静かに車を走らせた。アクセルを緩め、過ぎ去っていく景色を記憶するかのように、美樹は何度も窓の外を眺めていた。さとうきび畑に囲まれた道を走りながら、十二月には白い花を咲かせ、大きなススキのように見えるという成熟したさとうきびを見たいと思った。

旅行から戻り、またいつもの日常が戻ってきた。新規の患者さんが来たり、馴染みの患者さんが入院したり高齢で亡くなるような出来事はあったけれど、毎日の業務にそう変化はなかった。旅が終わった後、美樹に一度だけ電話をかけてみたが繋がらず、休暇をとった皺寄せで忙しく働いてるのだろうと思い、留守番電話に伝言を残しておいた。

夏は放課後の教室のような空っぽの寂しさを残して去り、あっというまに一年が終わり、新しい年を迎え、体に残った水着の跡はまだまだ消えてくれないのに、また春が来ようとしていた。

三月に入って、私は引っ越しをした。住む家を探すように、男も探さないとだめよ。あんたはさ、ちゃんと住める男を探しなさいね――帰りの飛行機の中で、呪文を唱えるみたいに美樹が耳元で囁いた言葉をなんとなく覚えていて、住める男子を探す感覚を養うために道々素敵なマンションを眺めていたら、引っ越したくなった。さとうきび畑の中を、美樹の手を取ってぐんぐん進んだ熱さが今も胸の中に残り、時々そんなふうに小さな波を起こすのだ。

男子の方はなかなか見つからないけれど、住み心地の良さそうな家を見つけたことを美樹に報告したいと思っていたある日、彼女から手紙が届いた。手紙はまず以前の住所に届き、そこからいったん郵便局に戻り、再び転送されて新しいポストに届けられていたので、ずいぶん前の日付の消印が押されていた。

手紙には一枚の写真が添えられていた。クーファンの中で気持ち良さげに眠っている赤ん坊の写真だった。私は一瞬ぎょっとして、まさかこんなに早く子供を作ってしまったのかと驚いたが、写真の裏に「妹の子供です（五カ月）」と黒いマジックで書かれてあり、頬が緩んだ。

手紙には美樹が大学病院を退職したこと、今は熊本の実家に戻っていること、しばらく休んでからまた働くつもりだということが、手短に書いてあった。封筒には見知らぬ住所が書かれていて、彼女が遠くに行ってしまったんだということを実感する。

男か女かすらわからない小さな赤ん坊の写真を見ながら二階の自分の部屋に続く階段をあがり、段ボールが山積みになっている新居の鍵を開けた。そして、まだ誰も訪れていないこの部屋に、いつか彼女はやって来るだろうと思った。その時はこの写真のような柔らかで胸の奥が愛らしさでむず痒くなるような赤ん坊を連れているかもしれない。

そんなことを考えながら、うずたかく積み上げられた段ボールの間を擦り抜け、赤ん坊の写真を陽があたる窓際の、真新しいまっしろな壁に貼った。

鬼灯《ほおずき》

カチリという音に振り返ると、ライターの小さな火が灯っていた。

「手術、何時に終わるんやった？」

男が訊いてきた。

作業服の胸ポケットから煙草を取り出し、火をつけようとしている。病院で喫煙するなんて非常識だと思った。だが、男がテーブルに置いてあった空き缶を引き寄せるのを見て、私は黙って窓を開けた。

ガラス戸を引くと草木の濃い匂いが風に乗って入ってきた。交通の便は悪くても、都心から離れたこの病院を選んだのは正解だった。病棟の窓から見える景色は緑にあふれている。

「うまくいけば六時頃に終わるらしいわ」

私は男の方を見ずに答えた。もしそれよりも早く終われば、母の手術は失敗ということだった。腹を裂いて体を開いても手の施《ほどこ》しようがないということだ。

長椅子が二脚、テーブルを挟んで向かい合わせに置かれただけの待合室は狭く、居心地が悪かった。冷房の利《き》きが弱くて、長椅子のビニール生地が、汗で太ももに張り付いている。男が吐き出す煙が真正面から顔にかかる。まるで男の息を吸っているような不快さに、私は吐き気をおぼえた。

「まだまだ時間かかるなあ。腹すかへんか？」

一本目の煙草を吸い終わると、男はおもむろに二本目を取り出した。ヤニで黄ばんだ男の前歯を眺めながら、私は黙って首を横に振った。

「姉さんはどこ行ったんや？」

「電話。家に」

姉の千紗《ちさ》は五年前に結婚し、今では二児の母親になっていた。今の夫と結婚することになって住み慣れた東京を離れ、静岡の農家に嫁いだ。今日は義母に子供達を預けて、朝一番の新幹線でやって来た。

姓の変わった姉妹というのは不思議なもので、昔と変わらぬ親しさの中に、どこか他人のようなよそよそしさが生まれる。自分と姉にできてしまった微妙な距離を感じるたびに、女にとって姓とはなんなのかを考えずにはいられない。

私は二十六というこの年齢で、三度も姓が変わった。最初の姓は亡くなった父のもの。次は父と結婚する以前の母のもの。そして目の前の男と同じ、現在の姓だ。

母が再婚すると言い出したのは、今から半年ほど前のことだった。

今年で五十四歳になろうという母が結婚話を持ち出した時は、さすがに驚いた。相手は仕事先で知り合った人なのだと、母は照《て》れたふうもなくさらりと言った。保険の外交員をしている母は年齢の割に交友関係が広く、飲みに出ることも頻繁にあった。

私はもちろん戸惑ったが、反対はしなかった。母が老後独りきりになる心配もあったので、かえって安心したという節もあった。

だがその安心も、母が初めて男を家に連れてきた日、落胆《らくたん》に変わった。

踵《かかと》を踏み潰された運動靴が、玄関口に脱ぎ捨てられていた。古びた靴の表地はところどころが擦り切れほころびている。居間に入ると、脱ぎっぱなしの靴とまるっきり同じ印象の男が胡坐《あぐら》をかいて座っていた。黄ばんだシャツによれたネクタイ。皺《しわ》だらけのスラックスはみすぼらしく色あせていた。

「次女の祥子《さちこ》です、こちら上原《うえはら》さんよ」

母がいつもと同じ笑顔で、男と私をかわるがわる見つめた。男は胡坐をかいたまま、上目遣いにぺこりと頭を下げた。

「上原さん、上原さん」と看護師から何度も声をかけられて、私はようやく呼ばれているのが自分だということに気づいた。目の前に同年代の看護師が少し慌てた表情で立っている。気がつくと待合室には私しかいなかった。

「上原のぶ子さんに輸血をする必要がでてきました。現時点で思ったより出血がありまして、手術が終わると同時に輸血を始めたいと思います。それで、この承諾書を読んでもらって、同意であればサインをしていただきたいんですが……」

看護師の後ろには麻酔科の医師が立っている。手術前に何度か顔を合わせた医師は、腕を組んで神経質そうにこちらを見ていた。

「私の、サインでいいんでしょうか？」

その一枚の書類が母の命を左右するものにも思えて、私は躊躇した。

「肉親の方であれば結構です。上原さんのご家族は他に……」

「姉がいます。それと……父が」

「それならばお父さまの方がよろしいですかね。お父さまは今どちらに？」

「買い物に……出ています。もうじき戻ってくると思いますが」

「そうですか。じゃあこの書類を読んでおいてください。また後でいただきに参りますんで」

看護師が早口で記載箇所の説明を終えると、医師が輸血の必要性について手短に話した。書類の内容は簡単なものだった。医師が輸血をする必要があると判断した以上、素人の私たちは何を言うこともない。

男はどこへ行ったのだろう。肩を並べて部屋を出て行く看護師と医師の真白い背中を見ながら、苛立《いらだ》つ気持ちを持て余していた。いつのまに待合室を出て行ったのだろうか。部屋の壁にかけてある時計を見ると、手術開始から一時間が経過し、二時を少し回ったところだった。そういえばさっき腹が減っていると言っていた。男は外で昼飯でも食べているのかもしれない。

父が死んで、六年と七カ月が経つ。葬式の日、母が遺影に向かって子供のように泣き言を繰り返していた姿が、遠い日に見た夢のように思い出される。「最後まで無責任な人ね。娘を二人も残して何を考えてるのよっ」握りこぶしを作り、そこに父の肉体があるかのように空《くう》を叩き続けていた。無責任な人、無責任な人……。母は私たちが見ているのも気にせず、食いしばった歯の隙間から嗚咽《おえつ》を漏らした。

父は自殺だった。前触れもなく、笑顔と軽口だけを残していとも簡単に逝ってしまった。父と最後に話をしたのは私だ。雪の降る、寒い冬の夜だった。当時まだ二十歳だった私は、忘年会と称して酒を飲んで帰り、酔ったまま居間の炬燵《こたつ》で横になっていた。炬燵の掛け布団を鼻の上まで引っ張り上げ、化粧も落とさずに半分眠りの中にいた。酒を飲まない父はアルコールの匂いに眉をひそめ、早く寝なさいというようなことを呟いた。

朦朧《もうろう》とした意識の中で見た父の最後の姿は、いつもと変わらぬものだったと記憶している。その大きな背中はぴいんと伸びていたし、いつも笑っているように見える三日月型の薄い下唇も、不吉な予感を匂わせなかった。ただ今から思えば仕事で朝の早い父が、夜中まで起きているのは珍しいことだった。だがそれも、後から思えば、のことだ。

翌朝、父は風呂場で首を吊っていた。

ちょうどいい長さの紐が見当たらなかったのだろう。紐の代わりに、気に入っていた緑色の襟《えり》付きシャツをこよりのようにねじり、自分の首にあてがっていた。死に場所に風呂場を選んだのは、きれい好きの母に対する配慮だったに違いない。風呂場の小さな窓をほんの少しだけ開けて、外の空気が入ってくるようにしてあった。

父が死んだ後、母と姉と私の三人は、誰が言い出すでもなく遺書探しを始めた。父の使っていた机の引き出しはもちろんのこと、食卓の裏側までくまなく探した。悲《ひた》しみに浸るのもそっちのけで、葬式の後始末もそぞろに、私たち母娘は遺書探しに一日の大半を費やした。大みそかの大掃除に似た、あの感じだ。冗談好きの父のことだから洒落《しやれ》の利《き》いた場所に隠してあるに違いない。最後にはまるで宝物探しをしているような気にさえなっていた。真夜中に突然起き出した千紗が、犬小屋の中に頭を突っ込んだこともあった。夕食の支度をしていた母が思いついたように米びつに手を差し入れ、冷たい米をかき回したこともある。

とにかく私たちは父が死を選んだ時、何を思っていたのかを知りたかった。

結局、遺書はどこからも発見されず、死の理由はわからないまま数年が経った。

母は面倒な手続きを経て、姓を結婚前のものに戻した。私が大学を卒業し、姉が嫁《とつ》いで家を出て、ゆっくりと確実に父のいない時間は積まれていった。体中に満ちていた悲しみが少しずつ、水たまりがじょじょに乾いていくような感じで癒され始めた頃、私は母に訊いてみた。父の死には私に知らされていない事情があったのではないかと。借金で悩んでいたのではないか。仕事がうまくいっていなかったのではないか。私が一番危《あや》うんだのは夫婦の間で何かあったのでは、ということだった。

「母さんが知りたいわよ。そんなこと」

娘と一緒に必死になって遺書を探していた母の姿は、演技ではなかったはずだ。きっと母の言葉通り、母自身も父が命を断った理由が見つからないのだろう。あれは、父の中だけで決まっていた死だった。

「あら、おとうさんは？」

千紗が待合室に戻って来た。死んだ父を呼んだのと同じ淀《よど》みない声でオ、ト、ウ、サ、ンと発音する姉を、私は冷ややかな気持ちで見ている。

「知らない」

あらそう、と言うと千紗は私の隣にどっかりと腰を下ろした。どんな動作をするにも右手は常に下腹部に添えられる。姉は三人目の子供を身ごもっていた。

「お義兄さん、なんて？」

「今から車でこっちに向かうって言ってるわ」

「車で？　新幹線の方が楽でしょうが」

「ちび二人も一緒に来るから」

「一緒に来るって、なんで？　あんな小さい子が病院に来ても大変なだけじゃない。騒ぐし、もし感染でもしたらどうするのよ。第一、病室に入れてもらえないんじゃない？」

千紗の下の娘は、この春二歳になったばかりだった。その頃はまだ元気だった母と、花見をかねて姉の家を訪ねた時に誕生会をしてやったのがずいぶん昔のことに思える。

「もしもってことがあるでしょう」

千紗が低い声を出した。

「もしも母さんがだめだったら、どっちにしても来なきゃいけないし、無事だったら孫の顔が見られたら嬉しいでしょ」

私は腹の膨らみに目をやりながら黙っていた。孫の顔を見せることが一番の親孝行だと信じて疑わないところが、姉らしい。

「何、これ？」

千紗がテーブルの上に置いてあった書類を手に取った。

「輸血の承諾書」

ハンドバッグから眼鏡を取り出し、千紗が書類に目を通す。

「サインしなきゃ」

「うん。お姉ちゃんしてよ」

「上原さん、どこに行ったのよ」

「知らない」

「だって普通は夫がするものでしょ。こういうのって」

「肉親ならいいってよ」

千紗は眼鏡を外すと丁寧に眼鏡ケースに収め、そのままバッグにしまった。

「上原さんって携帯電話持ってないの？」

「持ってはいるけど全然使いこなせないんだって、前にお母さんが言ってたよ。まあどっちにしても、私は番号知らないから」

男は確か、今年で還暦を迎えるらしい。これまで多くの職を転々とし、今は冷蔵庫の部品を作る工場で働いている。その年で肉体労働はきついでしょうと、嫌み混じりの愛想を口にしたことがある。すると男は「この年まで肉体労働しかしてこなかったから、わしには一番楽なんや」と真面目な顔をして答えた。

母は男のどこに魅かれたのだろうと思う。酒臭い息も、しゃがれ声の下卑《げび》た笑いも、油に似た体臭も、私は嫌いだった。

その中でも男の手が嫌いだった。第二関節の上からすっぽりとちぎれている、右手の人差し指と中指と薬指。仕事中の事故でそうなったと母から聞いたが、それが男の人生を象徴しているようにも思えた。赤黒く張り詰めた皮膚が、異様な艶《つや》を帯びて三本の指先からのぞいている。その指が母の体に触れているのかと想像すると、鳥肌が立った。

「お母さん、いつ頃からこんなに悪くなったのよ」

承諾書をテーブルの上に戻すと、千紗がため息をついた。下唇を軽く突き出し、眉根を寄せながら私の顔を凝視する。相手に不満を感じている時の、子供の頃から変わらない癖だ。

「ひと月くらい前、かな」

はっきりとした経過は、私も聞いていない。今から四年前、母は大腸癌を患った。会社の定期検診でひっかかり、総合病院で調べて発見された。その時も難しい手術だったが、手術後の経過は良好で、母は半年も経たないうちに普通の生活に戻った。

五年が目処《めど》だった。五年の間に癌が再発しなければ一応のところ安心してもいいと、医師に言われていた。心配だったのは、母の大腸がすべて取り除かれたわけではないということだった。母は人工肛門をつけることを頑《かたく》なに拒《こば》んだ。「今の体のままで生活がしたい」という母の要望を聞き入れた医師は、癌細胞に侵されていない大腸の一部を切除せずに残した。そして先月、手術からちょうど四年目の梅雨の季節に、母の病巣が再び黒く動きだしたのだ。

「またやられちゃったけど、おなかに肛門くっつけて生活するよりはましだったわ」

再入院する際に、母は呟いた。笑顔だったが、どこか諦めたような言い方だった。前回のように、病と闘うのだというような意志は感じられなかった。たった一人でタクシーに乗って病院までやってきた四年前と違い、今回は自宅で倒れてから四六時中、男が母に付き添っていた。

「春、お姉ちゃんの所に遊びに行ったでしょ。お母さんと私とで。あの時はなんともなかったの。本当よ。だからお姉ちゃんに隠してたわけじゃないの。私も一緒に住んでるわけじゃないから、お母さんの具合が悪いってこと最近知ったの……」

私がそう言うと、千紗は沈痛な表情で小さく首を振った。腹が痛むのか、右手がさっきよりも丁寧に下腹を撫でている。姉の掌と腹部の衣服がこすれ合う音が、小さな待合室に規則的に響いた。

「でもよかったわ。上原さんがいてくれて。お母さんも心強かったでしょう」

「なんだか、あの人と一緒になったから病気が再発したみたいな気がする……」

「そんなこと言うもんじゃないわよ」

小さな子供を叱咤《しった》するような口調で千紗が呟く。私は腹も顔も手も、何もかもが丸くなった姉の、柔らかな物言いに胃の中が熱くなるような反発を感じた。

「お母さん死んじゃったら、私、天涯孤独になるんだよね……」

待合室の壁には万年日めくりカレンダーが掛けてあり、窓から入ってくる風が時おり細長いカレンダーの紙を揺らした。日めくりカレンダーなら年度が変わっても使えるから経済的だ……。カレンダーは日に焼けて薄茶色になっている。教訓めいたことが書いてあるが、使い古された言葉なので新しい感動はない。

「死ぬなんてこと、口にしないでよ。それにあんた天涯孤独の意味知ってんの？　血縁者がまったくいなくなるってことよ。ばかね、あんたにはお姉ちゃんがいるでしょ」

千紗は棚に置いてあった女性誌をひっぱり抜くと、ページを繰り出した。入院患者たちが読み終えた雑誌を置いていくのか、棚には本や雑誌が山積みにされている。中でも子供向けの絵本が多かった。

「上原さん、どこに行ったのかしら……」

雑誌から目をあげ、千紗がまた思い出したように出入り口を見つめた。

「知らない」

「何、そんな無責任な言い方しなくてもいいでしょ。この書類にサインをしてもらわなきゃ。もうじき看護師さんが取りにくるんでしょ？」

「お姉ちゃんがすればいいじゃない」

「でも一応、上原さんにも承諾してもらわなきゃね、輸血のこと」

それにしてもどこへ行ったのかしら……ともう一度繰り返し、千紗はまた雑誌のカラーページに目を移した。


男が鬼灯《ほおずき》の鉢を両腕いっぱいに抱えて戻ってきたのは、日が沈み始める頃だった。

「のぶ子、まだやろ？」

全身の毛穴から汗が噴き出しているのか、男のシャツが水を浴びたみたいに濡れそぼっている。私は男の腕の中の橙色《だいだい》の膨らみに目を奪われた。

「どうしたんですか、それ?」

千紗も驚いた声で、男の顔を見つめた。ひとつ、ふたつ、みっつ……五つの鉢が男の腕に束《たば》ねられている。そしてどの鉢もみな、これ以上なく色づいた橙色の鬼灯の実を宿していた。

「買《こ》うて来たんや。ほおずき市で」

男は腕の中の鉢を落とさないようによろめきながら前進し、そのましゃがみこむようにして鉢の束をテーブルの上に置いた。千紗が咄嗟《とっさ》に男の動作を手助けしてやる。

「ほおずき市って……浅草《あさくさ》でやってるあれですか?」と千紗が問うと、男は、

「そうや。浅草寺《せんそうじ》のやつや」

と右手の甲で目に入る汗をぬぐい、頷いた。

「なんでそんな遠くまで、わざわざ行ってんの?」

私は、呆《あき》れた口調で男に言った。

「なんでって……ほおずき市は一年で二日間だけしかないんや。きょう行かへんかったら来年までないからなあ」

ほおずき市は東京浅草観音の境内《けいだい》で催される行事で、七月九、十日だけの開催なのだと、男は的の外れた説明を加えた。

テーブルの上に並べられた鬼灯の鉢植えから、土の匂いが漂ってきた。青臭い夏が香ってくる。四角い窓から差し込む西日が仮漆《かしつ》の役割となって、鬼灯の橙色を光らせていた。

「腹、すいてへんか？」

男が腕にかけていた白い半透明のビニール袋から、白い塊を取り出した。

「もう冷めてしもたけど」

男はひしゃげて不格好になった肉まんを、千紗と私に二個ずつ手渡した。参道のわきの出店で買ってきたらしい。

私は黙って肉まんを受け取ると、冷めた皮に唇を押し当てひとくち齧《かじ》った。玉ねぎと豚肉の甘い香りが、鼻から腹に染みた。そういえば朝にトーストを食べたきりで、昼飯は何も食べてなかった。口紅が肉まんの白い皮につくのを気にしながら、口を動かした。

向かい合って座る男も、ようやく食料にありついた兵士のような形相《ぎようそう》で肉まんに食らいついている。肉が咀嚼《そしやく》されるくちゃくちゃという音が、耳につく。肉まんを持つ男の、ないはずの指先が、柔らかい小麦粉の皮にめりこんでいるように見えた。

「どうしてこんなにたくさんの鬼灯を買ってきたんですか？」

三つ目の肉まんを齧りだした男に向かって、千紗が子供に問いかけるような口調で訊いた。

男は上目遣いにちらり、テーブルの上に視線をやると、口元を緩ませた。口の中からはみ出た肉そぼろが、唇のはしについている。男は姉の問いには答えず、ゆっくりと口を動かしている。

すっかり肉の匂いが充満した待合室から、夕日のオレンジ色がじょじょに薄れていく。肉まんを食べ終わった男は指についた油を嘗《な》めながら、私たちに向かって姿勢を正した。苦しそうに咳こんだ後、低い、しゃがれた老人の声でゆっくりと語り始める。男が母と初めて言葉を交わしたという一年前のことを、姉と私は紙芝居でも見るような気持ちで黙って聞いていた。

男はその日、夜勤明けの疲れた体をひきずって地下鉄に乗り、浅草まで出て来たのだという。まだ見たことのない浅草寺とやらを見物してやろう。普段ならすぐさま家に帰って万年床にもぐりこむのだが、なぜだかこの日に限って妙にはしゃいだ気分になっていた。東京に出て来て間もなかったので、観光めいた気分もあった。まだ朝の七時を回ったばかりだったにもかかわらず、人の往来があることに面食らいながら散歩がてらに参道を歩いた。

雷門をくぐり、仲見世通りを、ゆっくりと進んだ。工場を出る時に飲んだワンカップ酒のせいもあって、足元が揺れている。朝のけだるい空気とは不似合いな強い日差しが眩《まぶ》しかった。

「おはようさん」

声をかけたのは男の方だった。

男よりもほんの少し前を、見覚えのある女が歩いていた。工場の食堂で時々見かけるのぶ子の背中に、男はとっさに、慣れ慣れしくも声をかけていた。

普段ならそんな行動に出る性格ではなかった。内気で、口べたで、男はどちらかというと人に接するのが苦手だった。

のぶ子は突然声をかけられたことに戸惑ったのか、最初のうちは強張《こわば》った表情で男を見つめていた。男は油で汚れた作業着を着たままで、髭《ひげ》も不揃いに伸びている。赤らんだ顔はどうみても、一杯ひっかけてきたものだ。

だが男の作業着の胸ポケットに刺繍されている工場の名前に目をやると、のぶ子は礼儀正しく頭を下げて「おはようございます」と挨拶した。

「何してるんや？　朝も早《はよ》うから」

のぶ子と男は、人のまばらな参道を並んで歩いた。

「鬼灯を、見に来たんです」

のぶ子は男の方を見ずに、小さな声で呟いた。

工員である男と、のぶ子ら保険の外交員が話をする機会はほとんどない。のぶ子らが勧誘の対象としているのは工員たちではなく、本社から派遣されている事務職員だった。工員の中には三カ月も経たないで工場をやめていく種の人間が多く、保険の需要もなかったからだ。それでも工員の勤務が夜と昼の二交替制であることくらいは知っている。のぶ子は「夜勤明けですか？」と人の好い笑顔で付け加えた。

仲見世通りが途切れると、さっき見た雷門の提灯《ちようちん》と同じくらい大きい提灯が見えてくる。その提灯には宝蔵門と書かれてあった。

「鬼灯？　こんなに早い時間からか？」

男はのぶ子が手ぶらで来ていることを訝《いぶか》しく思った。平日の朝に、仕事を持つ人間がのんびりと参拝とは、妙な感じがする。

「ええ。今日はほおずき市だから。早い店ならもう六時くらいから開店してますよ」

のぶ子が右手を額の上にかざした。刻々と強くなっていく光に目を細める。

のぶ子の言う通り、早朝とはいえ露店の何軒かはすでに開店していた。店先ではまだ十代だろう男女が法被《はつぴ》姿で、声を張り上げている。鬼灯いかがですかあ、いかがですかあ……張りのあるかん高い声が、四方八方で飛び交っていた。

「四百五十軒なんですって」

「へっ？」

「鬼灯を売っている露店の数です。四百五十軒ものお店が並んでいるんですって」

男はいくつもの鬼灯の鉢が露店の天井から吊り下げられているのを見ていた。生ぬるい風のせいで、ゆうらゆうらと揺れている。鉢を吊り下げている糸には色とりどりの風鈴が括《くく》りつけられていて、風が吹くたびにちりりん、ちん、ちりりんと、涼やかな音をたてた。

男がその光景を眺めていると、のぶ子が風鈴の音色に誘われるように、一軒の店に近づいていった。髪をひっつめ、紺の法被に赤いエプロンをつけた若い娘が店先に立っている。

「いかがですか？　いいの出しますよ」

娘はのぶ子と男を交互に見つめ、八重歯を見せてにこやかにほほ笑んだ。艶のある声に、男の蒸した頭が少し醒めた。

鬼灯に混じって、露店の屋根から裸電球が吊り下げられている。その小さな灯りすら、徹夜をした男の目にはまばゆかった。のぶ子は娘に手招きされるままに店の奥に入っていく。所狭しと足元に敷き詰められた鬼灯の鉢。天井から吊り下げられた鬼灯の鉢。のぶ子の体の半分が鬼灯の茎と葉の緑に埋もれていくのを、男は黙って眺めていた。

「これにしました」

売り子とひとしきり交渉した後、のぶ子はビニール袋に入れられた鬼灯をぶら提げて、店の前に立つ男のもとに戻ってきた。のぶ子が男の目線まで持ち上げるようにして見せた鬼灯は、いくつかの緑色の実をつけていた。

「赤いのんにせえへんかったんか？」

「ええ。店の女の子がこっちの方がこれから楽しめるからって。夏の間に色が変わっていく方がいいでしょうからって」

二千五百円の鉢をひとつ、のぶ子は乳飲み子を愛しむように腕に抱えている。どうして値切らなかったのだ、と半分呆れた口調で男が言うと、境内の鬼灯の値段は一律なのだとのぶ子は返した。

「鬼灯だけわざわざ買いに来たんか？」

緑色の膨らみを弄《もてあそ》ぶ仕草が、のぶ子を年若い娘のように見せていた。

「お参りもかねて……」

暑くなってきたので日陰に入ろうと、のぶ子が促した。

宝蔵門の真下には日が完全に遮《さえぎ》られた三十畳程度の余地があり、その域に入ると石畳の冷たさが足下から伝わってきた。

「ひんやりしてるなあ」

流れてくる風は、冷気を含んだ心地の良いものに変わった。門の前後に鳩がひしめいていた。鳩の薄紫の背中がせわしなく動いている。餌を探しているのだろうか。

「浅草で育ったから、この行事が欠かせないんです。夏になるのが待ち遠しくて……。こうして毎年、鬼灯を買いに浅草寺まで来るんです」

のぶ子は被っていた帽子を取ると、額に溜まった汗をガーゼのハンカチで拭った。男は早口で話し続けるのぶ子の横顔を見ていた。

「十日の今日は、浅草観音のしまんろくせんにちに当たるんです」

「しろくま……せんいんち？」

「違います。し、まん、ろく、せん、にち。四万六千日といって、今日お参りすれば四万六千日ぶんお参りしたことになるんですよ。一年のうちに七月十日の今日だけ特別なの」

どうりで朝から人通りが多いのかと、男は納得した。

「なんかせこいなあ。そういうのわし、好かんわ。一日お参りしただけで四万六千日ぶん？どないやねん、それ」

男は思ったことをそのまま口にした。自分でもびっくりするくらいの大きな声だったので、言ってしまった後から、恥ずかしくなった。男とのぶ子の立つすぐそばで、実際に参拝している人がたくさんいたので、思わず辺りを見回し首をすくめた。

のぶ子はハンカチを口に当てて、下を向いた。目尻がさがっていたので、たぶん笑っているのだろう。男は自分がとてつもなく面白いことを言ったような気がして、嬉しくなった。

「なんか漫談を聞いてるみたいだわ」

のぶ子が顔をあげた。汗に濡れた前髪が額に貼りついている。

「いやいや。でもあんたもその四万六千日を狙って毎年、来てるんやな」

数十羽の鳩が男の足元まで寄ってきていた。何羽かは男の靴の匂いを嗅ぐように、くちばしを寄せてきていた。男は軽く足をあげて追っ払うような仕草をした。それでも人に慣れた鳩は「何をするのだ」と威嚇《いかく》するように目玉をくりくりと動かし、立ち去ろうとはしない。

「私は小さい頃から毎年来てるんで……四万六千かけることのウン十年。宇宙的な数ほど参拝していることになります」

「効果はあったか？」

「前世がよっぽど悪人だったのかしら、あんまりね。でもこれだけ参拝して今の私なんだから、しなかったら恐ろしいほどの不幸になってたなって思うんです」

のぶ子は冗談とも本気ともつかぬ口調で言った。口元に笑みを浮かべてはいたが目は笑っていないような感じがした。

汗はひいたが、男はこの場所を離れたくなかった。薄暗い門の下から眺める景色は、別世界のように明るく眩しいものだった。

露店の連なりが見える。店先に並ぶ橙色の鮮やかさと、清らかな緑が、頭の中に快い痺《しび》れをもたらした。

「熟しきった鬼灯の実って、なんかとてつもなく幻想的に見えませんか？」

のぶ子が言った。さっき買った鉢をのぞき込み、中でも色づき始めた実を手の中で転がしている。

「鬼の灯って書くくらいですものね……」

さっきまで華やいで見えたのぶ子の顔がふと、年齢を積み重ねてきた女特有の、多くの思いが染み込んだ顔として男の目に映った。目の下のたるみに、汗が溜まっている。

「私、夫を亡くしたんです、六年ほど前に。自殺だったんです」

腕に抱えていた鉢の重さに耐えられなくなったのか、のぶ子は石畳の上に鉢を置いた。どこからかやって来た車椅子の老人が鳩の群れに分け入って、餌をまき始めた。透明なビニール袋の中に、天カスに似た餌がぎっしりと詰まっている。老人の周りに鳩がたちまち集まってくる。

「私、夫とは見合い結婚だったんです」

男は、餌を奪い合う鳩の群れを眺めながら黙ってのぶ子の話を聞いていた。親しくもない女から突然身の上話をされて、どんな反応をすればいいのかと内心途方に暮れたが、男は緊張した面持ちで黙っていた。のぶ子が誰に聞かせるでもなく話をしていることはわかっていた。ここに自分ではなく一本の木が立っていたとしたら、のぶ子は木に向かって話し始めただろう。男はのぶ子の声に耳を傾けてやるのが自分の役目なのだろうと思った。

「初めての見合いだったんです。その時すでに両親はいなかったから私、一人で約束の場所に向かったんです。それがなんだか惨めで寂しくて心細くて。まだ二十そこそこだったんだもの、しょうがないわね。そしたらね、夫も一人でやって来たんです。二人とも付き添いなしだなんて、当時では珍しい見合いでしょう？」

のぶ子は男を相手に、亡くなった夫との出会いを綿々と語った。時々思いついたように「こんな話、退屈かしら？」と男に向かって眉をひそめるので、その度に男は首を横に振った。夫には両親がなく母方の親戚に引き取られて育ったことや、出会って半年も経たずに結婚を決めていたことなどを、のぶ子は女友達に聞かせるような気安い口調で話した。

「私、幼い時に両親を亡くしてしまっていたから、なんだか温かい家庭がすごく特別なものみたいに思えてね。結婚した時は嬉しかった。子供ができた時はもっともっと嬉しかった。よし、これからたくさんたくさん幸せになるんだって」

誰かと手を繋いで生きていくということが嬉しかったのだと、のぶ子は呟いた。

男には、のぶ子に言ってやれるような言葉は見当たらなかった。

「なんで死にはったんやろ。あんたの旦那さんは？」

男はやっとの思いでそのひと言を口に出した。

のぶ子は遠い目をしながら首を横に振り、かすかに笑った。のぶ子の視線は本堂の前で手を合わせる参拝客に留まっていたが、のぶ子が何をも見ていないことは男にもわかった。

早朝特有の透明な膜がしだいに取り去られ、空気がじょじょに熱気を孕《はら》み活気をともなってくる。仲見世通りを歩く参拝客の数も、確実に増えてきているようで、売り子たちの声もひときわかん高いものに変わってきた。

「上原さんのご家族は？」

のぶ子が話を切り替えようとしてか、声のトーンをあげて男に訊ねてきた。どうして自分の名前がわかったのだろうと面食らったが、のぶ子の目線が自分の作業衣の左胸の辺りにあるのを見て納得がいった。会社の名前の下にオレンジ色の糸で男の名字が刺繍してある。

男には家族がなかった。もちろんかつては両親がいたが、今はまったくの独りになってしまった。両親は東京生まれだったが、仕事の都合で大阪に越してからはずっと、死ぬまで大阪で暮らした。

男もこの年齢になるまで大阪を離れたことがなかった。十五の時に就職した建設工務店も、堺《さかい》という大阪色の濃い街の中にあった。

「わしはずうっと独りや。中学の時に家を出てからは、ずうっと独りでやってきた。親孝行のひとつもせんままに、こんな年になってしもたわ」

本当は血の繋がった兄がいた。五歳年上の兄とは、十年近く会っていなかったが、ついひと月ほど前に用があって会うことになった。母親の葬式に会ったきり音信不通だった兄から、男の勤めていた大阪の繊維工場に電話があったのは、今からちょうどひと月半前のことだ。電話の内容は、両親の残した家が東京の西小山《にしこやま》という場所にあるというものだった。古い家なので売却するつもりだが、名義が長男の自分と男のものになっているので、話し合いをして決めたいという意向を伝えてきた。受話器越しの兄の声は冷たく硬いものだった。葬式の時もひと言すら言葉を交わしていない兄だ。艶のある漆黒の礼服を着込み、背筋を伸ばして式を取り仕切っていた兄の、感情のない横顔が男の記憶の層から引き抜かれた。男が兄の言おうとすることをなかなか理解できずにいると、受話器の向こうから苛立った咳払いが聞こえてきた。工場の機械の騒音に、短い舌打ちを返してきた。

「こっちにはいつ出て来られたの？　上原さんは関西の方でしょう？」

「そうや。ちょっと用事があって先月に大阪から出て来たんや。そしたらなんや帰るんが面倒になってな」

話し合いというよりも、兄からの一方的な意向を伝えられた結果、男は三百万円という金を受け取って、すべての権利を兄に譲った。兄の話によるとこれまでの管理と今後の売却などの労力を考えると、三百万円という金額は多すぎるくらいだとのことだった。

実際に家の価値がどのくらいなのか、男にはさっぱりわからなかった。だが、これまで両親のことをまったく顧《かえり》みないで生きてきた自分には、確かに三百万円というのは多すぎるほどの金額だった。

「帰るのが面倒になって……だなんて気楽ですね」

のぶ子は目だけで笑いながらそう言った。のぶ子の笑顔に嫌みがまじっていないのを感じて、男はそやな、と頷いた。

少し歩きましょうか、とのぶ子が鉢を持ち上げる。男はそのままのぶ子の後ろについて歩いた。日陰を出て日なたに入ると、せっかくひいていた汗がまた、いっせいに噴き出してくる。男はのぶ子が抱える鉢を持ってやった。

立ち並ぶ店の間の狭い道を、ゆっくりと歩いた。どの店の軒《のき》にもたくさんの風鈴がぶら下がっている。鬼灯に似せた朱色の風鈴。透明なガラスに細かい線で絵が描かれた風鈴。色とりどりの風鈴がはかなげに揺れる様は涼やかで美しかった。

「上原さんはひとりっきりで寂しくないんですか？」

店先で声をかけてくる売り子たちに愛想のお辞儀をしながら、のぶ子が見上げてくる。

「いやあ、まあ慣れとるさかい……」

「そうですよね。慣れますよね」

「でも、あんたは娘さんがおるからええやんか。なあ？」

「ええ、ありがたいです。夫が私のためにしてくれた一番のことは、娘を残してくれたことかしら……」


五十センチ程の棒きれに、熟した鬼灯の実が五、六個くくりつけられたものが一本七百円で売られていた。毎日水をやらなくてはいけない鉢植えは面倒だが、この鬼灯なら部屋に飾っておける。男は殺風景なアパートの部屋に、鬼灯の橙色が灯る様子を想像してみた。

「わし、あの棒買うわ」

下を向いて歩くのぶ子の肩を叩いて、男は弾むような声を出した。

「あの七百円のやつ」

鬼灯を指差して、男はすぐ側の店に近寄っていった。作業着のズボンのポケットに手を突っ込むと、二、三回中でかき回し、千円札を二枚抜き出した。

「二つ、おくれ」

使いに出た子供のような無邪気さで、売り子に千円札を二枚差し出した。釣銭を受け取る時に、男の掌から百円玉と五百円玉がするりと落ちた。のぶ子の視線が自分のちぎれた指先にあるような気がして、顔がカッと火照るのを感じた。

慌てて釣銭を拾い、二本の棒のうち一本をのぶ子に手渡した。のぶ子は何度もありがとうを繰り返し、

「なんだか小さな提灯をいっぱいぶら下げてるみたい」

と棒を左右に振って鬼灯を揺らした。

のぶ子は鬼灯を自分の目の位置まで持ち上げると、実のひとつを食い入るように見つめた。透明ではないその表皮を、透かし見ていた。

聞き馴れない関西訛《なま》りが、お伽噺《とぎばなし》を聞いているような不思議な調べで私の耳に入ってくる。男が語る母の姿は、私が知っている母ではなかった。私の母は、そんな寂しげな女では決してなかった。

「母は……父を今でも恨んでいるのね」

肩を丸めて自分の足元を見つめている男に向かって、私は訊いた。叱られた老犬のように萎《しぼ》んで見える男の膝に、鬼灯の鉢が載せられている。

「ほろほろほろほろ、幸せがこぼれるんやって。のぶ子、そう言うとった。ほろほろほろほろ、ほろほろほろほろ、自分の器から幸せがこぼれていきよるって……」

「幸せが、こぼれる?」

「自分は生まれた時から欠陥商品なんやて。幸せを溜めておく器に生まれつき穴が空いてるんやて。初めは自分の器が他の人よりも小さいんやと思てたけど、ほんまは穴が空いてたんやって。旦那さんが死にはった時に気づいたって、そう言うとった」

男は小さな声で呟くと、唇の動きだけでほろ、ほろ、ほろ、ほろ、ほろ、と繰り返した。

母の悲鳴を聞いて、慌てて風呂場にかけつけた時、母は泣き笑いのような表情で、父の体を見上げていた。血が出るんじゃないかと思うくらい、前歯で強く下唇を噛んでいた。私は男の話を聞きながら、その時の母の横顔と血液の錆び臭さを思い出していた。

「お母さんの人生って、幸せだったのかしら？」

千紗が足元に目線を落とす。

思ったことをすぐに口にできる素直な姉が羨ましかった。私もまた同じ台詞《せりふ》を心の中で呟いていた。

「おとうさんは……母が可哀想だから結婚したんですか？　父の死因が自殺だったから」

千紗は思い詰めたように男の顔を見つめる。その問いかけに、男は口をぽかりと開けて、黙って首をかしげていた。

「わしは……のぶ子の言うほろほろの意味がわかったんや。可哀想っちゅうのとはちょっと違うなあ。どう言うたらええんやろ？」

過去に一度だけ、男にも結婚を考えた女がいたという。まだ二十を過ぎたばかりの頃だ。その女は二歳年上の、当時勤めていた工務店の社長の娘だった。大工の見習いとして働いていた男とその娘は、毎日顔を合わせる気安さでしだいに仲が深まり、結婚を意識するようにまでなっていた。だが突然の事故が、男の人生を変えてしまった。電動のこぎりを使って、材木を切断している時だった。完全に油断していた。使い慣れた機械に対する警戒心はなかった。

薄い銅板の縁に作られたぎざぎざの歯に指が食い込んでいく瞬間を、男は今でも夢に見ることがある。

男は誤ってのこぎりの歯を自らの指にかけてしまったのだ。

足元にコトンと音を立てて落ちた三本の指先。鮮血が床を濡らし、火がついたような熱さが、指先から男の全身にかけめぐった。

右利きの男にとって、右手の指が失われたのは致命傷だった。一本ならず三本。左手を使う努力もしてみたが、やはり思うようにはいかなかった。

「わしはそれでもその娘のことが好きでな。社長に頼みこんだんや。人より何倍も頑張るさかい、娘さんと一緒にならせてくださいってなあ。その工務店では五年以上も働かせてもろてて、社長にも目えかけてもろてたから甘えもあったんや」

「だめだったのね？」

私は男の視線の先にあるひときわ短い三本の指を見つめながら、訊いた。

「あかんかった。右手の指がのうなったやつが、どうやって一人前の大工になるんや、って社長は言いよった。まあ当たり前やろ、父親としては。指のない大工なんて先が知れたあるがな」

つらい過去を話しているはずなのに、何故か男は柔和な笑みを頬に浮かべていた。先っぽのない指に左手で軽く触れている。

結局、大工になることを諦め、娘とも別れた。工務店の社長も娘も、去って行く男を引き止めようとはしなかった。

「指切ってから、初めて包帯外した時や。こわごわ包帯ほどいていったら、ちょっと不細工やったけど、ちぎれた肉もくっついて痛みもだいぶなくなってたわ。よかったよかった思うて。わし、そのまま顔を洗おう思たんや。ほしたら、わしの手、水がすくえんようになっとった。蛇口から出てくる水を受けよう思うて待ってると、隙間から水が逃げていきよる」

男は、水を出しっ放しにして何分間も掌を上に向けてた。どんなに力をいれてぴったりと手と手を合わせても、水は漏れていった。

「そん時な、わし、わかったんや。わしの手の中にはもう二度と幸せは入ってこうへんのやろうって。ほろほろとこぼれるってのとはちょっと違うけど、自分は幸せなんか摑めへんのやっていう諦めみたいなもんやな」

水流の音を聞きながら漠然とそんなことを考えていた。指を失った辛さで涙を流したのは、それが最初で最後のことだったと。

私と千紗はただ黙って男の不揃いな右手を見ていた。父はひどい死に方をした、と改めて思った。家族に何も伝えず、何も残さず。父にとって家族はなんだったのだろう？　母はなんだったのだろう？　父の存在は、母に暗い穴を再確認させるだけのものだったのだろうか。父の死によって、母は積み上げてきた多くのものを失った。それも一瞬にして。

「可哀想やから結婚したんとは、ちょっと違うんや……」

これから毎年、のぶ子のために、のぶ子と一緒に、のぶ子に幸せが宿るように、祈ってやりたいと思ったのだと男は目を固く瞑《つむ》った。

日が落ちて、窓の外はすっかり暗くなっていた。闇を透かすガラス窓に、男と姉と私の影が映っている。橙色の鬼灯も、映っていた。

「もうすぐ七時になるね」

千紗が腕時計に目をやった。母が乗せられたストレッチャーは、まだ手術室から戻ってこない。

「大丈夫やで。四万六千日ぶん、お参りしといた」

男が皺だらけの顔を、笑顔で満たした。

「鬼灯、きれいですね。私、ひとつもらっていいですか？」

「ああ。持って帰りや。子供らのぶんも持って帰ったり」

麻酔をかけられる前に、少しだけ話をした母の顔を思い出した。手術用の前開きの白いスモックを着て横たわっていた母の、化粧気のない顔はいつもより若々しくきれいだった。私に向かって「お母さんは大丈夫だから」と何度も繰り返した。何が大丈夫なのかと訊きたかったが、声を出すと涙が出そうだったので、無言で頷いた。これから大手術に向かおうとする母は、とても優しい顔をしていた。こんな時なのに、今日の母は幸せそうに見えた。

私はテーブルの上の承諾書を手に取ると、男に差し出した。

「なんや？」

「輸血の承諾書。手術後に輸血する必要があるからって。お医者さんが書いてほしいって」

「何書くんや？」

「名前。おとうさんの」

男は用紙に額が触れるほど目を近づけて、記載事項を読んだ。活字が小さすぎるのか、眉間に皺を寄せ、目を細めている。

「どこに書いたらええんや？」

私は白く空いた部分を指さした。「この下の所か？」と指さす男の問い掛けに頷く。書く物を持っていない男に、千紗がバッグからボールペンを取り出し渡してやった。私は掌全体でペンを握る、男の震える右手を見ていた。

上　原　孝　造
男の下手くそな字が遠慮がちに綴られていく。私は男が孝造《こうぞう》という名であることを初めて知った。汗をかき始めた男の髪から油臭い匂いがぷうんと漂ってきた。長い時間がむなしく思えることもあれば、たった一つの想いがすべてを救うこともある。右手の親指に朱肉をつけている男の、その不器用な動きを見ているとそんな気がした。

男は丁寧に拇印を押すと、用紙に息を吹きかけ、朱肉を乾かそうとした。男の吹きかける息でそばにあった鬼灯の実が、かすかに揺れた。風鈴がちりりんと鳴る時みたいに、鬼灯が音もなく揺れた。

月夜のディナー

日本橋にある中華料理店に着くと、すでにマア子おばさんが店の前に立っていた。

「あ。華《はな》ちゃん」

華絵《はなえ》を見つけたマア子おばさんは、嬉しそうに手を振っている。見慣れた紺色のダウンジャケットにジーンズ。おばさんらしい格好だ。

「よかったあ。華ちゃんも普段着だよね。まさかこんな高級料理屋さんだと思わなかったから、私の格好、めっちゃ適当だわよ。裕《ゆう》ポンも人が悪いよね。こんな店だって前もってわかってたらそれなりの服装で来たのに……」

おばさんは心底後悔している様子で、ダウンジャケットの袖口を折ったり伸ばしたりを繰り返している。裕ポンこと溝口裕輔《みぞぐちゆうすけ》……華絵の弟。おばさんの言う通り、まさかあいつがこんな立派なお店を指定してきたことに、姉としても驚く。

「さすがに気合い入れてるのよ、結婚式前夜の食事だから、あいつなりに」

華絵はおばさんの肩を押すようにして、店に入る。職場から直接やって来たのだろう、おばさんの肩には年季の入ったOUTDOORの青いリュックがかかっていた。

「溝口で予約していると思うのですが……」

黒いタキシードに蝶ネクタイを付けた上品なウエイターが、二人の側までやって来た。華絵もコートの下はチノパンにスニーカーで来たことを後悔しながら、予約の旨を告げる。

「ご予約承っております。三名さまですね。ご案内いたします」

柔らかな微笑を終始たたえたまま、ウエイターが部屋まで案内してくれた。たった三名なのに広々とした個室で、華絵はおばさんと目を合わせて妙な笑いを浮かべてしまった。

「おそろいになるまで、お待ちになりますか」

ウエイターの問いかけに頷き返すと、その入れ替わりにウエイトレスがやって来て白いポットに入ったお茶を淹《い》れてくれる。口をつけると、ジャスミンの良い香りがした。一月の夜なので、その温かさが喉元を通り胸の辺りに広がっていくのがわかる。

「ちょっと華ちゃん、どうする？　これテーブル回るやつよ。奢《おご》るから、なんて言ってたんだよ、裕ポン」

真剣な顔つきでおばさんが目配せしてくる。

「うんうん。私にも言ってた。中華だっていうからてっきり汚いラーメン屋かなんかだと予想してたのに」

「そうだよね。私も餃子《ギョーザ》だろうと思ってマスクまで用意してたんだ。ほら」

リュックの外ポケットのチャックを開けて、おばさんがマスクを取り出して見せる。

「まさか餃子ってことはないでしょう。明日、一応あいつの結婚式なんだから」

「それもそうだね。でも裕ポンなら」

「たしかに。あり得る」

華絵はおばさんと顔を合わせて笑いながら、「ああこの感じ、久しぶりだなあ」と思う。結婚しておばさんの家を出てから三年になろうとしている。でもやっぱりおばさんと一緒にいるこの感じは、誰といるより心地よい。

「それにしてもまた遅刻、裕輔」

時計を見ると、約束の時間から十分が過ぎている。

「まあ気長に待ちましょうよ。華ちゃんは？　ちゃんと旦那さんにことわってきたんでしょう？」

「うん」

「だったら大丈夫、大丈夫」

おばさんがジャスミン茶のおかわりを、茶碗に注いでくれた。

今から二十年前、母親の美保子《みほこ》が再婚した。華絵が十一歳、小学五年生の時で、弟の裕輔はまだ六歳になったばかりだった。美保子が姉弟の父親と離婚したのはその二年ほど前のことで、早々に新しい結婚相手を見つけたのだ。前の父親は仕事に行ったり行かなかったり、家にお金を全然入れない人だったので、華絵としては美保子の再婚に「やったじゃん」という気持ちだった。

「都内の一軒家に住んでるのよぉ。区役所で働いてる公務員」

美保子は新しい夫のことを、そんなふうに姉弟に説明した。母子家庭になってからは保険の外交員をしていた美保子が、営業先で射止めたのだという。当時三十八歳の美保子に比して、相手は三十五歳。初婚の三歳年下だった。子供にたった一度も会わせることもなく勝手に決めた再婚だったけれど、華絵は再婚に賛成だった。公務員というお堅い職に就いた男を、三十八歳二人の子持ちという美保子がゲットしたことに感心すらしていた。美肌のために夜は十時に就寝し、毎晩のストレッチも欠かさない母だからこそできた技だと。

ただ、溝口に初めてファミレスで会った時は、正直がっかりした。なんと言えばいいのだろう。まったく魅力に欠ける男だと、十一歳の自分はジャッジを下した。持ち家もあって公務員。でも三十五までモテずにきたんだろうなと、心の中で華絵は思った。オタクとか自由人——そういうのなら、まだましだ。だってギラギラしたとこがあるもんな。目の前の男性は気力というか精気というか、そうしたものの薄い、ブレーメンの音楽隊に出てくる年老いたロバみたいな人だった。

「少年野球？　そんなの入る意味、ないだろう。イチローや松井みたいに将来その道で稼げるのならともかくさあ。ただ野球やってた、じゃ、なんにもならないでしょうが。体鍛えたいのならその辺をランニングしておけばいいじゃない」

裕輔が「少年野球チームに入りたい」と美保子に頼んだ時、溝口はこんなふうに一蹴《いっしゅう》した。三千円だったか四千円だったかの月会費を惜《お》しんでのことだ。魅力もなければ特筆すべきこともない溝口の唯一の特徴は、ケチということだった。裕輔と二人で彼を語る時、ケチ以外に出てこないくらい、ケチだった。

前のお父さん……北野真太郎《きたのしんたろう》は、たしかにぐうたらで情けない男だったけれどケチではない。金が入った時は景気よくなんでも買ってくれたし、物の考え方は楽観的でおもしろかった。幼い裕輔がバットでボールを上手に打てば「将来は大リーガーになるかもしんない」と喜び、機嫌を損ねて暴れた裕輔が父親の背中をグウで殴ったら「いいパンチだっ」と白目を剝《む》いて倒れてくれた。華絵のことも「おまえは名前に華があるんだから。手品でもできるようになっておけ」とよくわからない理由で盛り上げた。調子が良い人だったけれど、一緒にいて楽しいところがあった。

「そんなくだらないことに金は使えないだろ」

これが溝口の口癖で、あの人にしてみれば世の中はくだらないことだらけだった。

「金額は知らないけど、ずいぶん預金を持っているらしいわよ」とフォローのつもりか美保子は繰り返し言ってきたが、

「でも金だって使わなければ、ないのとおんなしじゃん」

と裕輔は鼻で笑い、溝口を揶揄《やゆ》していた。ほんのたまに、年に一回あるかないかの外食では、必ず割引クーポンを取り出してきて割引のあるメニューを選ばせた。クーポンおやじ。華絵と裕輔は陰でそう呼んで、外食なんて行きたくもないと美保子に拗《す》ねてみせた。裕輔が、

「もうここを出て、前に住んでた団地に戻りたい」

と美保子に訴えるのも一度や二度のことではなかった。


そして実際に裕輔が溝口の家を飛び出したのは、小学四年生の時だ。その頃には溝口と美保子の間に生まれた男の子が三歳になっていて、父親違いの弟は、翔《しょう》という名前だった。

「こらおまえ、今、翔に何した」

溝口がひどい剣幕で裕輔を怒鳴っているその場に、華絵もいた。華絵には、ただ裕輔と翔がじゃれあっているようにしか見えないのに、溝口は怒りで青ざめている。

「何って？　別に」

裕輔が口を尖《とが》らせ、顔を背《そむ》ける。

「蹴っただろう。翔の顔をおまえの足で蹴ってたのをおれは見たぞ」

溝口は血の繋がったわが子が生まれてから、ほんの少し変わった。翔に関するものならいくぶんかのお金を出すようになった。裕輔は少年野球やスイミング、公文《くもん》や塾などの習い事もいっさいさせてもらえなかったのに、翔は電車を二回も乗り換えていくような有名私立の幼稚園に進ませるという。その送迎のために、軽自動車も新たに購入した。

「裕輔の足が当たっただけだよ」

華絵は裕輔を庇《かば》うようにして、二人の間に割り込んだ。翔が足にしがみついたので、振り子のようにぶらぶらと揺らしていただけだった。

「てんめえ、今度やったら許さないぞ。この家から追い出してやるっ」

しかし溝口は目を吊り上げて裕輔を叱った。覇気のない老ロバのくせに、無理に威嚇《いかく》するような言葉づかいがちぐはぐだ。他所《よそ》の群からきた若い雄に、縄張りを荒らされた老獣のような必死さが、静かなリビングにいつまでも刺々《とげとげ》しく残った。

ここは自分の居場所じゃない……。裕輔がそう感じたのも仕方ない。なぜなら華絵自身もそう感じていたのだから。

「高校？　行くの？　いいんじゃないの、中卒で働いて職人になっても。そういう方が今の世の中だと案外いいかもしれないでしょ」

高校受験を控えていた華絵が、母と進路について話し合っている時、溝口が口を挟んできたことがある。自分は人を出身校や勤務先なんかの肩書きでしか見ないくせに。どうせ授業料がもったいないだけでしょ。華絵は心の中で毒づいたが、そんな時でも美保子は何も言い返さなかった。この時自分は、家賃を払わなくてもいい家や、車、安定した生活を母が二度と手放したくないのだと悟《さと》った。

「今日からここを裕輔と華ちゃんのおうちだと思ってね。今のところより狭くて汚いとは思うけどさ」

家を飛び出した裕輔が連れ戻されたのは、昌子《まさこ》おばさんのアパートだった。溝口といつになく熾烈《しれつ》な言い争いをして外に飛び出した裕輔を華絵が追いかけ、そして姉弟を駅前のゲームセンターまで探しにきてくれたのは、母ではなくマア子おばさんだ。

「お母さんは？」

おばさんの顔を見て裕輔は、そう訊いた。

「翔ちゃんが発熱したんだって。目が離せないからって」

「おれとお姉ちゃん、おばさんのとこ行くの？」

「そうだよ」

「いつまで？」

「そうだね……。どうしよっか。裕輔と華絵ちゃんがもうちょっと大きくなるまでにする？」

「裕輔って呼ぶなよ。お母さんと同じ呼び方で、おれを呼ぶな」

「……ごめん。じゃあ裕ちゃん」

「それもだめだ」

「じゃあ……裕ポン？」

裕輔は泣いていた。もう十歳になっていたのに、幼児みたいに両方の目からぽろぽろと涙を流して。

「おれ、おばさんと住むなんて嫌だ。おばさんもほんとは、おれや姉ちゃんなんていらないと思ってるんだ。捨てられた子供なんて欲しがる人いない」

「そんなことないよ。それに裕ポンは捨てられてなんかないよ」

「捨てられてんだよっ。川に流された桃太郎と同じだ。お母さんが迎えに来ないってのは、そういうことなんだって」

肩に添えられたおばさんの手を振り払うようにして、裕輔ががなり立てる。華絵の鼓膜も、見るからに薄いアパートの壁も、その大声に震える。

「なんだっていいから、おばさんとこおいでよ。桃太郎もハッピーエンドだったじゃない」

「なんだよ。見返り求めてんのかよ。おれは鬼退治なんてしない。恩返しも絶対にしない。おばさんに宝物なんてやるわけない」

「いらないのよ、そんなの。おばさん、そんなの欲しくないもの。いってらっしゃい。ただいま。そんな言葉を毎日使うのも楽しいかなって思ってるだけ。おばさんね、十九歳からもう二十二年間も独りきりで暮らしてきたからね。だからね、裕ポンや華ちゃんと三人で暮らすのもいいなって、単純に考えただけ」

膝を折って屈みこみ、裕輔に視線を合わせておばさんは笑った。目尻に皺が刻みこまれ、眉根を寄せた困惑顔の額には、絵描き歌みたいな三本線がくっきり浮かんでいた。

「……おれと姉ちゃんを、おばさんの家族ごっこに利用するのか?」

手の甲で頬の涙をぬぐい、裕輔はきつい目をしておばさんを睨《にら》む。

「そうだよ。だから裕ポンと華ちゃんもおばさんを利用したらいいじゃないのよ。おばさんを利用して大きくなったらいいじゃないの。大人になって、一人で生きていけるようになったら、好きな所へ行けばいいだけの話でしょ」

　美保子と溝口の再婚が決まった時は、新しい父親との生活に心を弾《はず》ませていた弟だった。溝口に初めて会う日、四六時中被っているジャイアンツ帽を外していた。「なんで？」と訊いたら、「新しいお父さんが巨人嫌いだったらまずいじゃん」と照れくさそうにしていたのだ。

「すいません。ありがとうございます、マア子おばさん」

　十五歳の自分は涙を見せるわけにはいかないと、華絵はマア子おばさんに頭を下げる。お母さんは自分たち姉弟より、翔とあのケチ男との生活を選んだ。美保子とどういうやりとりがあったのかは不明だけれど、きっとマア子おばさんもわかっている、その事を。だから迎えに来てくれたのだ。もう何年も会っていないお父さんの、妹というだけの繋がりなのに。それがよくわかっていたので、華絵は深く頭を下げる。あまり馴染みのないマア子おばさん。独身で、動物園の飼育員で、自分たちの父親からいつも迷惑ばかりかけられて。堅実に生きてきたはずのおばさんの身に、自分たち家族の災いが降りかかっていることが、華絵は心苦しくて堪《たま》らない。

「臭いんだよっ」

それなのに裕輔はおばさんに反抗ばかりして、華絵はそのたびに裕輔の頭を手加減なく叩いた。

「臭いんだ。真剣に臭い。おばさんは、うちのお母さんとは何もかも違う」

でもおばさんはそんな裕輔の心ない言葉にいつも笑っていた。だって動物園で働いてるんだもん。しょうがないじゃない？

「香水とか、つけろよ」

「動物たちがね。嫌がるんだよね。鼻がいいからね、あの子らは」

「この家中に臭いがこもってるって」

「この前アライグマをしばらく家に置いておいたからね。怪我したところが化膿してて心配だったから」

裕輔に何を言われても、怒るわけでも無視するわけでもなく、軽くいなすおばさんのことをすごいと思っていた。ほんの少し血が繋がっているだけなのに、と。

でも一度だけ、おばさんの目が悲しげに潤んだことがある。裕輔の参観日におばさんが出席した時のことだ。

「教室中が臭かったぞ。みんなクスクス笑ってたの、気づかなかったのか？　誰かが牛糞の臭いがするって言い出したんだ。そしたらそうだ、そうだって。騒ぎになったんだぞ。おばさんのせいだ。もう二度と来んなよ」

精一杯のお洒落をしたおばさんに向かって、裕輔はそんなひどい言葉を投げつけた。

「こらあ。ばか弟がっ。何言ってんだ」

華絵は弟の頭を思いきりグーで殴った。耳の上辺り。椅子に座っていた弟が、バランスを崩して椅子から落ちる。

「捨てられたくせに。父親にも母親にも見放された子供のくせに。何言ってんだよ、あんたは。マア子おばさんに見限られたら、もうどこにも行く場所はないんだからね」

「児童施設があるもんねぇ、だ」

「施設であんたみたいなわがままな男が暮らせるわけないでしょうが。魚が嫌い。野菜が嫌い。ご飯の固いところは食べられない。エビと貝を食べると蕁麻疹《じんましん》が出て、寒い日に肌を露出するとこれまたたちまち蕁麻疹。あんたみたいなヘタレな男が施設で生きていけるわけ、ないでしょうがっ」

怒鳴りながら泣いていた。「私たちにもう行く場所なんて、ないんだからね。マア子おばさんだって本当は私たちの面倒なんて見たくないんだよぉ。そもそも、誰も欲しくない子供なんだから、あたしとあんたは」

壮絶な姉弟喧嘩を、おばさんは黙ったままでぼんやりと見ていた。

＊

「ねえ華ちゃん。それにしても、裕ポン遅いね」

ジャスミン茶のおかわりをしようとしたおばさんが、ポットを持ち上げてすぐに下ろす。中身がもうなくなっている。

「裕輔のことだから、自分で指定したお店の場所がわかんないのかもね。どっかで迷ってるんじゃないの」

こんなにお茶ばかり飲んでいたら、トイレに行きたくなってしまう。

「電話してみるね」

おばさんが本気で心配し始めているのが、華絵にはわかる。鷹揚《おうよう》に構えているように見えて、実は人よりも心配性なのだということは、十五年近く一緒に暮らして気づいたことだ。

「……通じないなあ。こっち向かってるよね」

「うん。少し前に『今から職場を出る』ってメールあったから大丈夫と思うよ」

華絵は言った。裕輔が時間ちょうどに来たためしはない。

「そうだ、おばさん。サスケの具合はどう？」

サスケはおばさんの勤務先の動物園にいる猿のことだ。姉弟がおばさんの家に暮らし始めた時、サスケはまだ赤ちゃんザルで生死の境をさまよっていた。

「サスケ？　うん、ずいぶん良くなったよ。風邪だったのかしらね」

おばさんは、一緒に暮らしていても特にかいがいしく世話を焼くというようなタイプではない。母の美保子が、わかりやすく優しさをアピールする人だったので、初めのうちは素っ気ない人だと思っていた。でもおばさんは毎日、動物園で起こった出来事を話してくれた。同じ水槽のオットセイの雄が雌を追いかけ回し、雌が衰弱してしまったこと。マントヒヒの毛がストレスで全部抜け落ちてしまったこと。人気の白蛇が便秘で困っていること。

サスケもそんなおばさんの話のひとつで、でもその話は裕輔が格別に気に入ったエピソードだった。

「うちにね、生まれたばかりの赤ちゃん猿がいるんだよ」

おばさんは、食卓を囲みながらなんとはなしに話し始めた。この頃はまだ裕輔はおばさんに……というかいろいろなことに反発していて、そっぽ向くようにして聞いていた。

「でもね、赤ちゃん猿の母親が、数週間前に亡くなってしまってね。赤ちゃん猿が自力で生きていけるか心配してるんだよ。群の中で守ってくれる母親猿がいないとなると、いくら動物園だからといってもそりゃ厳しいから」

赤ちゃん猿の名前は、華絵が付けた。おばさんが「何かいい名前ないかな?」と訊いてきたからだ。「猿飛びサスケ」からもらった。強そうだし、アニメのサスケも母親を亡くしていたから。「なんだよそれ。センスねえなあ」と鼻で笑った裕輔も、その後ずっと「サスケ」と呼んでいる。

いつしか「サスケの日々」は三人の食卓に欠かせない話になり、サスケが餌を取ろうと猿たちの密集に入り込み、踏まれて重体になった話を聞いた翌日には姉弟で学校を休み、動物園に見舞いに行ったくらいだ。

「この前死産したメス猿が、サスケを自分の子供として育て始めたのよ。サスケは生まれて初めて母猿の背中に乗ることができて、幸せそうなの」

おばさんがそう報告してくれた時の裕輔の嬉しそうな顔を、華絵は今でも忘れない。ずっと欲しがっていたものを手に入れた時も、あれほどの顔を見せたことはなかった。嬉しすぎて、言葉を失くす弟の顔を見ながら、華絵の心にも幸せな思いが満ちた。

サスケ誕生からおよそ十六年。サスケはボス猿として今もサル山で生きている。サスケを育ててくれたメス猿が亡くなった時は、華絵も裕輔も、その埋葬に参列させてもらった。

「ねえおばさん、日本ザルの寿命って何年くらいなの？」

「三十年くらいかな」

「じゃあサスケは人間でいうとちょうど四十歳くらいだ」

「そうだね、壮年期。いい時期だねえ」

白髪を染めないおばさんのショートカットは、白髪と黒髪が入り交じっている。いつもは夏も冬も帽子を被っているのでわからないけれど、こうして室内で会うとその老いがくっきりと目立つ。おばさんが自分たち姉弟を引き取ってくれたのは、おばさんが四十一歳の時だ。その「いい時期」に、自分に無関係のお荷物を背負わされて……と思うようになったのは、華絵が三十近くになってからだ。

「ねえ、マア子おばさん」

ふと思い出して、おばさんの顔を見つめた。

「昔ね、ほらまだ私と裕輔がおばさんのうちにお世話になって間もない頃。おばさんと裕輔で毎晩のように散歩に出かけてたこと、あったでしょう？」

「ああ……懐かしいねえ。そんなこともあったねえ」

「月を見てくる、とか言って」

「うんうん。あった、あった」

「あれね、本当はどこ行ってたの？　月を見るための散歩なんて嘘だったんでしょう？　だって雨の日とか、月が出ていない時でも出かけてたじゃない」

いつか訊きたいと思っていたけれど、いつしか忘れていた。

華絵が言うと、おばさんは口から小さく息を漏らすようにして笑う。

「散歩のこと、嘘だと……思ってたんだ？」

「そりゃそうよ。だって裕輔の様子がおかしかったし、一度なんかは私、後をつけたのよね。そうしたら、二人でバスに乗っちゃってさ。散歩じゃないじゃんって」

そうだった。二人が自分に内緒で出かけていくことが寂しくてしかたがなかった。でもその時自分はもう高校生だったから、そんな「寂しい」なんてこと口に出すのが恥ずかしくて。裕輔とおばさんの二人にまで外されてしまったら……と不安になる日もあったし、部活や勉強、友達とのいろいろに追われて気に留めない日もあった。でもやっぱりずっと気になることだった。

美保子は家を出てすぐの頃は週に一度の割合で、おばさんの家に訪ねてきた。お菓子やちょっとした小物を携えて、翔と一緒にやって来た。それが二週間に一度になり、一カ月に一度になり。半年に一度になった頃はもう、裕輔も何かにつけて反発することはなくなっていて、サスケが登場してからはおばさんのことを「臭い」と言うこともなくなった。美保子は今も溝口と翔と三人で暮らしている。父親は相変わらず一人でふらふらしているようだが、両親ともに幸せだといいなと、この頃の華絵は思えるようになった。

「あれね。溝口さんのお宅に行ってたんだよ。裕ポンと二人で」

「え……それほんと？」

「うん。でもお宅って言ってもね、家の前の道を通り過ぎるだけだよ。立ち止まることもしないの。本当にただ歩いて横切るだけ」

相手の家族に「裕輔が来た」って思われたくないと、裕ポンが口にした。だから日がすっかり暮れてからしか、『散歩』には出なかった。溝口さんの家の玄関のところに、まん丸の白い電球が立っている。ポストの上辺り。それが夜になると月みたいに淡い感じに光る。だから「月を見に行ってくる」と自分と裕ポンは言っていたのだ。とても大切な思い出をひとつひとつ、取り出すようにしておばさんは話してくれる。だって子供なんだから。どんなに複雑な思いを抱えていたとしても、お母さんのことは恋しいでしょう？　十歳までずっと一緒にいたんだから。私はね、いつか華ちゃんや裕ポンが溝口さんのお宅に戻れるといいなって思いながら一緒にいたよ。だってお母さんのところが一番いいでしょう。それが普通でしょう。

「あ。悪い。遅刻してしまいました」

ドアが開いて裕輔が入ってきた。おどけた口調に振り向くと、髪が今風呂から出てきたばかりのように濡れている。髪から滴《したた》る水滴が、汗のように額や頬に流れてるのを、おばさんが唖然とした表情で見ている。

「どうしたの。その頭?」

開きっぱなしのおばさんの口から、驚きの声が漏れる。

「ああ」

裕輔は照れたように笑うと、

「イルカの出産が早まっちゃってさ」

と頭を振り、水滴を飛ばす。

「イルカ? イルカが出産して、なんであんたの髪が濡れるのよ」

華絵はつっこむ。裕輔は「まあまあ」と言いながら、とりあえず座らせてよと空いた席につく。そのタイミングでドアがノックされた。

「飲み物はなんにする?」

裕輔がおばさんと、華絵に訊ねる。ウエイターにメニューを見せてもらうが種類が多すぎ

るのと漢字の羅列《られつ》に、

「私はビールで」

と華絵は選ぶのをやめて即答した。おばさんは首を傾げて目を細めながらメニューを眺めていたが、「じゃあマア子おばさんとおれは紹興酒《しょうこうしゅ》にする？」と言う裕輔の言葉に笑顔で頷く。

慇懃《いんぎん》な様子でウエイターが部屋を出て行くと、華絵はまた、

「で、どうしたの？　その頭。冬の夜にそんなで外歩いてきちゃって」

と話を戻した。

「さっきの話の続きだけどさ、イルカの出産が一カ月も早まってさ」

やっぱり体が冷えていたのか、裕輔はコートを脱がないまま肩をすくめる。裕輔もまた、マア子おばさんと同じように飼育員の仕事をしている。子供だったとはいえ、おばさんから発する匂いにあれほどひどい言葉を投げかけていたくせに、今はおばさんと同じ匂いを彼自身も持つ。そして動物看護師になり獣医師と結婚した華絵もまた、同じ匂いをまとっている。

「母親の方が出産後ひどく弱っちゃったんだ。出血がひどくて。それで赤ん坊の面倒を見られない状態だから、おれらで交代で泳ぎを教えてたんだ」

イルカは生まれた直後、母親から泳ぎ方や呼吸の方法を教わるもので、その母親が役割を

果たせない代わりに自分たちが交代でプールに入っていたのだと裕輔は説明した。

「ずっと泳いでたの？」

おばさんが目を見開く。

「ずっとって言っても四人で交代しながらだよ」

「いつから？」

華絵が訊く。

「今日の開園少し前から」

「十二時間も？」

ため息といっしょに漏れるおばさんの声に、

「だから四人で交代してたから大丈夫だよ。スイムスーツも着てるし」

と明るい声を、裕輔は重ねた。たしかに、見た目は少し寒そうだけれど、二十六歳という弟の肌は艶やかで、目の力で火でも点いてしまいそうだ。あんなヘタレが、強い男に育ったものだと、華絵は改めて感心する。

イルカの話がひとしきり終わると、料理が運ばれてくる。回転テーブルに豪勢な料理が並び、三人の目が爛々《らんらん》としてくる。三人で暮らしていた頃、ささやかな外食はしていたけれど、こんな高級店を訪れることはなかった。自分たちは子供だったので、経済的なことをどうしていたのか、深くは考えていなかった。けれど今から思えば、実の父親にもちろん経済力はなかったし、母親だって専業主婦だ。ケチの溝口が自分たち姉弟のためにまとまった仕送りをしていたとも、到底考えられない。訊かなきゃと思いながら、この年齢になっても訊けないままだった。

「うっまっそおぉ」

裕輔が料理の皿に、箸を伸ばす。

「ちょっと、まずはマア子おばさんに勧めるもんでしょう」

華絵は裕輔の手首をぴしりと叩いた。

「そか。じゃあ、おばさん好きなのとってよ」

「いいんだよ。そんなの。裕ポンがとんなさい。おなかすいてるんでしょ」

おばさんが笑いながら掌を上に向けると、裕輔は「まじか」と勢いよく手を伸ばし、華絵はもう口を出さなかった。

おばさんの家では、こうやっていつも三人で食卓を囲んだ。動物園が五時に閉園するので、おばさんは毎日七時前にはアパートに戻ってくる。ご飯を炊いておくのと味噌汁を作っておくのは華絵の役目で、おばさんは家についてからおかずを作ってくれた。休園日の月曜は、華絵の手伝いは休みになり、スパゲティやカレー、グラタンなど、姉弟の好物がメニューになった。華絵は、専門学校を出て動物病院で働くようになってからも、おばさんと暮らし続けた。

「まじ、うめえ。王将もうまいけど、これはヤバい」

裕輔がおいしそうに食べるのを、おばさんは嬉しそうに見ている。中学に入った頃くらいから裕輔の食欲はとにかくすごくて、十分もたたないうちに自分の皿に盛られたものは食べ尽くした。それでも食べ足りない感じで、食パンを二枚さらに焼いたり。高校に入ったらもっと食べ出し、焼肉なんて一キロはぺろりだった。

「うちのタロウ並みだねぇ」

「タロウって？」

「象のことだよ。タロウもものすごく食べんのよ」

裕輔の食欲は衰えることを知らず、彼は十八歳でおばさんの家を出たけれど、ずっと無茶食いしている印象しかない。

「静佳《しずか》さんは驚いてないの？」

華絵は、酢豚で頬を膨らましている裕輔に向かって言った。

「はにが？」

「ちょっと、口の中に物入れながら喋らないでよ。行儀悪いなあ」

「らって姉ちゃんが訊いてきたんだろ」

静佳さんは、裕輔の奥さんになる人だ。裕輔の二歳年上の二十八歳。裕輔の職場の同僚で、彼女も飼育員をしている。

「静ちゃん？　何も言わないよ。まだ食べ盛りなのかなって笑うだけで」

「大食いだって呆れてるんじゃない、それ。暗に」

美保子似の二重瞼の大きな目と、すらりとした鼻梁《びりょう》を持つ弟は、年頃になるとよくモテた。大食漢のおかげか身長も百八十を超え、手も足も長かった。艶やかな茶色の髪に、フレアのスカート。すれ違うと花のようないい香りのするきれいな女の子が、うちの家にも何度かやって来た。美保子みたいな、わかりやすい女らしさが滲みでているような女の子。それが裕輔の好みだと、ずっと思っていた。でも結婚するからと紹介された静佳さんは全然違って、ショートカットの黒髪に口紅すら塗っていない、「男の子」と言われても数秒間は信じてしまうような人だった。以前、裕輔の勤める動物園に夫と行った時、静佳さんを見かけた。水色の大きなバケツを持って、サル舎でエサやりをしていた。カーキ色のつなぎに白い長靴姿。遠くから見ると、若い頃のおばさんそっくりだった。

「私、生まれて初めてだよ。フカヒレのスープなんて」

おばさんがこわごわといったふうに、スープを器によそっている。華絵だって、たぶん生まれて二回目くらいのことだ。初めて食べたのは友達の披露宴パーティー。

「おれも、おれもぉ。やっぱうまそうだなあ」

「何よ。イルカとか育てちゃってるくせに、フカヒレは食べちゃうんだ。ほんとあんたって一貫性ないよね」

「なんだよ。姉ちゃんも動物看護師とかやっちゃってるくせに、酢豚バクバク食ってるし」

「それとこれとは別よ」

「そうだよ。動物が好きな人が全員ベジタリアンなわけないじゃん。ねえ、おばさんだって昔から肉大好きだよなあ」

おばさんが頷くのを見ると、「ほらな」と裕輔が勝ち誇る。華絵は時間が戻っていく嬉しさと、三人の時間が過去になってしまったのだという寂しさを、同時に感じる。

「さっきおばさんから聞いたよ」

「何を?」

「あんたとおばさんが恒例にしてた月を見にいく散歩のこと。私に内緒でめそめそしちゃってさあ」

華絵が薄く笑うと、裕輔は心底気まずそうに箸を持つ手で顔を隠す。

「おばさんが仕事終わって帰って来て、毎日だったじゃない。あんたも今はよくわかるでしよ、飼育員の仕事がどれだけ激務かって」

自分のふった話題が裕輔の急所を突いたことがちょっと快感で、華絵はしつこく続ける。いつも飄々《ひょうひょう》としている弟の、ばつの悪そうな顔が楽しいのだ。

「小四だったくせにさ。自分で家を飛び出したくせにさ」

「昔のことじゃん」

「まさか溝口さんの家まで行ってたとはねぇ。もう二度とこんな家に戻るかって啖呵《たんか》きってたじゃない、裕輔クンは」

「戻ってないじゃんか」

「戻りたかったの？」

「んなわけないじゃん。ただ……寂しがってんかなと思っただけだよ」

「誰が？」

「誰がって……」

「溝口さん？」

「まさか」

「ああ……お母さん？」

「うん……。それと……翔が」

翔は大学二年生になっている。裕輔とも華絵とも似てなくて、溝口に似ている。三年前の華絵の結婚式には美保子と一緒に親族の席に座ってくれた。あまりたくさん話をしたわけではなかったけれど、性格は悪くなさそうだった。裕輔は、あれほど可愛がっていた翔とは何も話さなかった。会釈しただけだった。

「さあさあ二人とも。ふざけてないで早く食べないと、おばさんが全部食べちゃうよぉ」

おばさんがいつものように声をかける。「やべぇ」高校生みたいに、裕輔が焦ってまた食べ始める。

「ねえおばさん、サスケ元気？」

「サスケ？　さっきも華ちゃんとその話してたんだよ。年末ちょっと体調壊したって言ったでしょう？　まあ風邪だったのかな。少しずつだけど元気取り戻してきたよ」

「まだボスやってんの？」

「そうだね。なんとかって感じかな」

「サスケももう十六だもんな。きついよな、そりゃボスでいんのも」

「十六って……よく憶えてるのね、サスケの年齢」

華絵が驚くと、

「そりゃあな。おれがマア子おばさんのとこ行った年に生まれたんだから、憶えてるよ」

姉と弟の記憶は、どれくらい共通しているのだろう。もしかすると、とても大切な記憶に関してならば、ほとんど同じものを持っているのかもしれない。

デザートの杏仁豆腐《あんにんどうふ》が出る頃になると、

「今日は本当に嬉しかった。ありがとうね裕ポン。こんなふうに会ってくれて」

おばさんが少し畏《かしこ》まった。紹興酒のせいか、化粧気のない頬がほんのりピンク色だ。

「明日の結婚式、がんばってよ」

おばさんが裕輔に向かってガッツポーズを作る。

「結婚式がんばるって、どうすればいいのかわからないよ」と呟きながら、裕輔が少し照れたように俯く。濡れていた髪はもう乾いている。親族しか呼ばない、小さな結婚式だ。参加する人数は両家合わせて三十名。美保子も翔も、そして溝口さんも招待している。華絵は「溝口さんには来てほしくない」と裕輔が言い出すのではないかと心配していたが、自分から招待状を送っていた。

もちろんおばさんも、招待されている。華絵の式の時、おばさんは来てくれなかった。

「華ちゃんの実の父親が欠席しているのに、その妹が参加しているのって変じゃない？」と。

でも華絵も、強くは頼めなかった。なんとなく申し訳ないような気がして……。華絵の式は夫の両親の意向で盛大なものになった。いわゆる結婚式につきもののセレモニーは全部組み込まれ、その中で両親への花束贈呈もある。その時に花嫁から母親へ書いた手紙を読み上げるというものもある。花束贈呈も、手紙の朗読も、正直なことを言えばどちらもやりたくなかった。けれども本音は隠すものだ。ひと通りのことをやっておかないと、どこかで角が立つ。だから一年に一度、会うか会わないかになっていた美保子に向かって感謝の手紙を読み上げた。美しい留袖《とめそで》姿の美保子は、完璧なタイミングで一筋の涙を流した。

「あああ……楽しかった。久しぶりに華ちゃんと裕ポンと三人でごはん食べて。本当に楽しかったなあ。ありがとう」

おばさんは胸の前で両手を合わせると、目を細める。酔ったふりをして頭を振っている様子を見ていると涙ぐみそうになって、華絵は唇を結んだ。

「ずっと楽しかったなあ。あなたたち二人のおかげで、おばさんすごく楽しかった。このうえない人生を送らせてもらったなあって思います」

座ったままでおばさんが頭を下げる。華絵は言葉に詰まってしまい、裕輔も黙ったまま恐いような顔をしている。

「さっ。そろそろ行かないとね。なんといっても明日が本番でしょう。裕ポンの晴れ舞台をおばさん、陰ながら見守ってるね」

立ち上がり、ダウンジャケットに手を通すおばさんが少しよろける。裕輔が俊敏な動きでその体を支える。あと三年もすればおばさんは定年を迎える。

店を出ると、夜空に月が出ていた。ネオンに負けない白い光で輝いている。

「じゃあね」

おばさんが背を向けて歩き出す。それぞれの家に戻るので、帰って行く方向はばらばらだ。二人でおばさんの背中をしばらく見つめ、でも何も声をかけなかった。おばさんって、あんなにちっちゃかったっけ。あんなに頼りない歩き方してたっけ。側《かたわ》らの裕輔を見上げて言いたいことはたくさんあったけれど、黙っておばさんの後ろ姿を見ていた。

「じゃ。あたしも行くね。明日しっかりね」

裕輔の腰の辺りを拳《こぶし》で叩き、華絵も踵《きびす》を返す。道に人が賑わっていたので少しだけ気持ちが上がる。

華絵が歩き始めると、側らの裕輔も動いた。でも裕輔は自分の帰る方向ではなく、おばさんが帰っていった道を走り始める。反射的に、華絵も、その弟の背を追いかけた。

道行く人が、驚きの表情で裕輔を見た後、何事かと華絵を見つめる。二十六歳の男の全力疾走はとてつもないスピードで、華絵は横腹を痛くしながら「スニーカー正解」と心の中でピースサインを出す。

視線の先に、裕輔がおばさんに追いつくのが見えた。おばさんが振り返って、驚いたのか口を開けている。息を切らして走ってきた裕輔に向かって首を傾げるようにして、笑っている。

華絵はようやく二人に追いついた。おばさんはどうしたことかと、裕輔と華絵を見比べながら困った表情を浮かべている。

華絵は二人から少し離れたところで立ち止まり、裕輔とおばさんの顔を交互に見つめていた。がんばれ。ヘタレ返上のチャンス。心の中でそう呟く。姉だから、長く一緒に暮らしてきた姉弟だから、弟の言おうとしていることはわかっている。しっかり、裕輔。いつのまにか大きくなった弟の背中を視線で押した。

「お母さん」

裕輔のくぐもった声が聞こえた。

「ありがとう。ぼくの……お母さん」

裕輔はそれだけ口にすると、顔を下に向ける。笑いながら泣き出したおばさんの頭の上で、月が白く光っていた。

テンの手

二年生　夏

七月の北海道の青空を、吉田晃平《よしだこうへい》は祈る気持ちで見上げていた。

「おい晃平、どうなってるんだっ」

舌打ちをしながら主将の島田《しまだ》先輩が近づいてきて、晃平の肩をきつく摑んだ。

「いや、おれに訊かれても……。藤堂《とうどう》監督は？　電話かけたんですよね。テン、家にいたんですか」

テンというのは晃平の幼なじみで、阿部典文《あべのりふみ》という。二年生ながらも、うちの野球部のエースだった。

「おまえ、どうすんだ？　もう八回裏だぞ。あと一時間もすりゃ、おれらの試合が始まるぞ」

夏の甲子園切符をかけた北北海道大会の準決勝戦。島田主将ら三年生にとっては最後の夏だ。晃平の所属する佐呂間高徳《さろまこうとく》高校野球部は今年、開校以来初の甲子園出場が期待されている。

だがそれも、テンがマウンドに立てば、の話だ。

「テン、くそっ。あの遅刻魔め」

島田主将の声がますます真剣味を帯びてきて、さすがにこれはまずいと思い始める。テンは朝に弱くて朝練や授業はしょっちゅう遅刻するけれど、試合で遅れたことは過去に一度だってないのだ。小学二年生の時から同じ少年野球のチームに入り、十七歳の今まで十年間もバッテリーを組んでいる自分には、テンがこんな大切な日に遅れてくるような奴じゃないことを知っている。

「テン、昨日は早く寝るって張り切ってたんですけど。『集合は学校前に朝の六時だよな』ってわざわざ電話で確認もしてきたし」

「じゃあなんで来ねえんだよ?」

「わからないです」

「おまえ、他人事《ひとごと》かよ。二年だからって、来年があるからとか思ってんじゃねえよ」

「思ってませんよ、そんなこと」

晃平は今にもテンが駆けこんで来るんじゃないかと、球場の出入り口に目をやっていた。すぐ側ではうちの高校の吹奏楽部が集まって、真面目な表情で打ち合わせをしている。管楽器が太陽の光を跳《は》ね返し、幾筋ものまっすぐな光を空中に撒き散らしていた。

姿を消していた藤堂監督が、向こうから駆け足で戻ってくるのが見えた。監督が全力で走る姿など過去に一度か二度見たきりで、走るたびに揺れる腹が、非常事態を物語っている。

「だめだ。連絡つかん」

監督が悲痛な表情で首を振ると、島田主将が泣き顔のような表情を見せる。

「しかたない。先発は市原《いちはら》でいくぞ」

市原は背番号1をつけた三年生投手だが、テンが入学してからはずっと控えに回っていた。


五回の裏、それまでなんとか無失点に抑えていた市原が打たれ始めた。変化球とスローボールで打者のタイミングを外すのが武器なのだが、相手チームがそれに慣れてきたのだ。四点を取られ、なお一死満塁というピンチで、キャッチャーの晃平はどの球種を投げさせるべきなのかわからなくなる。市原も同じなのだろう、晃平の出すサインにことごとく首を振る。

「タイムっ」

張り詰めた雰囲気の中、藤堂監督の声がひときわ大きく耳に届いた。晃平はほっとする。マウンドの市原もひと息ついたのがわかる。ベンチから監督の言葉を伝えに、二年生の福地《ふくち》が走ってきた。

「監督が、『吉田が投げろ』って言ってます」

福地が市原に向かって声を張り上げるのを、晃平は啞然としながら聞いていた。

「投げるって、おれがピッチャーを？」

「そうだよ。晃平が投げて、キャッチャーには市原さんが回る」

「テンは？　あいつ本当に間に合わないのか」

「詳しいことはわからないけど、今病院にいるみたいなんだ。今日の試合には出られないって。あ、すいません市原さん。交代お願いします」

福地が頭を下げると、市原は黙って自分のグラブを手から抜いた。抜いた手で、晃平のキャッチャーミットを引っ張る。憮然とした表情だが、怒っているふうには見えない。「頼んだぞ」と肩を叩かれると、晃平はこんもりと土が盛り上がったマウンドに向かって歩く。ユニホームの胸の辺りをきつく握ったけれど、手の震えも烈しい鼓動も、おさまってはくれない。


「午後五時サロマ湖。いつもの場所な」

そう威勢よく言い放ったのはテンの方なのに、またあいつは遅れている。

携帯電話を開いて時間を確かめると、五時十五分になっていた。自転車を止めて、木陰を探し、草の上に胡坐《あぐら》をかいた。

地方大会の準決勝戦で完敗してから、もう二週間が経っていた。あの日、市原からの継投を任された結果は、散々だった。晃平の荒れ球は、デッドボールとフォアボールを合わせて七個もたたき出してしまった。

「おれがあのまま投げてたよりましだった。三振を八個もとったんだ。ナイスピッチだ」

試合後、泣きじゃくりながら市原は肩を叩いてくれたけれど、なんの慰めにもならなかった。三振の数なんて、それは晃平のコントロールが定まらず打ちにくかっただけのことだ。十年間も捕手をしていれば速い球は投げられても、投手としての技術なんてないに等しい。

目の前のサロマ湖を見つめながら、この夏最後の試合を振り返っていた。テンが投げていたら。あいつがいつも通り投げていたら、無失点で抑えて決勝までなんなく進んで、今頃は甲子園球場で……。湖面が太陽を反射して白く揺れていた。まだ八月の初めなのに、体に吹きつける風が時おりひんやりしている。

ばかやろうのテンは、まだ来ない。

晃平とテンは、小学二年生の時にサロマボーイズという少年野球のチームに入った。通う小学校も同じだったので、家にいない時間のほとんどを、一緒に過ごしてきた。玉葱《たまねぎ》農家を営んでいる阿部家と、ホタテの養殖を生業にしている吉田家は、ほぼ同じような理由で息子を野球チームに放り込んだ。親が忙しくて、うるさくて手のかかる男児の面倒をみきれないという理由だ。

サロマボーイズの監督は、テンのことをしばしば「天才」と呼んだ。「おい天才」と。それがいつの間にか「テン」というあだ名になって定着した。由来を知らない人は、典文という名前からそう呼ばれていると思っているかもしれない。今も百八十七センチという長身だが、テンは小さい頃から体格に恵まれ、サロマボーイズのエースになったのは三年生の春からだった。

「絶対に変化球は投げさせるな。練習の球数も増やすな」

四年生からキャッチャーとしてレギュラーを取った晃平に、監督はいつも厳しく言いつけた。「あいつは将来大きな舞台で投げる奴だから今から無理をさせるな」

そんなふうに言い含められて嫉妬しないでもなかったけれど、自分もその通りだと思っていたから悔しくはなかった。テンは他の人とは何もかもが違っていたから。

走らせると校内で一番速く、遠投もキャッチャーの晃平を遥かに凌《しの》ぐ距離を出し、跳ばせたなら、校舎の渡り廊下の屋根に軽く手が触れた。陸上もスケートもスキーも、スポーツならなんでもできて、小、中学生の頃は道内の強化選手に選ばれるようなこともたびたびあった。

晃平の母親なんかは「スーパーヒーローのテンちゃんといつも一緒にいて、晃平は不憫《ふびん》だわね」と眉をひそめるが、そんなことはない。

理由は単純だ。強い奴は強い。すごい奴はすごい。自分には到底真似のできないその能力で、どこまでも遠くへ飛んでいって欲しい。それを自分は見ていたい。その気持ちは、紙ヒコウキを飛ばす時のまっすぐな想いに似ている。

夏のサロマ湖は穏やかだ。晃平が生まれるよりずっと昔、湖に海水を引き込めるように海と湖を繋げ、そのおかげで今は海の幸に恵まれるようになった。子供たちにとっては夏は水遊びし、冬は凍った湖面でスケートをしたり、氷を割ってチカ釣りを楽しむ場所だ。

目を細めて湖の果てを見つめた後、もう一度時計を確かめる。テンはすでに二十分の遅刻だ。

連続して十四日間もテンの姿を見ないなんて、出逢って以来初めてのことだった。梅雨の間に伸びきった草を背中で押し潰すようにして、晃平はその場で寝転んだ。耳の辺りにチクチクと痒みが走り、草の濃い匂いが鼻に入ってくる。

「空がすげぇな」

目の前に絶妙な配色をした空が広がっていた。ブーンという羽音を頭のすぐ上で聞きながら、晃平は何度も瞬きをする。草刈機のエンジン音が風に乗ってきた。この時期は畑のあるところならどこを歩いていても、この音が聞こえてくる。

腹の上に衝撃を感じた。何かが跳ね上がり、晃平は慌てて半身を起こし、頭を回転させる。

「あつっ、痛ぇ」

今度は背中の真ん中に、衝撃を感じる。コロコロと足元に転がっていく玉葱を摑み、

「テンか。出てこいよ」

と空に向かって叫んだ。同時に次は尻に玉葱が命中した。

「んだよ、腐ってんじゃん」

玉葱の表面がへこんでいて、皮の部分が柔らかくなっている。茶色い汁も滲み出ていて強烈な匂いで目が痛くなった。土手の上に目をやると、ママチャリに跨《また》がったテンがにやにやとしながらこっちを見下ろしていた。二週間ぶりに見るテンは入院していたせいか、肌の色が少し白くなったように見えた。いや、日の光のせいかもしれない。自分がテンより日に焼けたからなのかもしれない。

「よ。元気か」

テンが自転車のカゴいっぱいに詰め込んである玉葱をまたひとつ摑んで、晃平に向かって

投げてくる。ビュンと風をきって顔の前に飛んできたのを、キャッチャーミットを構えるみたいにして両手で受け止めた。ビシリッという重い音が、虫の羽音が漂う静寂を打つ。

「お。ナイスピッチ」

晃平はいつもの癖で、テンションを上げる言葉を口にする。お調子者の天才は、幼い頃から褒めれば褒めるだけ張りきる。

「だろ？　左手で投げてもこれだぞ」

なだらかな傾斜を、テンがゆっくりと降りてくる。晃平はテンにかける言葉を必死で探しながら、草を踏む音を聞いていた。テンの右腕には、肩の下辺りから真っ白の包帯がぐるぐる巻きになっていて、どうしてもその部分に視線が吸い寄せられる。

「そういえばおまえ……左手で投げてたこと、あるよな。遊びでだけど、小学校の時」

小さくなっていく自分の声が、人のものみたいに聞こえた。

「だな。でも全然ダメだったな。やっぱおれ右利きだから」

テンは晃平の隣まで歩み寄ると、ふうっと小さく息を吐いて腰を下ろした。テンの尻に踏み潰されそうになったバッタが、跳ねて逃げる。

「……痛かったか？」

バッタを指先で弾きながら晃平は訊いた。テンから玉葱の匂いがする。小さい頃から嗅ぎなれた匂いだ。

「痛いってなもんじゃないぞ。熱い、ってのが近いかもな」

「血はたくさん出たのか？」

「出た出た。血の海って言い方あるだろ？　水溜まりみたいなの、できた。赤い小さな池だぞ、まさに」

思い出したのか、テンは左手をそっと、右手の包帯に添えた。雲よりも白い包帯が、晃平のすぐ手の届くところにあった。さっき逃げたやつなのか、また別のなのか、黄緑色をしたバッタが包帯の上に跳ねて止まった。すぐ斜め前にある木陰には薪が山積みにされていて、薄いクリーム色の断片から木の甘い香りが漂ってきそうだった。

「晃平、三振八個もとったんだって？」

「ああ」

「すげえじゃん。北高《きたこう》打線から」

「すごくもないさ。フォアボールとデッドボール、合わせて七個出してんだ」

「やっちまったな」

「やっちまったよ」

湖面の上を黒い影がゆっくりと流れていく。湖の真上にあるマンタの形をした雲の影だ。

ボンデンと呼ばれる浮き球が、水の上を滑るように浮かんでいて、ビー玉みたいに透き通って見えた。

「ああそうだ。母ちゃんが晃平に玉葱持ってけって」

「ああ」

「自転車のカゴに入れてあるやつ全部。腐ってんのも混ざってるから気をつけろ。面倒だったから選別しなかった」

「そっか。いいよ、べつに」

湖面には空の青さが映るので、空が晴れわたっていればいるほど、天気のいい日のサロマ湖は、澄んだ青色をしている。

「悪かったな。準決勝行かなくて」

「島田さん、怒り狂ってた」

「やっぱり」

「もう投げられないのか？」

「さすがにな。右肘から下、なくなったもんなぁ」

テンは腕を振りかぶってみせようとしたが、傷が痛むのか顔をしかめて途中まで上げた腕を下ろした。

「おい晃平。おまえが泣くな……おまえが」

下を向いていたが、頭が重くて耐え切れず、晃平は草の上にうつ伏せになる。開いた口に雑草が入ってきて青臭い味が広がった。必死で堪えていたのに、喉の奥から「うう、うう」と掠れた声が漏れる。

「試合の日の朝な……家を出た時、畑の中に出しっぱなしになってた収穫機を見つけたんだ。ああ、じいちゃんが倉庫にしまい忘れたんだと思ってな。玉葱がそろそろ収穫の時期で、うちけっこう忙しくて。じいちゃんたまにぽっかり忘れんのな。しかたないな、片付けておいてやろうって思ったんだ。で、収穫機のカッターの部分に木切れが詰まってたからそれも取っておいてやろうって。油断ってやつだな。まさかエンジンが入ったままだったなんてな。どうしようもない。自分のせいだから。……泣くなよ、晃平。おれも泣けてくるだろうが」

十五ヘクタールもある、テンの家が代々守ってきた玉葱畑の中で、収穫の季節になると何千個の玉葱がいっせいに太陽の光を浴びて黄金色にうねる畑の中で、テンが事故に遭ったのかと思うとやりきれなかった。「おれのお父ちゃんさ、昔一度だけこの畑を捨てようと決めたことがあるんだって」と中学生のテンに聞いたことがある。この土地を出て、都会に行こうとしたらしい。「でも交通費がなかったんで諦めたんだそうだ」学費じゃなくて、交通費がなかったというオチでその話は終わった。でも話の真意は、いつか自分はここを出るというテンの決意表明だった。恵まれた才能を与えられたテンに迷いはなく、その力を磨くことで確かな未来を見ていた。

いつか出て行くからと、そのぶんこの土地や家族や友達を大切にしていた。

そんな場所で、テンが右手を失くしてしまった。

「晃平、おれどうしたらいいんだろう……」

顔を上げると、テンが泣いてた。尖った顎《あご》が小刻みに震えるのを見て、突っ伏していた体を起こした。テンは草の上に胡坐をかいて、組んだ足の中に顔を埋めるようにしていた。長身が小さく折り畳まれている。

「おれから野球とったら、何が残る？」

俯いたままで、テンが訊いてくる。

「晃平ならわかるだろ、羅針盤なんだから」

エンジンと羅針盤。高校に入って藤堂監督からそう言われた。テンはエンジンで、それを生かすのが羅針盤の自分。テンという類稀《たぐいまれ》なエンジンを付けた船は、どこへでも進むことができた。二人の涙がぽたぽたと草むらに落ち、朝露のように草を濡らす。

「そろそろ帰るぞ」

先に立ち上がったのはテンだった。土手の斜面に、夕焼けが映っている。長い間同じ姿勢のまま座っていたテンが、シャツの裾をまくって涙を拭う。

「晃平、おまえも顔拭いとけよ」

涙の跡を残したまま、テンが笑う。笑いながら足元の石を左手で拾うと、腕をしならせて湖に向かって投げ入れた。石は美しい弧を描いて遥か先の水面にたどり着き、水しぶきを上げて消えていく。晃平も、さっきぶつけられた腐った玉葱を手に握りしめ、思いきり投げた。テンが投げた石よりもずっと遠くに玉葱は落ちて、微かな水音を響かせた。「おお。さすが」とテンが晃平の肩を抱き、二人で凭《もた》れあうみたいにして斜面を上がった。土手に置いてあったママチャリも、カゴの中の玉葱も、みんな同じオレンジ色に染まっていた。

三年生　春

新学期が始まり、野球部の部室は広くなった。卒業式を終えても、下級生たちの春休みが終わるまで私物を置きっ放しにしていた先輩たちが、いよいよ本当に野球部を去っていったからだった。

進級して三年生になった晃平たちは解放感を味わうと同時に、最後の夏を迎えるのだというプレッシャーに、はしゃいだり神妙になったりというおかしなテンションを繰り返していた。ただ新キャプテンになっていた晃平は、まったくはしゃぐ気持ちにはなれないでいる。三カ月後の夏の大会を前にして、不安しかなかった。

「んじゃ、地方予選に向けてのミーティングするか」

一年を通してグラウンドで練習できる期間は短い。豪雪の季節がようやく終わりを告げ、やっと本格的な練習ができると安堵すると同時に春の大会はやってくる。三年生が出ていった部室の空間に、感傷を向けている暇はなかった。

「福地、全員集まってっか？」

晃平は、副キャプテンの福地に声をかける。

「一年の木下《きのした》がまだだね。探してくるよ。木下って一組だっけ？」

散々な結果に終わった昨年の秋季大会のスコアブックに目を通していた福地が、立ち上がって部室を出て行く。もうすでに集まっている他の部員は、円陣になって座っていた。一年生の数名が、晃平の顔色を窺うように見ている。新チームになって気が立っているせいか、どうやら怖がられているらしい。

新チームのメンバーは六人の三年生に、二年生八人、一年生四人。一学年がだいたい三十数名しかいないため、その割合からすると男子生徒の半数近くが野球部に所属していることになる。それでも他校に比べると部員数はいつもぎりぎりで、三年生が抜けると紅白戦をすることさえ叶わない。そんな伝統ある弱小野球部が、昨夏は甲子園を狙えると本気で噂されていたのだ。

「あ、あのさ、木下は職員室に呼ばれてるみたいなんだ。だからもう先に始めておけって、藤堂監督が。監督は後から来るって」

福地が戻ってくると、一年生がさっと立ち上がった。平たい円陣が、円柱形になる。厳しい主将に、人当たりのいい副将。卒業した三年生全員でこの二人を選出したのだと聞いている。福地はレギュラーを取れるか取れないかの実力だが、部内で一番真面目な男だ。それに頭もいい。本人は戸惑っていたけれど、副主将に向いていると思う。中学の頃は晃平が主将で、テンが副主将をしていた。

「じゃ始めるか」

晃平が声に出すと、二年生も立ち上がる。

「晃平、それでさ」

福地が半開きのドアの向こう側に体を半分出したままで、目に力を込める。

「なんだ？」

福地に視線を戻すと、ドアが全開になり、大柄な男がぬっと現れた。

「テン？」

晃平の声が部室内に響く。テンさんだ。阿部さん。二年生の中からも声が上がる。

「すんません、遅れました」

事故の後、部室で顔を合わせるのは初めてだった。札幌の病院に通うとかなんとかで学校もほとんど来なかったし、まして部活には一度も顔を出していなかった。

「さっき廊下で会って」

福地は嬉しそうに頷くと、テンが野球部に戻ってくることを本人より先に口に出した。

「おおぉ」低いどよめきが下腹に響き、それからはミーティングにならなかった。「おまえ、大丈夫なのかよ？」「半年以上もさぼって何してたんだよぉ」「痛かったか？」

三年生部員がテンの体にまとわりつきながら、無遠慮に右腕を触る。右腕？

失われたはずの右腕に触っていた。

「すげ。これなんだよ？」

高林《たかばやし》が小さな子供みたいな声を上げた。

「義手だぞ。知らねぇのか」

テンは長袖のカッターシャツの袖をぐいと捲《まく》り上げる。

「義手？」

また別の誰かが、興味深そうに指先で右腕を撫でる。そんなみんなの無遠慮さに、福地が困惑の表情を作る。二年生でも人懐っこい奴らが三年生に混じってテンの手や肩に触れている。

「ちょっと見てろって」

テンは一歩下がり、集まってきた面々から一メートルほどの距離を置いた。カッターシャツを肩の辺りまで上げて、遠巻きの一年生にも義手が見えるように目の前に掲げると、左手の指でそっと触れた。ウイィンという機械音と同時に、黒い金属でできた右手の掌が開く。

「す、すげぇ」

さっきから同じ単語を連発している高林が目を見開く。テンが笑いながら、今度は腕の内側にあるボタンに触れる。すると今度はウイィンと掌が閉じた。

「なっ」

どうだ、という顔でテンは辺りを見回す。みんな珍しいおもちゃを見る子供のように目を輝かせ、戸惑いの表情を見せているのは福地だけだ。

「筋肉に反応させて動かすこともできるんだぞ」

シリコン製の肌色のやつじゃなくて、メタリックな義手が欲しくて両親に頼み込んだんだと、テンは自慢気だ。誰かが「サイコガン」と声を上げ、「テン先輩、ますます喧嘩強くなりますよ。道内じゃ無敵ですね」と親指を立てる。

「すまん。ミーティングの途中だった？」

ひとしきり盛り上がった後、テンは黒く光る義手にシャツの袖を被せ、一年生の間に割り込むようにして円陣に入ってくる。

「何を話そうとしてたっけ？」

晃平が目配せすると、

「夏の予選に向けての練習メニューなんかを決めるんじゃなかったたっけ」

と福地が手に持っていたノートを開いた。副主将は書記の役割もしなくてはいけない。

「だな。じゃあ今から秋季大会の反省をしつつ、夏に向けてのチーム目標なんかをみんなで」

晃平は福地の開いたノートの、何も書かれていない真っ白なページに視線を落としながら話し始める。はしゃいだ空気が、円陣の丸みに沿ってピンと張り詰めていくのを感じる。

「吉田主将」

話の途中で、テンが左手を挙げた。「おれに改めて自己紹介させてくれよ」

テンがふざけて言っているわけでもなさそうで、晃平は小さく頷いた。

「えと」

テンが話しだすと、部員の視線が一点に集まる。

「阿部です。昨年の七月から九カ月間休部していました。事故で怪我をしたからです。でも傷もよくなり、ついでに心の傷も癒えてきたので復帰することにしました。よろしく」

「よろしく」のところでテンは勢いよく頭を下げ、その場にいたみんなは拍手をするべきなのか、リアクションに困った顔で晃平を見てきた。晃平自身も言葉が見つからず、口を半開きにしていると、

「でも右手がないんじゃ野球はできないだろ」

と高林が呆《あき》れた口調で返した。一瞬にして部内の温度が下がったが、高林だけはその冷感に気づいていない。

「野球は手だけでするものか、高林」

テンがむっとして言い返す。

「は?」

「手だけでするものじゃないぞ」

テンは自分の顔を高林の鼻先に近づけていく。困惑顔の高林が体を引きながら、「へ、な

になに」と首を振っていると、「心、かな？」と福地がとりなす口調で呟く。「野球には心が必要だって、テンは言いたいんじゃないかな？」

しんとなった円陣の中で、みんなの視線がいったりきたりするのを晃平は黙って見ていた。

「足芸、見せます」

この場をどうまとめようかと言葉を探していると、テンが唐突に太ももの上にゴム製のテニスボールを載せ、リフティングを始めた。ボールがまっすぐに浮き上がり、落ち、テンの太ももの上で安定して弾んでいる。テンは上半身を捻って、プロのサッカー選手がするみたいに足の裏や甲でボールを扱った。「はっ」「ほっ」という掛け声のもと、ボールは一度も床に落ちずに弾み続ける。テンの体に磁力があって、ボールをひきつけているみたいに。

「というわけで、右手の代わりに左手両足を駆使して、頑張ります」

テンの明るい声に空気が緩み、部員たちのほっとした顔に笑みが戻った。


「なあ晃平、湖に春、きてるぞ」

帰り道、久々にテンと並んで湖岸を歩いた。四月といってもまだまだ寒くて、まったく春めいてなんていない。ただ湖面の氷はほとんど割れて、氷片が意志を持つ生き物のように湖口に向かって流れている。湖口を塞いでいた流氷が、オホーツク海に向かって流れていくのと同時に、閉じ込められていた湖水が大きな渦を作り一気に動き出す。湖面の氷が割れる音、氷と氷が烈しく擦れ合う猛獣の歯軋《はぎし》りのような音が、晃平たちの知る春の奏《かな》でだった。

「この音が下腹に響いてくると、なんか痺れるな。体の奥が熱くなる」

テンが笑いながら湖口に目をやっていた。

「そうか？　おれんちは湖岸にあるから、堤防が破れないかそれだけが心配だ」

「相変わらず心配性だな」

「いやいや。大事なことだろ」

海と湖が繋がる辺りに視線を投げながら、ぶっきらぼうに返す。でも本当は、自分もこの音が嫌いではない。

不気味な音だが、ホタテ漁を営むうちにとっては目覚めの合図みたいなものだ。地元で「海明け」と呼ばれるこの氷の溶解がなければ漁師の仕事は再開できない。

「なんだよ。何むすっとしてんだよ」

沈黙を破るように、テンが晃平のバッグを膝で蹴り上げる。

「大丈夫なのか」

氷が渦に巻かれて流れていくのを見つめながら、晃平は訊いた。テンはさっきのゴムボールを取り出し、リフティングしながら歩いている。

「何が？」

「……野球部に戻ってきて」

辛くないのか、という言葉を飲み込み顔を上げると、ゴムボールがテンの磁場から外れてあっという間に土手の下まで転がっていく。「ありゃりゃ」と声を出しながらテンが斜面を滑るように駆け降り、草むらの中に紛れるボールを掴んだ。

「コンビニ、寄ってこうぜ」

聞こえなかったのか、答えたくないのか、テンは晃平の問いかけを流し、歩き始めた。

田んぼや畑ばかりの中に建つ一軒のコンビニで、テンは炭酸飲料を大量に購入した。コンビニといっても朝は十時に開店し、夜は六時に閉店。それも閉店時間は日によって変わり、雪の烈しい日は急遽《きゅうきょ》休みになったりする。でも、もともと雑貨屋を営んでいたばあさんが店長なので、それもありだと地元の人は気にしない。外観がいわゆるコンビニ風に建て替えられただけで、経営方針は元の雑貨屋のままなのだ。

「おまえ、炭酸飲料は飲めなかったんじゃなかったっけ」

テンはサイダー、ファンタグレープと続けざまに飲んだ後、リポビタンDに口をつけている。湖のほとりの、いつもの場所で、二人並んで座った。

「飲めないんじゃないんだな、これが。飲まなかっただけだ」

「飲まなかった？」

「炭酸飲んだら疲れやすくなるって聞いたことない？」

「ない」

「ほんと？　晃平が世間の常識を知らないだけじゃないのか」

「いや。きみほどじゃないですよ」

「実はな、晃平。病院に通っていたから学校を休んでいた、というおれの話、あれは嘘だ」

テンは喉を鳴らしてリポビタンDを一気飲みすると、そう告白した。

「そんなこと知ってるわ。怪我したのをいいことに、おまえが家でだらだら遊んでたのはわかってたんだよ」

と晃平は返し、リポビタンDを飲むと小便が黄色くなるけど驚くなよと教えてやった。

「じいちゃんがさ、泣くんだ」

牛か馬みたいなゲップをした後、テンがコーラのプルトップに手をかける。

「自分のせいでおれの右手がなくなったって、泣くんだ」

缶に唇を寄せ、頬を膨らますようにしてコーラを口に含むと、テンは思いきり顔をしかめた。

「おまえんとこのじいちゃんいくつ？」

「八十二だっけか、三だっけか」

「じいちゃんの涙は辛いな」

「だろ」

「そんなのにくらべたら、学校来るのなんか楽なもんだな」

「だろ」

　微かに笑うテンの横顔を見ながら、晃平はテンのじいちゃんに心の中で感謝する。本当は何度、テンのうちまで自転車を走らせたかはわからない。野球をやめるのはもちろん、もう学校に来ることもないのかもしれないと思っていた。

「よく留年しなかったもんだな」

「温情進級だと思うぞ。畑仕事で怪我したから」

　試験代わりのレポートは、妹に書いてもらったのだとテンは笑った。この土地では子供が親の仕事を手伝っているうちは少なくない。酪農を営む家の子供は、放課後は牛舎の掃除をし、乳を搾る機械を洗い、登校前には乳搾りをしてから学校にくることもある。晃平も出荷に追われる時期は母親たちとホタテの貝むきをしていたし、人手が足りない時は沖にも出る。漁具を仕掛けた場所などの目印として湖に浮かべるボンデンは、冬の間に晃平が作っている。必死になって働く親を目の前にしていると、そうして家業を手伝うのは当然のことで、そのせいで学校の勉強が少々手薄になってしまっても、先生は大目に見てくれた。

「そうだ、晃平。冬の間に、常呂町《ところちょう》からおれんとこに人が来た。カーリング協会の人らしい。で、おれにカーリングしないかって」

テンが箒《ほうき》を持つ仕草をし、カーリングのつもりなのかその手を左右に素早く動かす。

「カーリング？　するのか？」

「一回やってみろって、父ちゃんも母ちゃんも。だから練習見に行って来たんだ」

「オリンピック目指すのか？」

「いや、目指さない。なんか違った。服を前と後ろと間違えて着た時みたいな感じがしたんだ。やっぱり他の競技じゃだめだと思った。おれは別に国際的な試合に出るとか、有名な選手になりたいとか、そういうことを目指しているわけじゃないんだ。で、自分に起きたいろんなことをふっきることにした」

「ふっきれたのか？」

「いや、今その最中だ」

炭酸をがぶ飲みしているのは、ちょっとした儀式なのだとテンは真顔で頷く。これまでの人生、野球のことしか考えてこなかった自分への決別。

「なあ晃平、おれから野球とったら何が残る？」

「……何がって？」

「そんなうろたえんなよ、おまえに気の利いた答えなんて求めてないから」

テンは空を仰ぎ、息を吸い込んだ後また大きく息を吐き、

「何が残るか――手を失くしてから今まで、おれはずっとそればかり考えてる。つまりだ、晃平。そう必死で考えてるおれが、ここに、残ってるんだ」

と親指を立ててみせた。

晃平は、黙ったままテンの横顔を見つめていた。

学校を休んでいたテンを、何度か遠目で眺めていたことがある。テンの家の玉葱畑で数回、見かけた。畑の畝《うね》に沿ってうな垂れて歩く姿に、何も声がかけられなかった。八歳の時からもう何千回と話しかけているのに、体が動かなかった。茶色い風景の中で、右腕に巻かれた白い包帯だけが浮き上がっていたからかもしれない。何カ月間も床屋に行ってないのか、俯いたテンの横顔に伸びきった髪がかかっていたからかもしれない。

「また夏が来るな」

シャワシャワという音をさせながら喉に炭酸を流し込んだテンが、静けさを破るみたいに言葉に力を込める。

「高校最後の夏だぞ、晃平」

テンがゴムボールを左手に握って、湖面に向かって投げた。ボールはきれいな弧を描きながら光の渦に消えていった。

三年生　夏

六月に入り、北北海道大会の組み合わせが決まると、部内に張り詰めた空気が漂うようになった。とはいえ主にその空気を作っているのは晃平自身なのだが、下級生はもちろん、三年生までもが自分の顔色を窺っている。

「さっさと着替えろよ」

部室で話しこんでいる部員たちを睨みつけ、誰よりも早くユニホームを身に着けた晃平はグラブを手にグラウンドに向かう。このところグラウンドに立つと胸がしめつけられるような焦《あせ》りと不安を感じ、冷たい汗が出るようになった。

一歩部室を出たところで、大きな物音が聞こえた。何かが倒れる音がした後、音叉のような微かな響きが空気を伝わってくる。

「なんだ」

慌てて音の聞こえてきた方に走り出ると、バッティングネットの下敷きになったテンの姿が見えた。

「ったく何やってんだよ」

緑色のネットの網目から、テンを見下ろす。

「捕獲されちまったな」

縮こめた手足を動かして、昆虫の蠢《うごめ》きを真似たテンが笑う。晃平は逆さまになったネットの、鉄製の部分を持ち上げた。

「何やってんだよ」

「いやいや、練習始まったらすぐに使えるように移動させとこうと思ってな」

テンはユニホームについた土を払い、「悪い悪い」と左手を上げる。

野球部に戻ってきたテンは、ランニングや筋トレ以外の練習にはほとんど参加せず、雑用をやっていた。時々左手だけで素振りをしたりもするが、他の部員と一緒にはしない。

「邪魔なんだよ」

晃平は、立ち上がってまたバッティングネットを移動させようとしているテンに向かって声を張り上げる。

「おまえさ、グラウンドでちょろちょろしてこんなふうに迷惑かけるくらいなら、練習来るなよ」

耳が聞こえていないみたいに、呆然としているテンに向かって繰り返す。もうおまえは練習来んな。

「何言ってんだよ」

「だから……雑用なら一年にさせるから」

いつの間にかすぐ後ろに立っていた福地が「晃平、そういう言い方はないよ」と肩を強く摑んでくる。

テンがうな垂れたまま立ち尽くしているのを背中で感じながら、晃平は踵を返してボールを倉庫に取りに行った。

テンが投げられなくなり、晃平はキャッチャーからピッチャーにポジションを変えた。もちろん希望してのことではない。藤堂監督が決めたからだ。制球力はないが、球速はおそらく部内では一番ある。テンをのぞいては自分しかピッチャーをする人間がいないことを晃平もわかっていたが、それでも自分の実力が甲子園を狙えるレベルではないことも知っていた。

「テンでなければ誰が投げても同じ」だと、部員も監督もそして自分自身も思っていることが何より悔しかった。

「あんな言い方ひどいんじゃないか」

キャッチボールの相手を探すために視線を泳がせていると、福地が歩み寄ってくる。「テン、帰ったよ」

はっとしてグラウンドを見渡すと、テンの姿がなくなっている。

「いいんだ。実際に片手で練習に参加していると危ないこともあるし……」

義手の扱いに慣れきっていないテンが、飛んできたボールを咄嗟《とっさ》に右手で受け止めようとして傷口に当ててしまったことがある。左手一本でバットを振っていて思わず手が滑り、バットが手から離れてしまい、一年生に直撃したこともあった。

「だからこの頃のテンはマネージャーのような仕事しかしてないじゃないか。それが危ないとはおれには思えないけどね」

福地の不満げな視線に、晃平は、

「邪魔なんだって」

と強く返した。

テンに見張られているような気がする。おれの代わりをするんだったら、そんなレベルじゃ全然だめだろうと、心の中で思ってるんじゃないかと、怖くなる。テンがそんなことを思うような奴じゃないことも、本当はわかっている。たとえ他の部員が全員そう思っていたとしても、テンだけはそんなことを考えたりしない。少しでも部員の役に立てばと思って練習に出てくることや、単純に野球が好きでこの場所にいることは自分だって誰よりも理解している。

「晃平、投球練習するか」

福地と睨み合っていると、高林が声をかけてきた。高林のもとのポジションはサードだが、今は晃平の代わりにキャッチャーを守る。これも藤堂監督の指示で、部内では晃平の次に肩が強い。高林はこれまで一度もキャッチャーの経験がないので、球種の組み立ては晃平自身がやっている。四人の新一年生が加わった野球部は、テンを入れて十九人で夏の大会を迎えることになる。

バッティング練習を始めた部員たちから少し離れた所で、投球練習を始めた。高林は湖を背に座り、晃平は海を眺めながらボールを投げ込む。

「昨日よりも断然速くなってる感じがするな」

高林が威勢のいい声を出す。

「そうかな？」

「あとはコントロールだけだ」

北海道地区から甲子園に出場できるのは二校。北北海道から一校と、南北海道から一校だ。

北北海道大会だけで出場校は一〇七校あるので、その頂《いただき》はあまりにも遠かった。でもその果てしなく高い頂に、テンの手なら届くはずだった。

テンがいたら。テンさえいたら。チームの誰の頭の中にもある言葉を、自分自身が一番強く呟いていた。

「コントロール……それが難しいんだって」

投げた球は右へ逸《そ》れ、左に逸れ、高林を同じ場所に座らせておけない。ただ投げるだけならば、もしかするとテンに近いスピードを出すこともできるかもしれない。一五〇キロとまではいかなくても一四〇キロ台後半なら。ただ、その速い球をコースに投げ分けることは不可能だった。フェラーリで二〇〇キロの速度を出すことはできても、その速度のままでうまくコーナーを回ることはできないのと同じだ。

「ああもうっ。くそっ。なんで入んねぇんだよ。ああいいよ、高林。おれ取りに行くわ」

全力で投げた球は、高林の頭上へ大きく逸れた。ずっと向こうの方まで転がっていく球を、走って追いかけていく。後逸した球の行方を立ち上がって目で追う高林の肩を軽く叩く。

全速力で球を追いかけていると、視線の先に湖が見えた。高校の校舎は小高くなった丘に建っているので、湖は目線より低く位置している。

なんとかしてくれよ、テン。

晃平は足を止めて、誰にも聞こえない声で呟く。湖の向こう側にはオホーツク海が見渡せ、漁船だろうかいくつもの黒い影が水面を渡っている。

長い腕から放たれるテンの直球は、晃平がミットを構える位置にぴたりとくる。一四〇キロを超えるスピードなのに、四死球を出すことはほとんどない。機械のように正確で、でも機械ほど単調ではない。頭の中にテンの投球が鮮やかに残っているが、どう投げても真似できるものではなかった。

ボールを拾い上げて戻っていくと、高林の姿が消えていた。辺りを見回すが、バッティング練習に加わっているわけでもなさそうだった。力みすぎてしょっちゅう悪球を投げる自分に愛想を尽かしたのかもしれないと思うと、卑屈な笑みが口元に浮かんだ。

「晃平」

「なんだよ高林。どこ行ってたんだよ。……なんだそれ？」

「これ、テンがこの間おれんとこ持ってきて」

一冊の大学ノートが、高林の手の中にあった。古びたノートで、表紙の端は捲れあがっていたし、背表紙の部分は擦れてほつれている。

「特釧ノート、ってなんだよこれ。『特訓』の『訓』の字が間違ってるじゃねえか」

苦笑しながらその場に座りページを開くと、見慣れた字が目に入る。

「テンの字だ」

「うん。おれがサードからキャッチャーに代わった時、持ってきてくれたんだ。そこ、付箋貼ってあるとこ」

オレンジ色の付箋のついているページを捲ると、キャッチャーに気をつけてほしいこと、という項目があった。

「一、サインに首を振り続けている場合、球種は投手に決めさせること。二、やたらに落ち着けと叫ばないこと……なんだこれ？」

「テンの極意だろ」

二ページ半にわたって、テンがキャッチャーに対して「こうしてほしい」「こうしてほしくない」が読みにくい字と下手な文章で書いてある。

「こんなの書いてたんだ」

晃平は笑いをこらえて高林の顔を見た。「こんなに細かいことまで書き付けてたなんて、ちょっと意外だな。ほんとだ、これ、あいつがおれに言ってきたことそのものだ」

「他にもいろんな項目があってうけるぞ」

野球を始めてすぐの頃から書き綴っていたのだろうか。ノートの文字は幼いものから、下手は相変わらずだけど少し成長してからのものまで、並んでいた。晃平が高林と腹を抱えて笑ったのは『おれの軌跡』と書かれたページだった。

『おれの軌跡』

中学で北海道大会を制覇して、高校で甲子園に出場し優勝

高校卒業後は日本ハムに入団して一年目から大活躍

新人王やら沢村賞やら数々の冠を総なめにして、二十八歳でメジャー入り、渡米

四十歳で引退するところまでが妄想されている。

「札幌ドームで引退セレモニー。おくさんと子供が観にきている。晃平もこの日だけはホタテ漁を休んでスタンドで観戦――ってなんだよ。人の将来まで勝手に決めやがって」

楔形《せっけい》文字みたいな字を声に出して読み上げながら、晃平と高林は暴走する妄想を笑い合った。

しばらくの間爆笑していたが、ふと頭の中が冷たくなる。これは決して妄想なんかではない。テンが本気で歩こうとしていた未来……。

「おれが見せたかったのはこのページだ」

晃平が笑いを止めた理由に気づいたのか、高林もふいに悲しげな表情になる。風が黄ばん

だ紙をいたずらに捲る。

「なんだ？」

「これ。テンが自主トレでこなしてたメニュー」

最後のページにぎっしりと書かれているのは、高校生になったテンが書いたものだった。三センチほどの上の空白に『自主トレメニュー』と油性の黒マジックで書かれている。

「これが？」

上目遣いに見ると、高林が大きく頷いた。

月曜日　ランニング10キロ　シャドーピッチング
火曜日　ランニング10キロ　シャドーピッチング　スクワット
水曜日　ランニング10キロ　シャドーピッチング　スクワット
木曜日　ランニング10キロ　シャドーピッチング
金曜日　ランニング10キロ　シャドーピッチング　スクワット
土曜日　30メートルダッシュ30本（畑のタテのほうのウネに沿って）　坂道ダッシュ　壁当て
日曜日　佐呂間山まで往復ランニング

＊腕立て・背筋・腹筋は毎日二百回

「おまえに見せるのも嫌味かとずっと思ってたんだけど」

高林は遠慮がちに目を伏せ、晃平は小さく頷く。

「テンって小さい頃からすごかったんだろ？」

「ああ。毎日球を受けるたびに速くなっていった」

「晃平とは三年の時からバッテリー組んでたって」

「二年の時からだ」

「確かにテンはおれらにはない能力を持ってる。でもあいつは天才なんかじゃないんだ」

高林は気遣う口調で晃平の肩を叩いた。その緊張した表情を見て、自分が主将としてもエースとしても失格であることを思い知らされる。チームメイトにこんなに気を遣わせるようなことを、テンならしない。

「しかたないって」

晃平の心の中を読むみたいに、高林がわざと明るい声を出す。「おまえはよくやってるよ」

無言で頷くと、ノートを閉じて立ち上がった。

「このノート借りていいか？」

晃平の言葉に、高林が嬉しそうな顔を見せた。

その週の日曜日、普段の休日より二時間近く早く起き、佐呂間別川に沿って、自転車を漕いだ。川の流れが激しいのは、湖の氷が溶けて川の水量が増しているからで、川の音と自転車が風を切って走る音の両方が心地よく耳に届く。

濃霧の中、滑走路のような一本道を走り、テンの家を目指す。思いきりペダルを踏めば十五分ほどで着く距離だったが、七月に収穫を迎える玉葱の畑をのんびりと眺めながら走る。土から伸びた緑色の葉が視界いっぱいに続き、きれいだった。

もう練習に来るなと口にしたきり、テンとは顔を合わせていない。携帯を持たないテンとのやりとりは自宅の電話だけだが、その電話をかけるのも躊躇《ためら》われた。

今日は、野球部恒例の佐呂間神社への必勝祈願をする日だった。「一緒に行ってほしい」と、テンに頼むつもりでいた。

「おっす」

滑るように道路を走っていた晃平は、突然降ってきた声に慌てて急ブレーキをかける。

「テンか？」

畑の中から鮮やかなブルーのジャージを身につけたテンがぬっと姿を現した。

「こんな早くに何してるんだ？　散歩？」

屈託ないテンの声と表情に、頭の中で練《ね》ってきた謝罪の言葉を忘れてしまう。

「おまえこそ何してんだ」

明るく笑えるテンに対して、仏頂面のまま言葉を返す。

「おれ？　おれは親父に畑見て来いって言われたから。夏になると病虫の害があるからな。ほら、これ小菌核病《しょうきんかくびょう》。葉に発生するんだ。葉の先っぽや真ん中から広がって、最後は枯れてしまうんだ。葉っぱが枯れると収穫量が落ちるからさ、病気が広まらないうちに手を打たないとな」

黄色のコンテナに茶色くなった葉を放り入れると、テンはまた「どうしたんだ」と訊いてくる。

「今日さ……必勝祈願に行くんだ、大安なもんで」

「おお。そうかあ。そうだな、そろそろ行かねえとな」

「それで、おまえも……一緒にと思って」

「おれ？　おれが行くのか？　部外者だぞ」

テンが拗《す》ねた口調になる。

「いや、だから……」

両手を膝に押しつけ、晃平は深く腰を折った。

その姿勢はなんだ、とテンは笑う。誰の真似だ？

テンはまたしゃがみこむと、茶色くなった葉を見つけてはハサミで摘み取り、コンテナに集める作業を始める。

「また練習、顔出せよ。部外者なんて、思ってねえよ」

左手だけで器用に作業を続けるテンを、晃平が見下ろす。

「でもおまえが邪魔って言ったんだぞ」

「邪魔じゃねえよ」

顔を上げたテンが訝しげに首を傾ける。

「……そんなことじゃなくて」

本当は、テンに雑用などさせたくないだけだ。グラブをはめずにボールも握らずに働いているのを目にするのが苦しいだけだ。でも晃平の真意は伝わらない。

「何時から？　必勝祈願」

テンが立ち上がった。額にはじっとりと汗が滲んでいる。

「九時に佐呂間神社前集合。終わってから学校戻って練習」

「用意してくるわ」

コンテナを小脇に抱え、テンが駆け出そうとしたので、晃平は引き止める。家まで自転車の荷台に載せてやると顎をしゃくると、テンが「ラッキー」と笑う。

サロマ湖の沿岸を通る国道二百三十八号線を、自転車で西に向かう。九時までにはまだ時間があるので散歩して行こうとテンが言い出したからだ。

「どうだ？　晃平んとこは」

車輪をカラカラと回しながら、テンは余裕の手放し運転をしている。一輪車に乗るみたいにして何キロも止まらずに走り続けることが、子供の頃からのテンの特技だった。

「どうって？」

「ホタテ。湖への放卵始まったのかよ」

「ああ。もう始まった」

六月になると、晃平の父は他の漁師たちとともにホタテ貝の卵を湖に放つ。そしてその二カ月から三カ月後に稚貝に育ったものを採取するのだ。採取された稚貝は細かい網目のカゴの中に大切に保管され、それから翌年の五月頃まで湖の中へと沈められる。湖の中で稚貝たちはおよそ四センチ前後の大きさまで育ち、そしてそれから再び今度はオホーツク海に放流される。

「昨年沈めたぶんは？　うまく育ってたか」

「例年通りだって父ちゃんは言ってたけど」

「海で何年待つんだっけ？」

「三年くらいかなあ。四センチの稚貝が十センチを超えるようになるまで、けっこうかかるから」

「相変わらず長えな。大変な仕事だな」

「いや。おまえんちの玉葱も大変だろ」

さっきより明るくなってきた北の空を見ながら、晃平は呟く。日本の北端に生まれ、海や湖や雪や土や草花を見ながら育ってきた。流氷の季節になると、北の海から流れてくる氷の上にキタキツネが乗っていて、そのキツネたちを眺めるのが小さい頃の楽しみだった。風の音や空気の匂いを嗅ぎ分けて「そろそろ帰るか」と子供たちは家に戻る頃合を知る。風景の中に人が少ないから、よけいに人が大切に思えた。手を伸ばすと届く距離にいる人たちすべてが自分の味方で、だから両親には土地の人全員を家族だと思えと教えられた。農家をしているテンや、漁師のうちや、乳牛を飼う同級生たちの家族はそれぞれ大変だったけれど、みんな平然としている。自分たちの生まれを嘆くようなことはなかった。

でも、テンみたいに……人にはない何かを持って生まれてきた人間は、ここを飛び出していくのだと信じていたのだ。この町に生まれ育った強さを持って飛び出していってほしい。そうしたらここに残って生きていく自分ももっと、強くなれるような気がした。

「晃平。玉葱は一年、ホタテは三年だ。時間かけなきゃしょうがないこともあるぞ」

道端に落ちていた石を避けるためにバランスを崩し、慌てたテンが左手でハンドルを握る。

「ピッチャーに転向してまだ一年も経ってないんだぞ、おまえ」

体の重心を左に移し、テンは体を斜めに傾けるようにしている。

「おまえのノート、読んだよ」

「あ。読んじゃった？」

「おれの軌跡って、なんだあれは」

「すげえだろ？」

「こえぇよ。誇大妄想」

テンの掠れた笑い声に、言葉を重ねる。

「それになんだよ。あんなにこそこそ自主トレしやがって」

「こそこそなんてしてないぞ」

「おれ知らなかったし」

「毎日ランニングとか、誘っても晃平しないだろ。練習嫌いだし」

「しないけど、隠すなよ」

「だから隠してないって。おれはピッチャーだったからな。コントロールは下半身が強くないと安定しないんだ。だから、走ってただけだ」

霧が晴れてきて気温が少しずつ上がっていくのを感じていた。すぐ先に富武士《とっぷし》のピラオロ台が見えてきた。休憩するか？　と晃平が訊くとテンは首を振る。正直なところ自分が休みたかったのだけれど、悠々と前を走るテンの背中を見ているともうひと頑張りするかと思う。生まれてから百回以上も上ったはずのピラオロ台からは、オホーツク海との境に位置する原生林まで見渡せる。原生林は、湖と海を区切る砂丘の上にあり、この季節は緑と赤の彩《いろど》りをみせる。

二人が神社に着いた時、部員はすでに全員集合していた。高林と福地が口元を緩めて意味深な視線を送ってくるのを、

「さっそく行くか」

とやり過ごし、一列になって境内に続く長い階段を上がった。爽やかな風が樹木を揺らし、その涼やかな音の合間に鳥の鳴き声が聞こえてくる。

境内に入ると、横一列になり十九人が合わせて拍手《かしわで》を打つ。俯いたまましばらく静かに

それぞれの思いを神様に告げた。一試合でも多く、投げさせてください。勝たせてください。晃平はそう祈る。隣で頭を垂れるテンが何を祈っているのかすごく気になっていたけれど、訊くことはしなかった。

「よし。じゃあ絵馬の奉納に行くか」

高林の景気のいい声にきれいな直線だった列が崩れ、持参してきた油性ペンを手にわれ先にとみんなが駆け出す。

晃平は絵馬の中央に『必勝祈願』と大きく書く。文字にすると、うっすらとした想いがくっきりとした輪郭を持ち、少し躊躇した後、周りに人がいないのを確かめ「必勝祈願」のすぐ隣に、

『テンの手をください』

と小さく添えた。誰にも見つからないように、文字を手で覆い、重ねて掛けられた他の絵馬の一番下になるように奉納し、もう一度空に祈る。

そしてその夏、晃平は背番号1をつけて北北海道大会で七試合すべてひとりで投げきった。そう、七試合。テンというエースを欠いて、初戦敗退もしかたがないと考えていたうちの高校が、決勝まで進んだのだ。「よくやった」と大人たちは褒めてくれた。普段は決して褒め

てくれない藤堂監督ですら「たいしたものだ」と。でも晃平は嬉しくなかった。

三年生　秋

「晃平、晃平、起きて」

半袖から出た剝き出しの腕をシャーペンの先で突かれて、思わず尻を浮かした。いつの間にか眠っていたのだろう。

隣の席に座る福地が指先でシャーペンを回転させている。

「なんだよ、痛えな」

今が授業中であることを思い出し、ノートに涎《よだれ》がついているのをさりげなく拭きつつ、福地を睨んだ。

「先生が呼んでるよ。藤堂監督が職員室に来いって」

「監督？　なんで」

藤堂監督は、社会科を教えているが、自分たち三年生は担当していない。

「知らないよ。晃平、呼び出されてるよ」

福地が言い終わらないうちに、教壇に立つ国語科の教師が「吉田くん、職員室に行ってください」と促す。晃平は机の上にノートや教科書を出しっぱなしのまま立ち上がり、ゆるゆると廊下に出た。藤堂監督とは、三年生が抜けた新チームのことで何度か二人きりで話し合いをしていた。

でもまさか授業中に呼び出すってことはないよな……。

昼休みを終えた後の五時間目は、学校全体が緩んだ気配に満ちていて、晃平の不安げな足音が廊下に響く。

職員室のドアを開け一礼すると、その場にいた教師全員がいっせいに晃平を見つめてきた。思わず足を止めて視線を漂わせ、窓際の席についている藤堂監督を見つけると、小さく頭を下げた。

「よ、吉田くんっ。おめでとう」

風圧を感じた後、ポマードの匂いを嗅ぐ。上田《うえだ》校長が満面の笑みで晃平の手を強く握ってきたので、体を引くようにして後ろに下がった。

「なんですか、いったい」

さらに半歩下がると、背中がドアにぶつかった。

「きたんだよ。日本ハムから君に、指名が」

「へ？」

「ドラフト九位で指名がきたんだ。わが校からプロ野球選手が誕生するなんて……それも私が校長の時に」

感極まった校長がそれまで握っていた晃平の手を放し、勢いをつけて抱きついてきた。頬に校長のしっとりとした髪が押しつけられ、滴ったポマードが鼻腔に入りそうな気がして晃平は唇を固く結んで藤堂監督を見た。監督はメガネを外し、袖口で目の辺りを拭っている。

「それ……ほんとですか？」

晃平が訊くと、言葉を失っている校長の代わりに、教頭が力強く頷く。足の先からものすごい速さで熱が全身に這い上がっていくのを感じ、心臓が烈しく脈を打ち始める。

夏の大会が終わった後、監督に呼び出されて『プロ志望届』というものを書いた。監督は万が一の可能性を口にしていたが、晃平は代筆しているような気分で書類の欄を埋めたのだ。そんな届けを出していたことすら、忘れてしまっていた。

アーアーアー
プップッと途切れるような雑音が入り、椅子がカタカタと小刻みに動く音が聞こえたかと思うと、

「全校生徒のみなさんー」

という声が職員室の天井付近に設置されたスピーカー越しに聞こえてくる。

「こちらは佐呂間高徳高校放送部です。授業中に失礼しますが、たった今緊急ニュースが飛び込んでまいりましたので、お伝えします。三年一組吉田晃平くんが、本日のプロ野球ドラフト会議により、日本ハムから指名を受けました」

「わああっ」という歓声が校舎全体から地響きのように湧きあがり、呆然と立ち尽くす晃平の足裏にまで響いてきた。職員室にいるどの教師も、放送部のアナウンスに耳を傾けている。

「つきましては全校生徒、グラウンドに集合っ」

気の早い生徒がもうすでに、グラウンドに飛び出していた。「うわあぁっ」とひときわ大声を上げて走り回っているのは、野球部の面々だった。一年生が円陣を組んで肩を抱き合い、くるくると回っているのが職員室の窓越しに見えた。二年生や三年生の部員たちは、なぜかシャツを脱ぎ捨てて上半身裸になっている。野球部員を中心にして、放送部の呼びかけのまま、全校生徒がグラウンドに集まってきていた。一クラス三十数名、掛けることの三学年。総勢百名の生徒が、自分の名を口々に叫んでいる。

「なんだ……」

火で炙《あぶ》られたみたいに体が熱くなり、わけがわからなくて、晃平はその場から動けないでいた。

　自分たちの試合を球団のスカウトが観に来ていることは知っていた。でも晃平にとって、球速を測る機械を手に、スタンドの後ろの方に陣取るスカウトを目にすることは珍しいことではなかった。中学の三年くらいには、そうしたスカウトを目にする機会があったからだ。そう数が多いわけではなかったが、超中学級と道内で騒がれていたテンのことを、気の早いスカウトたちが値踏みしに来ていたのだ。中には早々に名刺を渡しに来る人もいた。

　テンがあんなことになった後、試合を観に来るスカウトの数は激減した。それでも一人か二人、顔見知りの者はやって来ていて、その人たちは中学時代からテンの成長を見守り続けてきた人たちだった。テンがベンチ入りしなくなった今、それでも試合を観てくれるスカウトたちは、仕事以外の目的で試合を観てくれているのだと思っていた。まさか投手に転向した晃平に視線を向けているとは夢にも思っていなかった。

　名前を呼ばれるがままにグラウンドに出ると、自分を中心に「わあっ」と人が集まってきた。こんなことは人生で初めてで、どんな顔をしていいのかわからなくて、とりあえず笑ってみる。笑いながら、テンの姿を探した。テンは今、どこにいる？　お祭り騒ぎの時はいつもテンが真ん中だった。晃平は、円の中心にいるテンを、円周上のどこかから見ているのが好きだった。

「晃平っ」「晃平っ」はしゃいだ声に体をふわりと持ち上げられ、晃平は宙に舞う。秋空は澄んでいて、吸い込む空気は心地のいい冷たさだ。胴上げされている間、視界には空しかなくて、テンを探すことはできなかった。

でも探しても、テンはいないだろう。もしテンが側にいたら、あいつが一番最初に自分に駆け寄ってくるはずだった。晃平の背中をばんばんと叩き「胴上げするぞっ」と雄たけびを上げるはずだ。だからテンはきっとどこかに行ってしまったのだろう。

「晃平、お寿司持ってきてもらうの七時でいいよね」

パートを早退してきた母親が、台所から声をかける。ホタテで澄まし汁を大量に作っているので、甘辛い醬油の香りが家中に満ちている。

「おれもう腹ぺこぺこなんだけど。七時なんて待てねえし」

壁に掛かった時計を見ると、まだ五時を過ぎたばかりだった。あと二時間近くももつ腹具合ではない。じゃあ食パンでも食べて、と母親は喜びの滲んだ声で笑う。七時スタートで我が家で宴会をするらしく、漁業組合の人たちや母親の勤める乳製品加工工場の知り合いがやって来るという。狭い我が家に二十人以上もの人が集まるのはばあちゃんの葬式以来だ。

「町長さんも挨拶に来るって。晃平くんとぜひ話がしたい、なんて言われたよ。サロマ湖ウルトラマラソン以上の町おこしになるんじゃないかって。町おこしなんてねぇ、活躍できるかもわかんないのにねぇ。テンちゃんならともかく、あんたなのに」

鼻歌を口ずさむ母親の背中を、黙って見ていた。いつも食事時はテーブルの上を片付けろだの布巾で拭けだの指示するくせに、今日は自分でせっせと片付けている。

「ほんとに全然知らなかったの？」

「何が」

「スカウトの人があんたを見に来てるって」

「知らねえって」

日本ハムのスカウトの丸井《まるい》さんとは中学三年の時に出場した全道大会で、初めて会った。優勝投手のテンに「はじめまして」と愛想よく話しかけてきて、その日のピッチング内容を褒めていた。丁寧な手つきでテンに名刺を渡し、隣にいた晃平にも一枚、同じものをくれた。中学生ながら気を遣われたのがわかり、「ぼくはいいです」と返そうかと思ったけれど、テンと同じようにカバンのポケットにしまっておいた。その頃から丸井さんは熱心にテンを追いかけ続け、時おり晃平にも「今日のリードは良かったよ」とか「吉田くんの肩の強さは武器だ、あとはバッティングを磨け」とアドバイスをくれたりもした。

「テンちゃんも呼びなさいよ」

母親が嬉しそうな声を出す。「今日のお祝いの会にテンちゃんも来てもらったら？　無二の親友なんだから」

能天気な母親の言葉に、寝そべっていた体を起こす。立ち上がって鴨居にかけていた長袖のパーカを手にすると「ちょっと出てくるわ」と玄関に向かう。「六時半には帰ってきなさいよ」母親の声を背中で聞き外に出ると、ひんやりとした空気を思いきり肺の中に吸い込む。夏と冬のわずかな隙間に佐呂間の町は、一瞬の秋を見せる。果てしなく続く畑は漆黒の大地の色になり、ハマナスはプチトマトを小さくしたような赤い実をつける。白樺の林がじょじょに茶色くなりはじめ、シベリアからやってきた白鳥の鳴き声が聞こえてくる。

見慣れた道を歩いていると、遠くに小さな小さな人影が見えた。目を細めないと輪郭がつかめないほどの小さな影なのに、晃平にはそれがテンであることがわかる。テンがゆったりとした足取りで、こっちに向かってくる。

「おおっす」

テンが先に、手を挙げた。晃平も「おっす」と返す。

「今からおまえのうちに行こうと思ってたんだ。助かった、入れ違いにならなくて」

いつも通りの笑顔につられ、晃平も頰を緩めた。こんなに広い場所なのに、自分とテンしかいない。

「よかったな、指名。行ってこいよ」

不意を衝かれて晃平の体が強張る。

「でも」

暗い声を出していた。「でも……指名されたっていっても九位だし。それにおれ、そんな実力も実績もないし。みんな騒いでるけど、母親とかも浮かれちまってるけど、実際のところそんなに喜べないわ」

「そうなのか？」

「卒業したら親父の船に乗るつもりでいたから、突然こんな展開になってもな」

胸の内の言葉を吐き出しているうちにわかってくる。自分は不安なんだ。不安で不安でたまらないんだ。周りが騒げば騒ぐほど、体が震えるほど怖くなる。きっとテンなら、こんなふうに怯えたりはしないんだろう。

「おれがプロでやってけるわけない。そう思わないか？」

喉に絡まった言葉を絞りだすようにして、晃平は問いかける。

「思わないよ。認められて声をかけてもらったんだ」

「おれはおまえみたいにすごくない」

「おれだってすごくなんてないよ」

「いや、天才だった。子供の時から周りの誰とも違ったじゃないか。みんなおまえを前にすると戦意を喪失したんだ。おまえに勝つことなんて、最初から諦めてた。おれは……おれなんか。おまえが投げられなくなって、それで投手のポジションもらって、おれはただ運だけでこの場所にいるんだ。投手歴も短いのに、スカウトの目がどんだけ信用できるかって話だよ。それに、ドラフト九位ってなんだよな。そんな下位でぎりぎり入団して、やっぱ芽が出なかったら人生どうなるって話だよ。みんな他人事だからあんなにはしゃいで、これから苦労するおれの身になってみろって」

これまでテンが立っていた場所は、想像していたより遥かに孤独なところだった。世間の期待に押しつぶされそうになり、でも弱音を吐くことも許されず、他人には見えない、自分だけが見える限界を超えるために努力し続ける。そんな真似が自分にできるとは到底思えなかった。

「じゃあやめてしまえよ」

うな垂れる晃平の耳に、テンのくぐもった低い声が響く。これまで一度も聞いたことのない鋭い声に衝かれ、反射的にその顔をのぞきこむ。下を向き、スニーカーの爪先を見つめながら話すテンの声は聞き取りにくく、晃平は耳を澄ませる。

「運だけだとか思ってんのなら、行くの、やめろよ。……運のなかったやつの前でそういうこと言うな」

テンの左拳が固く握られていくのを、晃平は黙って見つめていた。

吹きつけてくる秋風は冷たくて、十一月の初めにはやってくる雪の気配が漂っている。視線の先に、キムアネップ岬があった。夏が終わり、秋を迎える頃、湖の南側に位置する岬は紅く色づき始める。

――夏の尻尾が燃えてるぞ。

子供の頃はテンと二人で、楽しかった夏を惜しみに岬を歩いた。岬にはサンゴ草の群生地が何か所もあって、半島のように突き出した岬が炎のように染まるのを一目見ようと観光客が訪れる時期でもある。サンゴ草の一本一本はその名の通り、か細いサンゴのような形をしているが、群れになると彼岸花のような幽玄な鮮やかさで、子供たちの心を惹き寄せた。

どれくらいの間、そうして二人黙ったまま風の音を聞いていただろうか。

突然、俯いていたテンが顔を上げ、晃平に向かって笑いかけてきた。

「オジロワシっ」

と叫び、両手を羽のように大きく広げ、鳥になったテンが目を瞑《つむ》ったまま風を受けている。

「向かい風もー」

閉じていた目を大きく見開き、テンが風に向かって声を張り上げる。

「こうすると、追い風だぞっ」

くるりと体を反転させ、テンは晃平に背中を向ける。

その背中を強い風がぶわりと押し出し、大きく伸びきった全身が、オジロワシの飛び立つ直前の戦慄を思い出させた。

「どんなに怖くても、やると決めたなら迷うなって」

テンは大声で言葉を繋ぐ。「愚痴と陰口ばっかの奴に誰も同情なんてしない。ざまあみろと思われるだけだぞ」

「そうだ。これ持って来てやったんだ」とテンは肩にかけていた布地のリュックから一枚の写真を取り出す。写真に写っているのは、自分でも見たことのない表情をした晃平だった。

「福地にスマホ借りて撮ったんだ」

両手両脚を大きく伸ばした自分が、宙を舞っている。舞う晃平の下側で、たくさんの腕が万歳をするみたいに天に向かっている。

「ダッシュして屋上に回ったんだ。胴上げを上から撮った写真なんて、プロのカメラマンじゃないと思いつかないぞ」

秋空に向かって目を細めている自分の顔は、とても嬉しそうだった。たくさんの手に押し出され、幸せそうだった。

「行ってこいよ、晃平」

テンがさっきと同じ言葉を繰り返す。

「ありがとう」

今度は素直に言えた。目に涙が浮かんだが恥ずかしくはなかった。テンも泣いていた。

三年生　冬

十二月にもなると、視界のほぼすべては雪に埋まる。サロマ湖の湖面にも氷が浮き、外には天気の良い日にチカ釣りをする人がぽつぽついるくらいだ。一月に入れば流氷が接岸するので氷点下は三十度を下回り、寒いというより痺れるような体感がある。

「まだ書いてない奴、早くしろよ」

晃平が声をかけると、寝そべって漫画を読んでいた高林たちが「んん」と面倒くさそうに答える。

「おい、マジックのキャップどこいったんだよ。書けなくなるだろう」

冬休みに入った野球部の三年生は、朝から福地の家に集まって色紙とボールに寄せ書きをしていた。うちの野球部では、後輩一人ひとりに卒業生の寄せ書きを贈る慣わしがある。一月上旬に晃平は入寮しなくてはならず、こうして高校の仲間と過ごす時間はこれが最後になる。一月の半ばには新人合同トレーニングが始まり、二月からは沖縄の国頭《くにがみ》でのキャンプが控えている。

それまでに残っている仕事をやり終えておきたいと福地の家に集まったのに、作業は遅々として進まない。

「おいテン。おまえ全員分書いたのか？」

ＤＳを手に必死でボタンを操作しているテンを振り返る。両親が町役場で共働きをしている福地は部員の中でも裕福な方で、部屋には心躍るグッズが散らばっている。ノートパソコンもＷｉｉもゲーム機も、晃平やテンは持っていない。

「おれ？　ほとんど書いたぞ」

ゲームの画面から目を離さずに、テンが生返事をする。

「ほとんどじゃだめなんだって。全部に書き終えろ」

晃平は部屋に転がっていたゴムボールをテンの頭にぶつける。

「晃平のサインが入ってれば満足するって。プロ野球選手なんだから……って、なんだよこれ」

高林はさっきからネットで無料のエロサイトに繋ごうと必死だが、いかんせんパソコンに疎《うと》い。

「そうだ、テン。おまえ春から家の仕事手伝うのか？」

うまくネットに繋がらない高林は半強制的にパソコンをシャットダウンし、福地が眉根を深く寄せている。

「進学はまったく考えてないの？」

福地が高林の言葉に続ける。晃平もサインペンを持つ手を『これからもガンバ』のところで止めた。

「考えてないよ」

テンが顔を上げて頷く。

「じゃあおれと一緒だな」

高林が嬉しそうに返す。高林の家はホタテの加工工場を営んでいて、そう大きくはないが卒業してからはそこで働くことになっている。家族経営なので、いずれはそこの工場長になるらしい。

「ああ終わっちゃった」

ゲーム終了の電子音が流れると、テンはゲーム機を床に置いて座り直す。テンの足の裏が寝そべっていた高林の顎に触った。

「おれらの代は地元に残るやつが多いな」

さっきよりさらに声を弾ませた高林に、テンが笑顔で頷く。晃平はテンから目を逸らし最後の色紙を書き終えると、「おまえら早く書いてくれよ。もう夕方だぞ」と立ち上がった。福地の部屋は離れにあるので、ドアを開けるとすぐに外に出られた。

晃平は、突如現れた雪景色に目を細め、サンダルを履いて庭に出た。この部屋には何度も遊びに来ているのに、この雪の下がどんなふうになっているかは思い出せない。あとほんのわずかの期間でこの土地を離れる。それが信じられないでいる。

雪よりも明度の低い空を見上げ、晃平は大きく息を吸う。冷たい空気が肺を満たし、体を芯から冷やす。両親や友人たちの期待が、自分の不安よりも大きいことを考えると、体がすくむような気持ちになる。鳥が木に衝突したのか、どこかで大きな音がした。

「書き終わったぞぉ」

背中の冷気がふとやわらいだのを感じて振り返ると、すぐそばにテンが立っていた。

「何してんだ晃平、こんなとこで」

テンの右手には、毛糸の長手袋が被せられている。寒そうだから、と妹の実佐《みさ》が編んでくれたらしい。長手袋はミトンの形で、肘の上まですっぽりと覆われるようになっている。

「いや、別に」

三百六十度見渡しても白ばかりの冬景色。氷点下も二桁《けた》になると、空気中の水分が木々の枝に凍りつき、純白の花を咲かせたように見える。この景色も今年で見納めになるのだろうか。本当に自分はこの土地を離れてやっていけるのだろうか。

「冬は、ほんと景色が動かないからな。歩いても歩いても、走っても走っても、前に進んでいない気がする。子供の頃のおれは、自分が試されているような気がしてた」

テンが眩《まぶ》しそうに顔をしかめ、白い息を吐く。

「試されるって何を？」

晃平の息も漫画のふきだしみたいに丸い白だ。

「おまえの一歩なんて進んでいないのと同じだぞ。立ち止まってるのと同じだぞ。もっと頑張れないのかって」

「それ誰に試されてんの」

「そりゃあ、神様」

自分がなんでここに生まれてきたのか、そういうこと考えたことあるか、とテンが訊いてきた。晃平が「ねえよ」と返すと、「おれはある」とテンが笑った。お父ちゃんもお母ちゃんも朝から晩まで必死に働いて。それでも冷害や霜害や虫害や外国からの安い輸入品のせいで思うように稼げない年もあって。贅沢をしたいという考えすら思いつかないくらい、毎日の暮らしは大変で。もしかすると、この場所に生まれなかったらもっと楽だったのかな、とか。もっとあっさり、家族でここを離れて別の生活を選んだ方が良かったんじゃないかとか。

「そういうことならおれだって考えないことはないな」

テンと同じで、漁師の家も外国産の魚介類の存在にいつも脅かされている。そんな時はここで歯を食いしばっても意味がないように思える。厳しい自然の中で働くことの価値を見出せない時もある。

「それでもさ、結局最後はこう思うんだ。逃げ出す前に何かやってみないと。へこんでたってしかたがないぞって。おれさ、実は進学してみようかと思ってんだ。もっと勉強していろんなこと知って、自分ができることがないか探してみるつもりだ」

いい考えだろ？　とテンが訊いてくるので晃平は頷いた。

「まだ誰にも言うなよ」

テンは毛糸の長手袋で覆われた右手で、晃平の肩にパンチを入れる。晃平の弱気を見透かし突いてくる。

「なんか空、やばくないか」

　ゴウと強い風が音を立てて目の前を通り抜けるのを見て、テンが顔をしかめた。晃平の目にも空の色が変わっていくのがわかった。吹雪がきそうだった。

　部屋でだらだら過ごしていた高林たちを足で転がしながら「帰るぞ。空がまずい」と晃平は帰り支度《じたく》を始める。寄せ書きは終わったようで、福地の部屋で卒業式まで保管してもらうことにする。

「みんな、送ってくよ」

　みんなで部屋に散らばっているスナック菓子の空き袋をゴミ箱に捨てていると、福地が照れくさそうに机の引き出しを開けた。「おれさあ、実は免許取ったんだ」初めから今日公表するつもりでいたのか、車のキイを取り出すと催眠術の振り子みたいに目の前に掲げてぶらぶらと揺らす。

「すっげえ」

　誰かがどすのきいた驚愕の声を上げる。「いいなあ、ボンボンは」「いつ取ったんだよ」「どこの教習所？　網走《あばしり》か？　北見《きたみ》か？」騒々しい声が行き交い、結局福地の運転する軽トラが出発したのはそれから二十分近く後のことになった。福地を含む三人が座席に座り、あとの五人は荷台に乗り込んだ。雪道を軽トラが軽快に走り、「まじ怖えよ」という不安げな声と「まあひっくりかえっても雪の上だから」と暢気《のんき》な声がキャッチボールされていた。

テンの読み通り雪が降りだし、降雪はしだいに烈しさを増し、テンと晃平、福地三人が最後に残った時には横殴りの雪が車の窓を叩いていた。

「ハンドルが思うように切れない」

福地が誰に言うでもなく呟いた。福地の家を出発してから四十分が経っていた。日も翳り始め霧が立ち込めている。凍てつく夜の気配がすぐ近くまで迫ってきていた。

「福地、どこでもいいから建物に入るぞ」

テンが励ます口調で大きな声を出す。この土地で生まれ十八年間生きてきた。暴風雪の恐ろしさは、大人たちから聞かされ続け、幼い頃から身をもって感じてきた。

「福地、携帯持ってるか?」

晃平は、肩をいからせてハンドルを握る福地に向かって訊いた。今どこにいるかを、親に知らせておいた方がいいと察知する。テンは携帯を持っていないし、自分のはさっき福地の部屋で使いすぎて充電が切れていた。

「うん。ダウンの左ポケット」

カチカチと前歯を鳴らすのは、緊張した福地の癖だった。晃平はダウンジャケットのポケットからスマホを取り出し自分の家にかけた。だが誰も出ないので、テンの家の番号にかけた。テンに代わると「お兄ちゃん早く帰ってきて」と妹の実佐が声を荒げているのが、聞こえてきた。

「うわあっ」

福地が大声を出して急ブレーキを踏んだのは、電話をきった直後のことだ。

シートベルトに押さえつけられながら、フロントガラスまで体が跳ねて、額を強く打ちつける。

「アクセルも踏んでないのに……ト、トラックが勝手にスピードを出して……」

ハンドルをキリリと胸に食い込ませた福地が顔を歪める。

「大丈夫、タイヤは止まってるぞ。落ち着けよ、福地」

晃平は福地の震える手に、自分の手を重ねた。そんな自分の声も震えている。地響きのような風の音がすぐ近くで聞こえていた。トラックはミニカーほどの質量も感じなくなり、雪中に埋まる。

「あ、ああっ」

晃平の言葉を聞いて小刻みに頷いていた福地が、また大声を出した。フロントガラスに白い雪の塊が思い切り叩きつけられる。

「地吹雪だ」

テンの低い声が車中に落ちる。降り積もった雪が強風で舞い上がり、視界を遮る。

「福地、運転代われ」

「でも晃平、免許持ってる?」

「軽トラくらい動かせるって」

福地を運転席から移動させ、アクセルを踏み込む。このまま雪の吹き溜まりに埋もれてしまえば、動けなくなってしまう。思い切りアクセルを踏み込むと、苦しそうなモーター音の唸りと同時に車が少し前に進んだ。晃平は咄嗟に燃料を確かめ、まだ十分にあることをテンと福地に伝えた。

軽トラは傾きながら、雪の上を走った。何度もバランスを失い、タイヤを雪に絡め捕られたが、辛うじて雪の中を進んでいた。テンは目を細めて前方を睨み「右、左」と指示を出す。この辺りに倉庫があったはずだというテンの記憶に、晃平と福地は一筋の光を見た。

「福地、トラックにスコップ、積んでるか?」

テンは冷静だった。福地は「積んでない」と涙の滲む目をフロントガラスに向ける。

「毛布は?」

「それもないよ」

福地の声は吹雪の音にかき消されそうだった。

「あれだ。倉庫だ」

テンが張り詰めた声を出すのと同時に、晃平はアクセルを踏み込む。吹きつけてくる雪の向こうに、倉庫らしいものが見えてきた。だが倉庫までのわずか数十メートルのところで降り積もった雪がトラックを阻む。エンジンをふかす音と、車内に立ちこめる排気ガスの臭いが頭の中をいっぱいにする。

「くそっ。目の前なのに」

晃平は怒りをぶつけるようにしてクラクションを鳴らしたが、その音すら雪の中に静かに溶け込んでいく。震動する車内で、三人は無言になる。誰も口をきかなくなると、枝が強風に煽られた、女の叫び声のような音が流れ込んでくる。

「倉庫に入れそうか見てくるわ」

ネックウォーマーで鼻と口を覆い、毛糸の帽子を耳の下まで引っ張ると、テンが車から出ていく。ドアを開けると同時に雪煙が車内になだれ込んでくる。

「おれも行くわ」

晃平も福地にここで待っているように言い残して、外に出る。暖房の利いた車中に比べると、全身が凍りつくような寒さだ。つぶてになった雪が、後ろからも横からも飛んできて、殴られているような痛みを全身に感じた。

「大丈夫か？」

テンが訊いてくる。テンが晃平の前を歩き、そのおかげで前からの突風は遮られている。だが全身に雪が張り付いてきて、思うように体を動かせない。膝から下は雪に埋もれているので、早くも足の感覚がなくなっている。

「おまえこそ。無理すんな」

がなり立てるように叫んでも、テンの耳に届いているかはわからない。互いの言葉は雪と風にかき消される。

テンがつけた足跡に、晃平は足を重ねていく。こんな時なのに、子供の頃を思い出す。二人で危険なことをする時はいつも、テンが先頭に立ち、自分はその背について行った。

「どうだ？　鍵開いてるか」

倉庫のシャッターは完全に降りている。ただ出入り口に軒があり、そのわずかな幅に入ると上からの雪から逃れることができた。

「ここは無理っぽい。なんせ正面だからさすがに開いてないだろう」

テンはこんな時でも笑う。ピンチの時になぜか笑う、テンの癖だ。

「とりあえずぐるっと回るぞ」

テンの声に頷く。左手が差し出され、晃平はその手を握る。どちらかが倒れた時に雪に埋もれないようにすぐ引き上げるためだった。

倉庫の外壁に沿って歩く。小さな戸口をみかけるたびに「よしっ」と声を出して二人同時に思いきり引いたり蹴ったりしたが、やはりどこも鍵がかかっていて容易《たやす》くあけることなどできない。周りを一周し、元の正面に戻ってきた時には晃平の気力は半分ほどに目減りしていた。

「だめ……だな」

テンに向かって首を振った。どこも鍵がかかっている。正面から吹きつけてくる風雪から顔を隠すのも忘れて、二人で呆然と顔を見合わせた。

「二つ目の扉だ」

テンは気を取り直したように、目を血走らせ叫んできた。

「二つ目？」

「そうだ。薄っぺらい銅板の戸があっただろ。突破できるとしたらあそこしかないぞ」

「さっき二人で蹴ったけど、無理だったろ」

「でも破れるとしたらあそこしかない」

テンは暗示をかけるみたいに繰り返すと、

「おまえは車に戻れ」

と晃平の肩を強く押した。

「何言ってんだよ」

「おれがやる」

「だったらおれも行く」

そう嚙みつくと、テンは「エンジンを止めてこい」と腕を強く摑む。「このままエンジンをかけっぱなしだと、一酸化炭素が車中に充満するぞ。福地が危ない」

晃平ははっとして軽トラックを振り返る。マフラーを雪で塞がれると、行き場を失った排気ガスが車体の下部やドアの隙間から入り込み、一酸化炭素中毒を起こす。

「晃平、とりあえずマフラー付近の雪を取り除けるか試してみろ。スコップがないなら手でもいい。もしそれが無理ならエンジンを切れ」

雪害で亡くなった人を、これまでに何人か見てきた。凍死する人の中で、車に閉じ込められ一酸化炭素中毒で命を落とす人がいたことを思い出す。

「一人より二人でやった方が早い。まず二人で戸口を壊すぞ」

視線をテンの目に食い込ませるみたいにして、晃平は叫んだ。だがテンはすぐに車に戻れと首を振る。あのまま車が雪に埋没したら、内気循環で九分間、外気導入ではわずか三分間で酸素欠乏症に陥る。時間がないんだ。

「ドアを壊せたら合図するから、そうしたら福地と一緒にこっちに来い」

「壊すっていっても道具もないのに……何言ってんだっ」

「道具ならあるぞ」

テンは寒さで強張る頬の筋肉を無理に動かすようにして笑い、毛糸の長手袋に包まれた右手を高く掲げた。大事なものを天に捧げるような仕草に、晃平は一瞬だけ今の状況を忘れる。言葉を失う晃平に、テンはもう一度笑顔を見せて、右手を空に向かって突き立てた。

——おれにまかせろ。

ピンチの時に、マウンドに立つテンが時おり見せる仕草だった。

「吹雪なのに、月が見えるぞ」

二つ目の扉に移動しながら、テンが空を見上げる。白い満月が滲んで見えた。

「エンジン切って、すぐに戻る」

晃平は下腹に力を込め、銅板の戸の前で仁王立ちになるテンを見つめた。

右手を頭の後ろまで振りかぶり、テンが思いきり腕を振り下ろす。金属が金属を打つ、烈《はげ》しい音が足の下から全身に響いた。荒々しい、命を懸けた音だった。その音が晃平の胸をも熱く打つ。腕を振り下ろすたびに、息のつまった呻き声がテンの喉から漏れる。ガァン、ガァン——ガァン、ガァン、おれは諦めない、絶対に諦めない。テンがそう叫んでいた。

晃平は腰近くまで積もった雪を掻き分けながら、トラックに戻る。突風が吹きつけてくるので、体を折り曲げながらでないと一歩も進めない。視界を完全に雪で埋め尽くされ、目を開けると氷の固まりが入ってきた。頰を伝う涙が熱くて、その熱さにまた涙が出てきた。

「福地、しっかりしろ。福地、大丈夫か」

時間をかけてようやくトラックにたどり着くと、朦朧《もうろう》としている福地を揺り起こし、耳元で大声を張り上げる。福地の頰を掌でパチパチと叩いてから、トラックの後ろに回った。テンの心配した通り、マフラーは完全に雪の中にめり込んでいて、手で雪を取り除けるような状態ではない。

「福地、エンジン止めるからな」

晃平がキイを捻ると、苦しそうに唸り続けていたトラックが静かになり、震動も停まった。一気に周囲の音が消えたことに怯えたのか、福地が「怖いよ、怖いよ。暖房消したら寒いよ」と幼児のように泣きじゃくる。

「大丈夫だ。落ち着け。テンが今倉庫の戸口を壊してる」

頭の後ろまで右手を振りかぶり、そのまますためらいなく銅板に打ちつけているテンの姿が脳裏に浮かぶ。一五〇キロの球を投げる右腕の迫力は誰に真似のできるものではない。テンのことを心のどこかで哀れんでいた自分が恥ずかしかった。あいつは、どこまでもおれより上にいる。あいつが天から与えられたのは、野球の能力だけじゃないんだ。

微かに響いてくる金属の衝突音は、途切れることなく耳に入ってくる。

「福地、ここにいろよ。暖房を切ったから寒くなるぞ。でも絶対に寝るな。わかったか」

腕を体の前でクロスさせて縮こまっている福地を、両腕で包んだ。

「テンが戦ってるんだ。あいつはいつだって勝つことしか考えないんだ。だからおれもおまえも諦めないぞ」

晃平は自分の熱を福地の体に吹き込むみたいにそう伝えた。福地の全身が「わかった」と返してきた。

足を前に一歩出し、後ろ足は両手で引き寄せるようにして雪の中を進んだ。分刻みで深く降り積もっていく雪に足が埋もれていく。

テンの手が戸を打ちつける音に励まされながら、晃平は足を前に出した。おれたちはこの景色の中で生まれたんだ。へこんでたってしかたがない。

ガラスが割れるような高音が耳をつんざくと同時に、テンの呻き声が真っ白な視界を切り裂く。

「晃平っ。開いたぞっ」

擦り切れた毛糸から黒く光る義手を剝き出しにしたテンが、泣きながら笑っている。すごい。すごい。テン、すごいぞ、すごいぞ。テンが右手の人差し指を上に向け、そのまま前に倒れ込んだ。晃平はテンに駆け寄りその体を横抱きにし、引きずるようにして倉庫の中に運び込む。倉庫は飼料倉庫なのか藁《わら》も大量にあり、ビニールシートや防草シートが保管されている。

「助かるぞ、テン」

ビニールシートを二重にして冷え切ったテンの体に巻きつけ、いったん外れた戸を雪が入ってこないように戸口に立て掛けた後、晃平は「ちょっと待っててくれ」と声をかけ、福地のいるトラックに向かった。一瞬でも倉庫という安全な場所に身を置いたので、再び雪の吹き荒れる屋外に出ていくのは勇気のいることだった。だが福地を置き去りにはできない。

福地はトラックの中で懸命に恐怖と戦っていた。晃平の声を聞くと「眠らずに耐えたよ」と小さく笑った。福地を抱えるようにして雪の中を歩かせ倉庫についた時には、晃平の中にもういくらの力も残っていなかった。テンにしたのと同じように、ビニールシートを二重にして自分と福地の体に巻きつけると、再び携帯で三人の家に連絡を取った。牧場の倉庫にいる。みんな無事だ。そう伝えると、晃平の母親も、福地の母親も、テンの母親も、電話口で声を上げて泣き叫んだ。

＊

三日前の大吹雪が嘘のように、朝の空は穏やかに晴れている。細かく薄い雪が太陽の光を反射して、空中できらきらと光っている。その眩しさに顔をしかめ、晃平は北見市行きのバスに揺られている。

「お兄ちゃんの意識が戻ったよ。でも一瞬だけ」

午前四時頃、テンの妹の実佐から電話がかかってきた。深夜の電話だったので最悪のことも考えたが、そうではなかったことに、壁を背にして尻餅をついた。

「明日の朝一番で病院行く。テンにそう伝えといて」

電話口で呟くと「うん」とくぐもった声が返ってきた。

テンと福地と三人、倉庫で一夜を過ごした明け方に救助が来た。福地と晃平は救急隊員と話ができるくらいしっかりとしていたが、テンは晃平の前で倒れてから一度も目を開けなかった。テンだけがそのまま北見市にある病院に運ばれ、今もまだ目を覚まさずにいる。

集中治療室には、実佐がひとり椅子に座っていた。白いテンの顔が、もう命がない人みたいに見える。

「おはよう、テン」

晃平は枕元で声をかけた。

病院に運ばれた時、テンの体温は三十四度だったと聞いている。心臓の機能も止まりかけていたのだと。

「本当に夜中、目を覚ましたんだよ、お兄ちゃん」

「ほんとに意識が？」

「うん」

「なんか言ってた？」

「うん。晃平ちゃんと福地くんは無事か、って。無事だよって答えたら嬉しそうだった」

「それから？」

「それから……晃平ちゃんに頑張れって」

「それから？」

「それだけ……かな」

実佐が俯いて小さなため息をつくと、部屋の中にけたたましいアラーム音が響いた。数秒後に看護師がやって来てテンの左腕に血圧計を巻きつけると、「ご両親は？」と切羽詰まった声で実佐を見つめた。父親は今祖父母を家まで迎えに行っている、母親はすぐに戻るはずだ。実佐がそう答えると、無表情で頷き、首にかけている小型電話機で医師を呼びつけた。

「どうしたんですか」

実佐が泣きながら看護師に訊いた。

「血圧が急低下してます」

緊迫した表情の医師が、病室に走りこんできた。「心拍低下。体温三十四度二分。尿はまったく出ていません」看護師の報告に頷きながら、医師がテンに向かって話しかける。「阿部くん。阿部くん、聞こえるかぁ。どうだ目を開けられるかぁ」カラカラと車輪の回る音が聞こえ、銀色のワゴン車が部屋の中に入ってくる。

「今からＡＥＤを使用するので部屋から出てもらえますか」

いつのまにか室内は数名の医師と看護師で埋まり、騒々しいアラーム音の中で晃平と実佐は部屋の隅に押しやられていた。「部屋を出て下さい」と言われ退室すると、聞き取れない単語がいくつも飛び交い、機械の音、テンに呼びかける声がドア越しに聞こえてきた。

「最悪の事態も考えられます」

俯いて隣に立つ実佐が、低い声を出した。

「へ……」

「最悪の事態も考えられます。昨日お医者さんがそう話してたの、お母さんとお父さんに。お兄ちゃんのこと、そう説明してたの」

実佐は一息に口に出すと、「私、やっぱりっ」と踵を返して病室に駆け込んだ。実佐が走り去るのと同時にテンの母親が晃平のわきを走り過ぎていく。晃平には気づいていない。テンの母親の叫び声が、廊下にまで響いてきた。泣きながらテンの名前を呼んでいる。ノリフミ、ノリフミ――頑張りなさいっ、ノリフミっ。

おれのお母ちゃんほんときついんだぞ。どんな時も頑張れ、頑張れってさ。頑張ってるっつうの。テンのしかめっ面が脳裏に浮かぶ。ノリフミ、ノリフミ、もうじきお父ちゃん来るから。おじいちゃんもおばあちゃんも来るから。あんたに会いに来るんだから。ノリフミ、ノリちゃん、ノリちゃんっ。

叫び声が嗚咽《おえつ》に変わるのを聞き、晃平は病室のドアに背を向けた。廊下を歩き、エレベーターで一階まで降り、病院の出入り口に向かう。

半円状になった病院の玄関を通り抜け外に出ると、口に入ってくる空気が軽く冷たくなった。ああ雪が降ってるんだ。はらはらと儚《はかな》げで美しい雪が降っている。

どれくらいの間、立っていたのだろう。気がつくと服にも睫毛にも髪にもうっすらと雪が積もっていた。首と襟のわずかな隙間から入ってきた雪で、背中も腹も尻の辺りまでもがぐっしょりと濡れている。

「晃平ちゃんっ」

深海のような静けさの中、矢のような尖った声が現実に引き戻す。振り向くと涙で顔をぐちゃぐちゃに濡らした実佐が、怖い顔をして立っていた。

「晃平ちゃん、これ」

段ボールみたいな色をした紙袋を、実佐は晃平に向かって差し出した。「これお兄ちゃんが」

晃平はしゃがんで雪をつかみ、涙を拭ってから実佐に近づいていく。実佐の吐く白い息が、二人の間に霧のように立ち込めている。

実佐から押し付けるように手渡された紙袋はずっしりと重く冷たい。

中をのぞくと、テンの右手が入っていた。

テンが力尽きて倒れた時、その右手の人差し指が空を指して見えたのは、人差し指以外の指がすべてちぎれていたからだったのか……。ぼんやりとそんなことを思う。

「さっき、言わなかったんだけど……これ、お兄ちゃんが晃平ちゃんに渡してくれって。意識が戻った時にそう話して」

喉を震わせる実佐のことを、黙って見つめる。

「晃平が欲しがってたからって」

そんなの欲しがらないって。私はそう答えたんだよ。でも、前に晃平ちゃんがおれの手が欲しい、って絵馬に書いてたって真剣に言うの。でも晃平ちゃん。それって、義手が欲しいっていう意味じゃないでしょ？　なのにお兄ちゃんは、おれがもしも死んだら……晃平に渡してくれって。そんなのやだよって私怒ったの。そんなの自分であげてよって。夜中にね、本当にお兄ちゃんの意識戻ったんだよ。信じてくれる？　ねえ晃平ちゃん。

全身の力が抜けたように、実佐が雪の上に膝をついた。立ち上がろうともせず、両手を雪の中に埋め、這いつくばって体を小さく丸めていた。晃平は実佐の体を抱き起こして、その小さな背中に顔を埋める。

「ごめんな……またおれ、兄ちゃんの手に助けてもらった……」

泣きながら空を見上げる。つかの間の明るい空が頭上にあって、その晴れがましさが憎らしかった。除雪車のエンジン音がどこからか聞こえてくる。

実佐を強く抱えながら、晃平は心の中で神様に語りかける。なぁ神様。もうテンのこと十分試しただろ？　テンがすごい奴だってことは、わかっただろ？　だったらもうこれ以上テンを苛めないでくれよ。テンばかり苛めないで下さいよ——

十年後　冬

　リビングの窓から見える夕闇の空に、月が浮かんでいた。ああ……今日は満月なのか。テンの手を納めた箱の蓋を閉じ、その上に白いビニールテープを巻きつけながら、晃平は十年前のあの冬の夜も満月だったことを思い出す。

　来客を告げるメロディ音が聞こえてきたので、モニターを確認すると、草元信二《くさもとしんじ》の姿が画面にあった。わざわざ出向いてくれたことに礼を言ってから、エントランスのロックを外すと、一分もしないうちに玄関のドアが開いた。

「すいません、遅くなって」

　信二の野太い声が、しんとした部屋に響く。

「おお、悪いな。上がってくれよ」

　息を切らしている信二に向かって声をかけた。晃平の部屋はマンションの三階にあるので、エレベーターを待つのが面倒だからと信二はいつも階段を駆け上がってくる。

「うわっ。もう何もないじゃないですか」

大げさに体をのけ反らせ、信二が驚いてみせる。日用品は処分したが大きな家具は残しているので、ソファに座るように促す。

「さすがに明後日発つからな。必要なものは全部あっちに送ったし」

引っ越しの費用は球団が出してくれるのかと信二が訊いてくるので、そうだと答える。

「で、ぶっちゃけ契約金っていくら手元に残るんですか。報道されてる額って、本当なんですか」

「さあな。おれが直接交渉してるわけじゃないから、はっきりとはわからないな」

晃平にとってもメジャーリーグという世界は初めてで、日本の球団とアメリカの球団との複雑なやりとりについては代理人に任せきりにしてある。

「にしても吉田さん、ほんとすごいです」

「何が?」

「ドラフト九位で入ったくせに、二軍に三年間もいたくせに、メジャー入りなんて」

「バカにしてんのか」

信二の屈託のない笑顔に、晃平も笑い返す。こいつもこんなふうに笑えるようになったのかと思うと、時間の流れを感じる。

「吉田さん、世話になりました。おれもう球団も野球もやめますんで」

信二がそんなふうに言ってきたのは、今から七年ほど前だったろうか。

千葉の鎌ケ谷《かまがや》にある二軍の練習場で晃平がランニングしている時だった。「世話になりました」なんて口にしながら手にはめていたミットを地べたに叩きつけ、怒りに歪んだ顔をして、頭なんて下げてもなかった。

「なんだよ突然」

信二は、晃平の一年後にドラフト二位で球団に入ってきた捕手だった。その頃の晃平には他に気の合う選手もおらず、信二は数少ない練習相手だった。

「突然なのは上ですよ。おれ、今年でおしまいらしいですよ。戦力外通告の噂、聞いてませんか？」

冗談じゃないことは、その今にも泣き出しそうな顔を見て理解できた。入団してすぐに膝を痛め、手術も経験し、怪我に悩みながら復活を目指してきた信二を知っているだけに、生半可な言葉は口にできなかった。

「くっそ、むかつくなぁ。行ってやるわ、おれ今から監督殴りに行ってやる。何もわからず適当に人事してやがる球団社長もスカウトもみんなみんな殴ってやるっ」

まだ練習の途中だったので、大声を出してわけがわからなくなっている信二を球場から連れ出した。転がるミットを拾い上げ、抗《あらが》う信二の尻を蹴り、宿舎まで引っ張って行った。晃平の部屋に入ると、信二は額を畳に擦りつけ、吐くみたいにして泣き続けたのだ。

「まさか吉田さんがここまでになるとは夢にも思ってませんでしたよ」

欲しいものがあったら持って帰っていいと伝えると、信二は嬉しそうに部屋中を歩き回った。部屋中といってもリビングダイニングと寝室しかない四十平米の間取りだ。一軍に定着するようになってから札幌に部屋を借りたものの、たいていはドーム近くの一軍合宿所で生活をしている。部屋に残っているもので譲れるものといったらソファやベッドといった大型の家具くらいしかない。

「ここまでって?　渡米するってことか」

「メジャー入りもそうだけど、初めて会った時はこの人一軍に上がるのも無理なんじゃないかって。ドラフト九位だし」

「だからおまえ、感じ悪かったのか。おれは気づいてたぞ、おまえがおれを見下してること」

苦笑しながら言うと、含み笑いをした信二が目を逸らす。

窓の外を見ると、雪が降り始めていた。まだ十二月なのにと、ため息が漏れる。これから春になるまでに、どれほどの雪が降るのだろうか。東京の人間が「春がきた」と顔を綻《ほころ》ばせる時期も、ここ札幌は白い冬景色だ。晃平が生まれた佐呂間では、四月を過ぎても根雪がある。

「どうしたんですか」

信二の声が耳元で大きく響いた。

「あ、ああ」

「浮かない顔ですね。さすがの吉田さんも緊張してるんですか？」

信二の言葉通り、自分でもまさかここまで野球を続けてこられるとは思っていなかった。実力も才能も正直、それほどのものではなかったから。自分を見出してくれたスカウトには悪いが、プロで数年間やってみて、周囲が納得した頃合に故郷に帰るつもりだった。佐呂間に戻り、ホタテ漁を継いで……。

それがどうしてか、高校を出てもう十年間が経った。もちろん努力してこなかったわけではない。ここは手を抜いて生き残れる場所ではない。ただ時々ふと不思議に思うのだ。どうしてここにいるのが自分なのだろうかと。

カーテンのない窓から、信二が外を眺めていた。普段は夜景が見えるはずが、吹雪き始めたせいで窓に雪がへばりついている。

「おれ、英語喋れないからな」

信二の背中に向かって晃平は小さく笑う。

「なんだ。そんなこと心配してるんですか。通訳雇ったらいいじゃないですか。家とか車とか通訳とかトレーナーとかそういうの全部用意してもらえるんじゃないんですか？」

「そうだな。頼んでおかないとな」

「通訳は可愛い子にしてくださいよ。せっかくだから金髪の女子大生とか。そういう子だと周りも明るくなると思いますよ。吉田さん性格暗いから人間関係が問題ですよ、チームメイトとうまくやれるかどうか」

「性格暗い？」

「いや……暗くはないけど打ち解けるのに時間がかかるタイプというか」

慌てて訂正する信二の頭を小突く。そういえばもう十年間も同じチームに所属しているのに、こうしてプライベートで会うのはこいつくらいしかいない。地元を離れてからは友人と呼べる相手はできなかった。

「あ、そうだ。で、おれ、何を持ってけばいいんでしたっけ？　吉田さんの実家まで」

「あ、そうだったな」

今日ここに来るように頼んだのは、信二に預けたいものがあったからだった。シーズンが終了してから間もなく渡米の話が決まり、慌しく過ごしていたので実家に帰る余裕もなかったのだ。そして冬が来て、今サロマ湖は氷で閉ざされている。

「この箱を……」

晃平はさっきビニールテープで固く蓋を閉じた箱を、信二に差し出した。

「こんな小さなもんなんですね」

意外だという顔をして、信二が訊いてくる。

形見として実佐から受け取って十年間、手放さずにいた。鎌ヶ谷の寮にもこの札幌のマンションにも持って入った。頭も体も心も全部バラバラになって壊れるんじゃないかと思うくらい辛く苦しかった日のことを、忘れることはなかった。

「……何が入ってるんですか」

戸惑いがちに信二が訊いてくるので、別にやばいもんじゃないと答えた。腑に落ちない表情の信二から目を背《そむ》ける。

「もしかして、あれですか？」

いったん前に出した手を引っ込め、信二が怯えた目をした。

「あれ？」

「神様。前に吉田さん話してたじゃないですか、おれがめちゃめちゃだった日、一緒に飲みに行って……」

あれは、自分が「シーズン終了後に解雇される」という噂を聞きつけた日だった、と信二は話し出す。

自分にとっては寝耳に水の話で、でも番記者たちはすでに知っていて、それがまた悔しくて──

入団してまだ二年しか経っていなかった。怪我のせいでほとんど試合に出ることもなく戦力外通告を受けた。そんな評価を到底受け入れることなどできず、ただただ気が狂ったみたいにわめき散らしていた自分を、晃平が襟首を摑んで引きずるようにして寮の部屋に連れて行った。

「怪我さえなかったらって、おれ本当にむかついてて。監督にむかついて球団にむかついて、また来年も野球ができるチームの奴ら全員にむかついて。自分の運のなさにむかついてたんですよ」

高校三年生の夏、甲子園に出場した。チームはベスト16まで進み、キャプテンで四番だった自分はドラフト二位で指名を受けた。

それなのに一軍の試合には代走で二度、出場しただけだった。捕手としてマスクを被ったのはたった一イニング。十八歳までの自分の実績など、誰も注目してくれなくなった。

部屋の畳をガリガリと爪でむしり、ただ悪態だけをついていた自分を、晃平は黙って見ていた。もともと口数の多い人ではないけれど「何か言えよ」と内心晃平に対してもむかついていた。慰めるとか、相談に乗るとか、年上だったらそういうことしろよと。そして実際に「黙ってないでなんか言ったらどうですか」と傍らに座る晃平を睨みつけた。

「そしたら吉田さん、『愚痴と陰口ばっかの奴に誰も同情なんてしない。ざまあみろと思われるだけだぞ』って。あの時おれに」

黒くなった窓ガラスにシャドーボクシングをする自分の姿を映しながら、信二がぼそりと呟く。

「それしか言わなかったか？」

晃平が首を傾げると、信二は呆れたように笑う。

「まあ……誰かれ構わずかっこ悪いとこ見せんなよ、とか説教はしてましたよ。でもそんなこと忠告されてもあんま嬉しくなかったなぁ。人生の岐路に立たされた人間に対しての思いやりとかまじねぇし、ってさらにむかついただけです」

ふざけた口調の信二は、明るい顔をしている。

「でもその晩、酒はしこたま飲ましてくれました。その時に吉田さんが神様の話をしたんです」

その晩の晃平はいつになく饒舌《じょうぜつ》だったのだと、信二は窓の外の雪を見つめた。「あの晩の吉田さんの話、今もよく憶えてます」

氷点下を上回ることのない佐呂間の真冬。マイナス二十度の凍てつく夜。積もり積もった雪の底は、硬い氷の塊になってそう簡単に溶けはしない。雪国育ちの自分たちは、やりきれないこと全部、雪の中に埋めて生きてきた。

神様は雪の中にいて、いつだって自分を試してくるんだ。

でも雪はいつしか雨に代わり、春を迎えた花たちは色を競いながら満開になる。ライラック、タンポポ、アカシア……北国の花は本当にきれいに咲くのを、おまえ知ってるか――

それまで晃平のことを親しみやすい人だとは、一度も思わなかった。酒を飲みに連れて行ってもらうこともなかった。でもあの日、晃平の故郷の話がなぜかたまらなく胸に滲みた。自分の地元に雪が積もることはなかったけれど、目を閉じると視界いっぱいの大雪を思い浮かべることができた。

「四月になってサロマ湖の氷が溶けきったら、湖にこの箱を沈める、だけでいいんですね」

信二が繰り返し確認してくる。

「悪いな、おかしなこと頼んで」

「いや別にいいですよ。観光がてら行って来ますよ」

弾む口調の信二に向かって、晃平は笑い返した。本当は自分の手でテンに返さないといけないのだろうが、晃平にその勇気がないことも、あいつならわかってくれるだろう。

「でもほんといいんですか」

「何が？」

「この箱に入ってるの、お守りか何かですよね？　メジャーはそう甘くはないですって。なめてかかったらバッキバキに打たれますよ」

「……いいんだ。いいかげん自分ひとりでマウンドに立てるようにならないとな」

「何言っちゃってるんですか。またわけわかんないことを。じゃおれもう帰りますよ、雪積もるんで」

信二がゆっくりと立ち上がった。日が完全に落ちると、部屋の温度もぐっと下がる。

「悪かったな、休みのところ」

「平気ですって、吉田さんには相当世話になってるし。じゃあこの箱、責任持って湖まで持っていきます。あ、それから、すんません。往復の旅費とホテル、家族のぶんまで出してもらって」

信二は箱を脇に抱えるようにすると、表情を引き締めて頭を下げる。選手を引退した後、ブルペン捕手として再スタートを切った信二には、妻と二人の娘がいる。

「ついでにアメリカの旅費も家族ぶんお願いします。きれいな娘が通訳に決まったら、すぐに写メしてくださいよ」

信二が手を伸ばしてきたので、晃平も左手を差し出した。

チームメイトとしてやってきた十年分の感謝を告げたかったが、言葉の代わりに手に力を込めた。

「出た、吉田さんの癖」

信二がほくそ笑むので、

「何が」

と訊き返すと、どうしていつも握手の時だけ左利きなのかと笑われた。右投げ右打ち、なんでも右利きなのに握手はなぜかいつも左手で——

雪が積もる前にと部屋を出て行く信二を見送った。あと数時間も経てば、地面は真っ白な雪に覆われる。

降りしきる雪を見つめ、晃平は誓う。おれはもう、おまえの手を欲しがったりはしない。

『おれの軌跡』
中学で北海道大会を制覇して、高校で甲子園に出場し優勝
高校卒業後は日本ハムに入団して一年目から大活躍
新人王やら沢村賞やら数々の冠を総なめにして、二十八歳でメジャー入り、渡米

結《ゆ》い言《ごん》

倉嶋《くらしま》さんが亡くなったという連絡を受けたのは、連日の猛暑でよれよれになっていた夏の日の夜のことだった。電話をかけてくれた西山《にしやま》さんとも二年近く会っていなかったので、ビールを飲んでいた私の頭は、倉嶋さんを思い出すのに数秒を要し、

「驚いた？　私も突然だったからショックだったの。着付け教室のみんなでお葬式に行こうって声が出てるんだけど、まみちゃんはどうする？」

と西山さんがヒントを与えてくれるまで、言葉が出てこなかった。

電話を切ると、さっきまで一緒にビールを飲んでいた典男《のりお》さんが、

「まみちゃん、どうかした？」

と心配そうにこちらを見ていた。

四十二歳の典男さんと、今年の夏で三十六歳になった私は、はたから見ればややくたびれ始めた夫婦なのだろうが、まだ新婚一年目であり、二人で夏のビールを飲むことすら新鮮な

のだった。

「知り合いの方が亡くなったの。明日お葬式だっていうから行ってくるわ。だってその人がいなかったら、典男さんとも結婚してなかったと思うし……」

私がそう呟くと、典男さんはとたんに倉嶋さんに関心を持ち始め、なになに、どういう関係だったの？　と訊いてきた。本当は、倉嶋さんが直接私と典男さんとを結びつけたわけではないのだが、倉嶋さんの話は、典男さんにもしておきたいなと思った。もし倉嶋さんに出会わなかったら、私は本当にまだ独りでいたかもしれない。

倉嶋さんに初めて会ったのは、今からちょうど二年前の夏だった。今年の夏も例年にない猛暑だとニュースでは言っているが、一昨年もたしかそんなことを耳にしたような気がする。私は世間より一週間遅れの盆休みをもらい、どう過ごすか考えぬいたあげく、区民だよりに掲載されていた着付け教室に通うことにした。例年、夏休みは海外で過ごすことにしていたのだが、その年は旅行に向けてあれこれ準備する気力が起こらず、予約をとりそこねていた。実家に帰省するという手もあったがそれも煩わしそうなので、たまたま目にした募集に申し込んだのだ。期間は十日間、月曜日から金曜日。午後四時から二時間の講習で、費用は一万円というお得な感じも、私を誘った。

講習は、区民会館の和室を一間借りて行われた。生徒は全員で二十名おり、夏休みを利用して参加したまだ十代の若い娘から、初老の女性まで年齢層は幅広かった。

倉嶋さんも、受講生のひとりだった。

中年のおばさんが多数を占める中で、男性で、しかもかなり高齢に見える倉嶋さんの存在は明らかに浮き上がって見えた。

講師の先生は初めのうち倉嶋さんにどう対処すればいいのか戸惑っていた様子だったが、思い切ったように、

「すいませんが、今回は女性の方の着付けなんですよ」

と丁寧な口調で声をかけた。

すると倉嶋さんは、

「承知しております。よろしくお願いします」

と正座を崩さず、背筋を伸ばしてお辞儀をした。

先生はそんな倉嶋さんの態度にかなり動揺していたようだったが、私を含め周りの生徒たちは、なんとなくこの不可思議な老人を受け入れようという雰囲気だった。倉嶋さんが不審者や変質者といった類《たぐ》いの人ではないことはその佇《たたず》まいからわかったし、話が通じないというわけでもなさそうだった。先生は困ったわという顔で私たちを見たが、誰もが素知らぬ

顔でにこにこしていたので、結局それ以上倉嶋さんに問いただすことはなく、講習を開始した。

今回の講習の目標は、自分で着付けをして太鼓結びができるようになることであり、初心者向けということもあってハードルはかなり低いはずだった。しかし私は浴衣すらこれまで自分で着たことがなかったし、母が「嫁に行く時に」と作ってくれた着物にも初めて袖を通すありさまで、十年近く箪笥《たんす》の一番下の引き出しに眠っていた着物は、ナフタリンの匂いをまき散らしていた。

皺だらけの私の着物に比べて、倉嶋さんが準備してきたものはどれもみなぱりっとして美しかった。着物、肌襦袢《じゅばん》、襟芯《えりしん》、帯下締め……と、それらは何度も水にくぐったとわかる古い物ではあったが、手入れが行き届いていることは素人の私にもわかった。

講習が始まると、私たちは先生を中心にした円になり、動作のひとつひとつを丁寧に真似た。始めは着物の畳み方から教わり、肌襦袢を身につけるまでに軽く一時間はかかった。もともと手先が器用ではなくがさつな私は、みんながすんなりと進むところで戸惑ったりしたが、倉嶋さんの動作はそれ以上に遅く、のみ込みも人の倍の時間を要した。しかし彼の懸命な姿勢と気迫は、周りの者に文句を言わせないだけのものがあった。百六十センチに満たない小柄で痩せた倉嶋さんは、

「みなさん、待っていただいて申し訳ありません」

と頭を下げ、小刻みに震える手で必死に着物を纏《まと》っていくのだ。

「結婚したいのよねぇ」

都内の銀行で働く西山さんが焼酎をすすりながら言うと、まだ高校生の靖子《やすこ》ちゃんが、

「西山さんは結婚にむかないですよ」

と辛辣《しんらつ》に返す。

私たち受講生は女特有の馴れ馴れしさで、講習の二週目から、授業が終わると近くの居酒屋で集まるようになった。二十人全員ではないが、先生を含めたほとんどが参加して、それぞれが適当に飲んで食べて帰っていく。いつの間にか仲の良いグループのようなものができ、私は西山さんと靖子ちゃん、それと二児の母親である田辺《たなべ》さんとテーブルを囲むことが多かった。

「靖子ちゃん、なんでそんなことがわかるのよ。あたしはねぇ、こうみえて良妻賢母になる女なのよ」

酔いが回ると私たちの話題はしだいに結婚に絞られてきて、とくに今年で四十歳になる西山さんの結婚への思いは半端ではなく、ほとばしる熱い思いをアルコールにのせてみんなに

伝えるのだ。

「無理ですってば」

高校生ということでアルコールを飲ませてもらえない靖子ちゃんは、そんな西山さんの訴えを冷静な口調で笑いとばすのを楽しみにしていた。

「西山さんは隙がなさすぎるんですよ。女に必要なのはちょっと抜けてる感じです。考えてもみてください、白雪姫だって、シンデレラだってちょっとおバカな感じじゃないですか。いかにもやばそうな毒リンゴ食べたり、脱げた靴をそのまま忘れてきちゃったり。西山さんの場合、継母にまずリンゴを毒味させるだろうし、靴が脱げたら手に持ってダッシュしそうじゃないですか。そういうしっかりした女子に、男子は必要ないんですよ。それになんでそんなに結婚にこだわるんですか？」

「こだわる理由なんて、そんなの自分でもわかんないわよ」

「仕事やめたいとか？」

「そんな単純なことじゃあないのよ。靖子ちゃんにはまだわかんないわよ」

「ふうん、まっいいや。ところでまみさんはどうなんですか？　付き合ってる人いないんですか？」

西山さんをいじるのに飽きると、靖子ちゃんは話題を私にふってくる。

「私？　そういうの、昔から苦手で……」

二十代の時に何度か恋愛のようなこともあったけれど、結婚を考えるような相手とは巡り合わなかった。彼氏と呼べる人はもう何年もいないし、これまでもモテてこなかったのだから、三十四歳になって突然モテだすとは考えられず、私の中ではすでに一人で生きていく決心は固まりつつあった。

「だめですよ、そういうふうに決めつけちゃ。自分を必要としてくれる人が必ずいるんだって思わなきゃ」

受験勉強の息抜きをするために講習に参加したという靖子ちゃんは、なるほどパワー全開だった。

「そうよ、まみちゃん。もしよかったらあたしが登録してる相談所、紹介してあげるわよ。週に一回は確実にお見合いできるから」

見合いで毎回着物を着るのに、いちいち美容室で着付けていたのでは高くついてしかたがないからという理由で、西山さんは講習に参加している。

「だめですよ、まみさん。西山さんと同じところじゃだめだって。だって現に西山さん、ゲットできてないじゃないですか。着付け代浮かすために講習来てるあたりがあざといんですよ。そういうあざとさって男子に見えちゃいますって。ねぇ、田辺さんからも何か言ってくださいよ」

靖子ちゃんが言うと、田辺さんが曖昧な笑みを浮かべて困ったように首を傾げる。田辺さんは離婚した夫との間に二人の娘がいるらしく、年頃になった娘たちに着物を着せてやりたいと考え、この講習に参加したという。私たちはそれぞれ違った動機で講習に参加していたが、やはり目標は自分で美しい太鼓結びをすることであり、講習が無事終了したら着物で集まろうという約束で盛り上がった。

講習の会場には十五分前にやって来るが、飲み会には顔を出さない倉嶋さんの神秘的なイメージは、日にちを重ねても崩れなかった。肌襦袢を身につける時には壁に向かって正座をして私たちの下着姿を見ないように配慮し、自分はシャツとステテコの上から肌襦袢を着け、肌の露出を控える紳士的な姿に、倉嶋ファンの数は増えていった。

あまりに細いので先生が体重を聞いた時、「今は四十キロしかないんですよ。復員した時ですら四十七キロあったんですが、情けないことです」と答えたらしく、年齢は八十歳を過ぎているものと推測された。また、誰が聞いたのか知らないが、倉嶋さんが一人息子を亡くしていることも、数少ない彼の背景として話題になった。

二人一組になって帯を結ぶ練習をした時、私は倉嶋さんとペアを組むことになり、その痩せた身体に帯を巻き付けた。身体に六枚ものタオルを当てて細い線を補整して挑んだのだが、それでも帯が余り、あれこれしているうちに倉嶋さんはふらふらしてしまい、靖子ちゃんの言葉を借りると「その姿は糸に垂らされたザリガニのよう」であった。

「すみません」

私は何度も倉嶋さんに謝ったが、そのたびに彼は、

「いえ、いっこうに構いません」

と締めつけられる胸を片手で押さえながらほほ笑み、その姿がまたみんなの敬意を集めるのだった。

「いやはや、それにしても倉嶋さんってスゴイですよね。私の中のラストサムライです」

特に靖子ちゃんは倉嶋さんの熱烈なファンで、講習が終わって彼に会えなくなるのを心から寂しがっていた。

「普通に歩いてる時は足取りがおぼつかないのに、着付けが始まるとしゃんとなさるんだから、気力がしっかりしてらっしゃるのよ。感心するし、これから老いていく身としては、学ばせていただくことがたくさんあるわ」

普段は口数の少ない田辺さんも、こと倉嶋さんの話題になると饒舌《じょうぜつ》になった。講習の初

日には奇妙な老人でしかなかった倉嶋さんは、いつしかいなくてはならない大切な存在として、私たちの中心に立っていた。倉嶋さんは二十人の生徒の中で最も覚えが悪く、手も遅かったが、誰にも負けない粘り強さと失敗をごまかさない誠実さがあった。倉嶋さんが肩を上下させながら懸命に作業している限り私たちが手を抜いたりするわけにもいかず、講習にいいかげんな気持ちで参加してくるような人はいなくなった。

「アルコールランプの炎のような人だ」

靖子ちゃんは、倉嶋さんのことをそう譬《たと》えた。「細い芯から吸い上げたアルコールで懸命に灯ろうとする、火力はないが誠実な炎」が倉嶋さんっぽいのだという。高校生の靖子ちゃんと違って、私たちは理科の実験で使ったアルコールランプがどんなものだったか思い出すのに時間がかかったが、たしかにあの細くてむらのない炎は倉嶋さんを表現するのに適している。アルコールランプのつんと鼻につくような匂いを遠い記憶に思い出しながら、私は靖子ちゃんの言葉に頷いた。

講習の最終日は自分ひとりの力で着付けを終え、その姿を披露しあった。

「よく着られていますね」

と先生は、生徒ひとりひとりに笑顔で称賛の言葉を述べ、拍手を送ってくれた。みんなも先生の拍手に合わせて手を叩いたが、倉嶋さんが前に出て太鼓結びを披露した時には、ひときわ大きな拍手で沸いた。先生は彼の太鼓結びの見事な出来を褒めた後、帯の柄について言葉を添えた。

倉嶋さんの帯の柄は紺色の紗地に白い水玉がちりばめられたものだったが、それは夏の雪を描いたものであり、夏に締める帯としては粋なものだという。盛夏に涼を感じられるようにという感性が、その夏の雪には込められているのだと、先生は説明した。

「倉嶋さんの後ろ姿からは、かつては当然としてあった日本人の美しさを感じますね」

先生がしみじみ呟くと、倉嶋さんは口をしっかりと結んだまま恥ずかしそうに俯き、瞬きの間ほどのかすかな笑顔を見せた。

着付けの披露が終わった後は、残った時間で、着物に似合うヘアスタイルとメイクについて学習する時間がもたれた。倉嶋さんの頭には鬢《びん》のわずかな白髪以外、ほとんど毛が残っていなかったので、まとめ髪に関しては見学に徹していた。しかしメイクには積極的に参加し、先生に言われた通り、頬の一番高い部分にブラシで紅を引いたりしていた。何種類もある頬紅の色に感動し、

「すごいですね。こんなに色があるとは存じませんでした」

と目を見開き、

「私はこの夕焼けの色が好きです」

と手にとって匂いを嗅いでは、何度も頷いていた。

そして講習の終わりがきた。

靖子ちゃんは家からカメラを持ってきて、記念に撮りましょうよとみんなを並ばせた。先生と倉嶋さんを前列の中央に据え、その周りに集まるようにして撮った記念写真は、今でも大切にとってある。倉嶋さんの頬が、酒に酔っぱらったようにほんのり紅く染まっていることが、しばらく笑えた。


倉嶋さんの葬儀は、園条院《えんじょういん》という都内の小さな寺で行われた。西山さんから連絡を受け都合がついた人たちが、最寄りの駅に集合し、寺に向かう段取りになっている。私は約束の時間よりも二十分も早く駅に着いてしまい、汗をかきながらみんなを待っていた。

「まみさん、お久しぶりっ」

弾んだ声に振り返ると、靖子ちゃんの顔があった。髪をまとめているせいかずいぶんと大人びて見え、一瞬誰だかわからないくらいだった。

「靖子ちゃん？　久しぶりねぇ」

「ほんとご無沙汰。遅ればせながら、ご結婚おめでとうございますぅ」

口調は相変わらずふざけた調子だがいくぶん落ち着いたふうな靖子ちゃんは、私の斜め後ろにいる典男さんに向かって頭を下げる。

「はじめまして。その節はまみがお世話になりました」

礼服を着た典男さんは、前髪の生え際から汗を滴らせながら靖子ちゃんに挨拶をした。太ってる典男さんに夏の日差しはこたえる。

「旦那さんは倉嶋さんと面識がおありなんですか？」

「いえ。ありませんが、ぼくもご挨拶をしておこうと思って」

と典男さんはほほ笑み、ハンカチで首筋の汗をぬぐった。

「素敵な旦那さんですね」

靖子ちゃんは私と典男さんを交互に見つめながら目を細めた。大人になった靖子ちゃんの社交辞令かなとも思ったが、本当にそう思ってくれたような気がして嬉しかった。

葬儀会場に入ると、弔問客が少なかったこともあり、私たちはすぐに倉嶋さんと会うことができた。柩に横たわる倉嶋さんは二年前となんら変わりなく、頬に詰められた綿のせいでふっくらし、むしろ元気そうに見えた。

「倉嶋さん、お久しぶりです」

靖子ちゃんが明るい声で倉嶋さんに呼びかけると、西山さんを含めた何人かが目頭をハンカチで押さえる。

「倉嶋さん、ほら見てくださいよ。私たち上達したでしょ」

靖子ちゃんは柩の前でゆっくりと一回転した。自分で結んだお太鼓を、倉嶋さんに見せるためだった。私たちは示し合わせたわけではないのにみんな揃って着物を着ていて、靖子ちゃんの言う通り講習の時よりずいぶん上手なお太鼓を結んでいる。「講習が終わったら着物を着て集まろう」という二年前の夏の約束は、その後秋に吸い込まれるようにして消えていったが、今こうして果たすことができた。倉嶋さんへの思いが、生きている私たちの気持ちをもう一度つなげてくれたのだ。

みんながそれぞれに倉嶋さんに語りかけ、最後の挨拶を交わしていく。たった十日間という短い時間だったけれど、倉嶋さんはみんなの胸の中に何かを残していったのだと、柩を覗き込むそれぞれの表情を見ていて思った。

「それにしても、倉嶋さんがなんで女性の着付けを習っていたかってこと、最後まで謎でしたね」

挨拶をすませて私の隣に戻ってきた靖子ちゃんが、くすりと笑う。さっきまで目に涙をためて鼻を啜っていたくせに、今はもうふっくらとした笑顔を見せている。「やっぱり女装癖……」

そう言って首を傾げる靖子ちゃんの頭を、西山さんが、

「こんな場でそういうことを言うもんじゃないよ」

と小突く。

私は、二人のやりとりを眺めながら、倉嶋さんと最後に交わした言葉を思い出していた。みんなには話していないが、私は講習会が終わった後に二度、倉嶋さんに会っている。

最初に再会したのは講習が終わってまもなくの頃で、仕事から帰る途中に、自宅のすぐ近くで偶然出会った。

「倉嶋さん？」

先に気づき声をかけたのは私の方だった。

倉嶋さんは一人ではなく、隣に彼と同じくらいの年齢の女性を連れていた。かなりきつい勾配の坂を倉嶋さんたちは下り、私は上っていた。彼らの歩みは遅く、一歩歩いては一拍止まり、また一歩歩いては一拍という感じでなかなか前に進まない。

何度呼んでも気がついてくれない倉嶋さんだったが、すれ違う時にもう一度呼ぶと、ゆっくりとした動作でこちらを振り返った。

そして倉嶋さんはいっさいの動きを止めて大きく息を吸った後、

「これはこれは……お久しぶりでございます。えっと、たしか……」

と口ごもった。

「斉藤《さいとう》です。着付け教室でご一緒させていただきました、斉藤まみです」

倉嶋さんの戸惑いに重ねるようにして言うと、倉嶋さんは笑顔を浮かべて、

「そうでした、そうでした」

と嬉しそうに頷いた。

倉嶋さんの隣にいる女性が、彼の妻であることにはすぐ気がついた。倉嶋さんの右手が歩みを守るように腰に添えられ、左手が肘をしっかりと掴んでいたからだった。そして何よりも、白地の帷子《かたびら》を太鼓結びで美しく着こなしていた。帯はあの紺地に白の水玉のもので、夏の明るい日差しの中で、彼女は透き通るように立っていた。

「こんにちは、斉藤です。着付け教室では倉嶋さんに大変お世話になりました」

私は女性に向かって話しかけた。しかしさっきからずっとまっすぐな目で遠くを見ており、こちらに向き合おうとはしない。不思議に思って倉嶋さんに視線を戻すと、彼は申し訳なさそうな表情をして頷き、

「妻はもうあまり多くのことを理解しないのです」

と呟いた。

倉嶋さんに言われて、彼女の顔をよく見ると、潤んだ目の焦点は現実とは違う、どこか遠

い世界で合っているように思えた。

「……倉嶋さん、奥さんの着付けをするために講習に来られてたんですか？」

普段なら不躾な質問などしないのだが、謎が解けたような高揚感からか、そんな問い掛けをしてしまった。

「ええ、お恥ずかしいですが、仰《おつしや》る通りです。この人は、着物を着ている時がいちばん良いのです」

今なぜ立ち止まっているのかを解せず、前へ進もうとする妻の手を強く握り、その歩みを引き戻しながら倉嶋さんが頷く。

「ずっと着物で暮らしてきた人ですから、せめてそれだけはこれまで通りにと思いまして……」

倉嶋さんがそう言うと、はっと正気に返ったような顔をして私を見つめ、

「いつも主人がお世話になっております」

と深いお辞儀をした。

そして私がどう対応したらいいか戸惑っている間に、今度はくるりと反転して、坂を上って行こうとするのだった。

倉嶋さんはそんな妻の腕を引き、肩を抱くようにして摑むと、

「逆方向ですよ。ぼくたちの行く先はあっちですよ」

と耳元で囁き、また坂を下りていこうとした。

「あの……私のマンション、坂を上りきったところにあるんです。あそこです、ほらクリーム色のが少しだけ見えてますでしょ？　お時間があるようでしたら、少し寄っていかれませんか？」

私はこのまま倉嶋さんと別れるのがなんとなく切なくて、彼の後ろ姿に声をかけた。しかし彼は、

「ありがとうございます。ですが今から病院へお薬をもらいに行くんですよ」

と頭を下げ、痩せた後ろ姿を残して去っていった。

そして、その偶然の出会いから一カ月ほどたった日曜日、今度は倉嶋さんが私のマンションを訪ねて来た。

倉嶋さんは長い距離を歩いて来たようで、目の下の窪みに汗を溜めていた。ポロシャツから伸びる血管の浮きでた細い腕に、風呂敷の包みを大事そうに抱えている。

「どうされたんですか？　わざわざ、私の家を捜して来て下さったんですか？」

「ご迷惑を承知で参りました。先日お会いした時に教えてくださったのを手掛かりに、参りました」

「今日はお一人ですか？　奥さまは？」

家の中に入るようにとすすめても、倉嶋さんは玄関に足を踏み入れることすらせず、ドアから半歩下がった場所に背筋を伸ばして立っている。

「妻はこのたび施設に入所することになりました。それでこれを斉藤さんに使って頂きたいと思い、持って参りました」

倉嶋さんは赤ん坊を抱くように腕に抱えていた風呂敷包みを、私に手渡した。包みは見た目よりも軽く、中を開いてみると紺地の帯が小さく畳んであった。

「これって……奥さまのものじゃないんですか？」

倉嶋さんが私に手渡した帯は、彼が講習でいつも使っていた夏に雪を降らした柄のものだった。

「いいんです。施設で着物を着ることはありませんから。斉藤さんがこの帯のことを褒めてくださっていたから、もしよろしかったら使って頂きたいと考えたのです」

倉嶋さんは懇願するような口調でそう言うと、こんな古い帯を押しつけにきてしまい、申し訳なく思っていますと頭を下げた。

「本当にいいんですか？」

思い詰めた倉嶋さんの表情に押され、私は素直に帯をもらうことにした。すると、倉嶋さんは安堵の色を顔に浮かべ、深い息を吐き出した。

「奥さま、施設へ？」

と私は訊いた。ついこの前、妻を庇《かば》うようにして歩いていた倉嶋さんの姿と、施設という言葉がやけに不釣り合いに思えたのだ。

「以前から民生委員の方たちに勧められてはいたのです。妻の身の回りの世話をする私自身が、このように頭の中が錆ついてしまい、動作もおぼつかなくなり、人さまに迷惑ばかりかけておるものですから……。それでもなんとかここまでやってきてはいたのですが、施設に空きができたのを機会に、今回ばかりはとても強く入所を勧められましてね」

私の問い掛けに、倉嶋さんは丁寧な説明で答えた。

「奥さまと離れて暮らすことになるんですか……寂しくなりますね」

坂の途中で会った彼の妻の顔を思い出しながら、私は言った。すると倉嶋さんは、

「いえいえ……少しは寂しくなるでしょうが、もう長く一緒にいるもんで、どこにいようと変わらないですよ」

と笑った。そして、

「斉藤さんもどうかお元気で。お幸せに暮らしてください」

と頭を深く下げ、帰って行った。緩慢だが潔い動作で立ち去っていく倉嶋さんの後ろ姿を、

私は見えなくなるまで見送った。倉嶋さんを見ていると、誰かと生きていくことがとても幸福なことのように思えた。夫婦というのは案外、頑丈で壊れにくいものなのかもしれない、と……。


「あの写真、とっても倉嶋さんらしいと思わない？」

西山さんの声に、みんなが顔を上げ、祭壇に飾られていた写真を見つめる。一見気難しい表情をしているが、しっかりと閉じられた口端は、わずかに上を向いている。その表情は着付けが上手くいった時に倉嶋さんが見せるもので、朗らかな笑顔ではないが、倉嶋さんと過ごした時間を持つ私たちには、写真の中の倉嶋さんが笑っているのがわかった。

「ほんと……。いい写真ですね」

喪主は倉嶋さんの子供でも孫でもなく、甥である人が務めていたが、その写真を見ていると、倉嶋さんの最期は彼を良く知る人に看取られたのだろうと思えた。

私は寺の門をくぐった時からずっと、あの夏の日に見た女性を捜していた。

もし彼女がこの場のどこかにいたらやりきれないと思いながらも、捜さずにはいられなかった。そうした私の気持ちを知ってか、典男さんが誰からか、倉嶋さんの妻の話を聞いてきた。

「亡くなられたそうだよ、今年の春に」

典男さんからその話を聞いて、私はほっとした。倉嶋さんにとって妻を守ることは最後の仕事であったに違いない。役目を果たした彼の、幸せそうな顔が頭に浮かんだ。

倉嶋さんの身内と思われる人に許しをもらい、頂いた帯を柩の中に入れた。やはりこの帯は、倉嶋さんの手で奥さんに戻されるのが一番いい。別れを惜しむ時間が終わり、後は霊柩車に乗っていくのを送り出すばかりとなった時、靖子ちゃんが、

「ありがとう、倉嶋さん」

と呟いた。それにつられるようにして、田辺さんも「ありがとうございました」と小さく会釈をする。みんな、倉嶋さんへの最後の言葉は「さようなら」ではなく、「ありがとう」だった。私もまた、喉の奥でそう呟いていた。

坂を下りきった霊柩車が右に折れていくと、靖子ちゃんがもう一度大きな声で、

「倉嶋さんありがとうね」

と手を振った。式が終わったことで弔問客たちに流れる空気はふっと緩み、その緩んだところに蟬の鳴き声が滑りこんできた。

真昼の月

1

老人ホーム「ひまわり園」で派遣のパート社員として働き始めて丸一年、町田弘基《まちだひろき》の仕事は朝のうがい薬作りから始まる。うがい薬は八時半のラジオ体操が終わった後に入所者全員に配ることになっていて、歯のない老人にとっては歯磨き代わりにもなっている。今朝もまた昨日と同じ朝がきて、夜勤明けのぼやけた頭で白湯《さゆ》をコップに注ぎ、イソジンを一滴ずつ垂らしていると、

「すいません」

という声が詰所の窓ガラス越しに聞こえてきた。

「はい?」

声がする方にぼんやりと視線を向けたとたんに、なんの変哲もなかったはずの朝が一変する。思わず顔が強張《こわば》ったのは、ガラス越しに立つ女が、見たこともないくらいにきれいな顔をしていたからだった。あまりの衝撃で、イソジンボトルを強く握ってしまい、紅茶色にし

なくてはいけないうがい薬がコーヒー色に変わる。

「すいません」

その女は、もう一度同じ言葉を繰り返した。今度は少し口の端を上げている。

「は、はい」

誰なんだろう? 新しい業者? でなければケアマネージャーか何かだろうか。どちらにしても、このひまわり園にこんな美人が訪ねてくるなんて、初めてのことだ。ゆるやかにカールした髪は胸の辺りまで上品に伸び、淡い黄色のスーツ姿は新任の女教師みたいに初々《ういうい》しい。

「はい、何か?」

昂《たか》ぶる感情を押し隠して答えると、えらくぶっきらぼうな口調になってしまった。おそらく顔も緊張のあまりに歪んでいるだろう。こういう局面で爽やかな笑顔を見せられないことが自分の敗因だということは重々承知。二十五歳独身、恋愛経験ほぼなし。大学を卒業しても定職にはつけず、老人ホームで働いていながら介護士の資格もなく将来の展望もない。身長百六十二センチ、体重五十二キロ、平凡なサラリーマン家庭の次男坊。これが自分の手持ちのカードだ。

「面会に来たんですけど、部屋がわからなくて」

「ああ……ご面会ですか? ど、どなたの?」

上目遣いで訊き返すと、女は愛想のよい笑顔を見せる。

「横澤文江《よこざわふみえ》です。私は横澤の……娘で、横澤ユリといいます」

瞬きを何度かした後、彼女は目を伏せた。これまで一度も面会に来なかったことを後ろめたく思っているのだろうか。

「そうですか、横澤文江さんの」

硬い表情のまま頷くと、横澤の部屋番号を伝えた。面会時間にさほど厳しい制限はないが、規則的には午後五時までになっていることを告げると、

「ありがとうございます。これ、みなさんで召し上がってください」

と彼女はリボンのかかった洒落た箱を胸の辺りに掲げた。詰所を出てその包みを受け取り、部屋の場所を教えていると、ラジオ体操の歌が放送で流れ、自立度の高い入居者たちがぞろぞろと詰所の前に集まってきた。

2

「ねぇ千本《せんもと》さん、どうして同じZ型ペンライトなのに、千五百円のものと、二千五百円のも

のがあるんですか？」

パソコンの画面の前で背中を丸めて座っている千本に、声をかけた。弘基が部屋にいるのもおかまいなしに、千本はさっきから一度も振り返ることなくアイドルの動画を見ている。

「訊いてるんですけど。無視しないでくださいよ」

なで肩の分厚い背中に向かって、スナック菓子のカールを投げつけると、

「食べ物投げないでくださいよ。部屋が汚れるじゃないですか」

と千本がようやく振り返った。伸びた前髪が、目の中にまで入りそうだ。

「訊いてるんですけど」

「何を？」

「だからぁ、ラビットセブンのコンサートに持ってくペンライトを新しく買うんだけど、アマゾンで見てると値段が全然違うんですよ。型とか同じなのに。で、なんでかなって？」

「ああ、そういうことね。そんなのも知らないの、町田くんは無知なんだから」

勝ち誇ったように千本が笑ったので、それ以上訊きたくなくなる。千本は自分と同じ派遣のパート社員で、年齢は五歳上の三十歳だった。初めて顔を合わせた時はとても仲良くなれそうもないと判断したのだが、同じアイドルグループのファンという共通項があり、今ではこうして家を行き来する関係になっている。気が合うわけでもないが、コンサートのチケッ

トを協力して取ったり、休みの調整をし合ったり、それくらいの親密さはある。

「でもさ、町田くんはすでにペンライト持ってるんじゃないの？　前のコンサートの時持って来てたじゃないですか」

「あれは、めぐりんのピンク」

「それでよくないですか。町田くん、めぐりん推《お》しでしょ？　もしかして振りすぎて壊れたの？」

「いや、壊れてないですよ。でもめぐりんはライバル多しだからリサチンに代えようかと思って」

「ああリサチンかぁ。でもあの子、足太くないですか？」

「リサチン推しって少ないから目立つかと思って」

「策略家だなぁ、町田くんは。じゃあ黄色のライト買うんですね、中古にしたらいいですよ、安いですしね」

再びパソコンの画面に向き直ると、千本はペンライトの値段についての説明を始める。ロボットみたいに抑揚のない語り口調が耳障りではあるけれど、驚くほどの知識量だ。

「中古か……それもいいかな」

頷きながら通帳の残高を思い浮かべる。どれほど必死で夜勤に入っても、自分たち派遣のパート社員が手にする月収は二十万そこそこ。その中から六万の家賃を支払い、国民健康保険や年金や光熱費やら。ラビットセブンにかかる金を差し引くと、ろくな食事もできない。千本も自分と同じような生活を送っていて、どのスーパーに行けばカップ麺が底値で買えるのか、誰よりも詳しい。

「町田くん、ここの振り付けだけどさぁ」

ラビットセブンの動画をただ眺めているだけだと思っていたら、千本は振りつけを考えていたようだ。コンサート会場で自分たちが曲に合わせて踊る振りつけ。

「ここさぁ『セイヤー、セイヤー、セイセイセイセイ』のとこね、『セイヤー』を二回繰り返した後、次は何も声を出さずにその場で円陣になって回ってみるのとかどうかなぁ。こうペンライトを頭の上に掲げて。その方がインパクトあると思いませんか?」

画面を見ながらノートに細かく書き綴っているのは、声だしのタイミングらしい。千本は給料の大半をアイドルに使っているのだと前に自慢していた。老人ホームでの地味で過酷な労働に耐えているのは、あの娘たちを支えるためなのだ、と。自分はそこまでではないが、でも唯一の楽しみがラビセブを観ることだし、コンサートに行く日を「点」として、その「点」と「点」を繋げるために働いていることは確かだ。

「そうだ、千本さん」

重要なことを聞き忘れるところだった。「今日さ、横澤さんのところに面会に来てた女って見ました？」

「女？」

「うん、えらいきれいな。髪が長くて」

「きれいな女？　見てないよぉ。というか興味ないですね。私にはミユミユがいるから、浮気は許されないですからね」

パソコンの画面の縁に張ってある「ミユキ命」のシールを指先でなぞり、千本が唇を尖らせる。

「横澤さんって娘なんていましたっけ？」

「さあ、そんなことこれっぽっちも知りません」

「息子の話は嫌ってほど聞かされますけど、娘のことは聞いたことないんだよな」

独り言のつもりで呟くと、

「いいじゃない、そんなの。どっちにしても面会に来ないいじゃない、横澤さんの家族って。ほら、うちのホームにも義理の妹だとかが入所させたんじゃなかったでしたか？　まあ希薄な家族関係ということでいいじゃないですか。珍しくもありませんよ」

と千本は鼻で笑い、家族なんていっても結局は薄情なもんですよ、それが今の世の中ですよと早口でまくしたてた。

うちに泊まっていいですよ、という千本を二秒で振り切り外に出ると、冴えた月が明るくて思わず目を見張った。冬は寒くて嫌いだが、空気が澄んでいるからか景色がきれいに見える。

「どうするかな。まっすぐ帰るか、コンビニに寄っておでんでも買うか……」

時計を見ると九時を回ったところだった。明日は朝八時からの勤務なので、アパートに戻って少しゆっくりできる。勤め先の老人ホームへは原付バイクで二十分もあれば着くので、朝七時半に家を出れば余裕だ。

バイクに跨《また》がりエンジンをかける。ブルルというエンジン音が鳴り響くはずが、なぜか数秒間だけ音がして、すぐに止まってしまう。くそっ。なんでだろう。千本の部屋を見上げると窓から灯りが漏れていたが、あそこに戻ろうという気にはならない。いちおう客用の敷布団もあるにはあるが、前に使った時に変な臭いがしたから。千本の鼾《いびき》も酷《ひど》い。しかたがないのでバイクを手で押しながら歩く。原付バイクとはいえ筋肉のないこの体には、けっこうな重さだ。

ついてないな。

ここまでの人生ですでに千回は呟いただろうこの言葉が、飽きもせずまた浮かんでくる。

おれはどうしてこんなについてないんだろう。

冴えない人生。

この言葉も、五百回以上は口に出した。

自分のつきのない、冴えない人生は何歳からスタートした？

就職活動に疲れ、いったん休憩しようと途中で諦めたことが一番の敗因だろうか。それとも中学の水泳部を途中でやめてしまった頃からか。さらに遡《さかのぼ》って小学生の時に通っていたサッカー教室でレギュラーをとれずに補欠になった頃からだろうか。小学六年生の時に算数の割合の授業がまったくわからなかった辺りから？　自分を無条件で可愛がってくれた祖母が病気で亡くなった四年生の頃が曲がり角？

いや、実はもっと前なのかもしれない……。人は九歳で自分を客観視できるようになるのだと何かの教育本で読んだことがある。だから小学三年生までになんでもいいからわが子には自信をもたせなさい、とその本にはあったが、九歳ですでに自分の手持ちは負けカードが多いことを知っていたような気がする。固く締められたネジがある日突然緩むなんてことはないように、自分の人生は一日数ミリの単位で緩んできていて、そうしていつしか完全に外れてしまったのだ。

いつも立ち寄るコンビニが見えてきたけれど、ドアの近くに数人の若者がたむろしているので、今日は行かないことにする。エンジンのかからないバイクはずっしりと重く、持病の腰痛を悪化させそうだった。

ああ……腰、痛ぇなあ。

腰を痛めたのは、今の仕事に就いてからのことだ。もちろん、介護の仕事も好きでやっているわけではない。一年前に新規オープンした「ひまわり園」には二十四の時から勤めているのだが、消去法で選んだ。それまでカラオケ屋や飲食店を転々としてきたのだが、あまりにも雇用条件が悪く、それなら一度人材派遣の会社というものに登録してみようという気になって、そしてこの介護の仕事を紹介された。初めはどんなことをするのか知らなかったけれど、入ってみるとこれまでやってきたことに比べたら少しはましかと思えた。というより、同じ職場で働く人たちが、これまでのアルバイト先とはちょっと違った。資格がない自分は介護士の補助のような仕事しか任されてはいないが、それでも学生や、自分以上に自由きままなフリーターに交じって街で働くよりはずっと合っている。労働に対して「ありがとう」という言葉がもらえた職場は、ここが初めてだった。

3

「町田くん、私と一緒に横澤さんの入浴介助に入ってくれる？」

うがい薬を入所者の各部屋に配り終えて詰所に戻ってくると、ホワイトボードに文字を書き込んでいた看護師の深見《ふかみ》が振り返った。

「横澤さん？　……自分がですか」

「そうよ」

「でも……」

壁に掛かるホワイトボードの勤務表に視線をやり、他の適任者を探す。深見がじっとこっちを見ているのがわかる。

入浴介助が嫌なわけではない。まあ体力は使うし腰は痛いわで嫌は嫌だけれど、横澤の介助を避けたいのには理由がある。

横澤は数カ月前からホームと同系列の病院に入院していたのだが、三日前に退院して施設に戻ってきたばかりだった。癌を患《わずら》っており、それも末期なのでいつ亡くなってもおかしくない状態だと、施設に往診にくる医者が病態を説明していた。痛み止めのせいなのか、起きていてもぼんやりしていることが多い。

「体調悪いのに、風呂なんて大丈夫なんですか?」

重症患者の入浴介助につきたくない一心で、口にした。

「横澤さんがね、どうしてもお風呂に入りたいって頼んでくるのよ。病院の先生も『好きなようにさせてあげて』って言ってるから、できるだけ希望をきいてあげたいと思って」

深見がしんみりとした顔をこちらに向けるので、何も返せなくなる。わかりましたよ、としぶしぶ頷いて入浴介助用のエプロンを洗濯室まで取りにいく。廊下を歩いている途中で千本とすれ違い、今から横澤の入浴介助につくのだと話すと「ええっ、あの人風呂入れるの? そりゃあ大変ですね、町田くん頑張られよ」と薄笑いを浮かべられた。


浴室を暖房で温めておきながら、横澤の居室に向かう。入居者の居室は、夫婦で入所してくる人以外は個室になっている。これまで末期の癌患者と接したことなどなく、もし自分しかいない時に急変したらどうしようと、そればかりが不安でたまらない。

「横澤さん、入浴しましょうか」

鼾をかいて目を閉じている横澤の耳元で声をかけたが、瞼《まぶた》が動くこともない。その、枯れた木の表皮のような顔を数秒の間眺めていた。あの女は本当にこの横澤の娘なんだろうか。

顔の中に似ている箇所を探そうとするが、どこも当てはまらない。

「横澤さん」

もう一度今度は大きめの声を出すと、「ああ?」という深いため息のような声とともに横澤が体を捩《ねじ》る。

「真人《まさと》……真人なの?　やっと帰って来てくれたんだねぇ。会いたかったよ」

夢を見ているのか横澤は体の向きを変えようとしながら苦しそうに喘《あえ》ぎ、袖をつかんできた。ふりほどこうかと思ったけれど、小枝に止まる鳥の爪のように、その指が痛いくらいの力で腕に食い込んでくる。

「違いますよ。ぼくは従業員の町田です。ま、ち、だ……って聞こえてるのかな」

ホームに入所している老人は、誰もが物寂しそうだ。本当の居場所はここじゃないと、その目が訴える。みんなどこかへ帰りたがっているような気がする。

「真人、元気にしていたの?　ごめんね、お母ちゃんが悪かった。あんた真剣に打ち明けてくれたのに、お母ちゃん途中で怒鳴ったりしたから……」

袖をつかんでいた手がぐいぐいと強く引いてくるので、その手を取って「ぼくは町田ですよ。目を開けて顔を見てくださいよ」と耳元で囁いた。

書類にある横澤の連絡先には息子の名前も、娘の名前も記されてはいなかった。入所者の事情はさまざまで、もちろん本人の意思によるものばかりではない。わが子から頼まれて入所してくる人もいれば、横澤のように遠い親戚が手続きをし、訳もわからずに入所することだってある。

花の香りが鼻を掠《かす》めたような気がして振り返ると、昨日の女——横澤ユリが部屋の入り口に立っているのが見えた。

「あ、ども」

心の準備もなく目が合い、どぎまぎしてしまう。

「面会ですか？」

「はい。おはようございます」

「これから入浴なんですけど……。部屋で待ってますか？」

文字を読むようなぎこちない話し方で訊くと、ユリは首を傾げて悩む素振りを見せた後、自分も一緒に入浴させてもらえないかと言ってきた。えっ……一緒に風呂に入るのかと思い絶句したが「入浴の手伝い」の意味だと察し、「はいはい」「それはそれは」とおかしな返答をする。

「あ、えっと、じゃあ浴室に移動しますんで」

動揺を悟られないよう早口で話し、車椅子に横澤を乗せた。まずベッド上で半身を起こし、それから体を抱えるようにして車椅子に移すのだが、これがけっこうな重労働だ。

「私もお手伝いします」

対面から抱き締めるようにして横澤の腋の下に手を差し込んでいる途中、ユリが体を寄せてきた。横澤が横に倒れても受け止めるという気持ちなのだろうが、あまりに体温が近すぎて耳が熱くなる。

「じゃあ浴室にいきましょう」

芯のない蠟《ろう》人形のような体を車椅子に移乗させ、そのまま浴室へ急いだ。深見から九時に入浴させるように言われていたのに、もう十五分過ぎている。


「へぇえ。横澤さんにこんなおきれいな娘さんがいらしたとはねえ」

車椅子に座る横澤の服を、深見が手際よく脱がせるのを、立ったままで見下ろしていた。

深見は器用に手を動かしながら滑《なめ》らかな口調で会話を続ける。

「いろいろありましたんで……。母は私のことを恨んでいると思います」

深見は頷きながら、横澤の衣服のボタンを丁寧に外していく。

「横澤さんには真人さんという息子さんもおられるんですよねぇ。お話は聞いてますよ」

衣服を剝がれた横澤の体は、骨に皮がへばりついている程度の膨らみしかなく。こんな体でまだ生きていることが不思議なくらい痩せ細っている。

「真人は……弟は、母に苦労ばかりをかけていて」

俯くユリの目が暗く澱《よど》んでいく。「でも……真人の話はしているんですね」

「娘には甘えるんですよ、母親ってものは。できがよければそれだけ甘えてしまいますよ。いえ私もね、高校生の娘と大学生の息子がおりますけどね、なぜか真面目にやってる娘より心配ばかりかける息子のことばかり気になっちゃって。あれってなんなんでしょうかね。でもね、旦那は娘には甘いんですよ」

手首を湯につけてかき回しながら、深見が明るく笑った。ユリも気を取り直したように口の端を持ち上げる。湯気が立つのと同時に、その場が和らぐ。

「さあ横澤さん、入りますよ」

目を閉じて口を半開きにしている横澤に優しく声をかけると、深見が目配せをしてくる。足と腰を支えろ、という視線だ。深見が頭を支え、自分がお姫様抱っこをするみたいにして横澤の体を持ち上げる。

「私もお手伝いしましょうか」

ユリが慌てて立ち上がったが、深見が「大丈夫ですよ」と穏やかに制する。足先から順に湯船に浸していくと、強張っていた横澤の顔と全身が緩んでいく。

「そうしたら、娘さんには体を洗うのを手伝ってもらいましょうか。町田くん、タオルをお渡しして」

体全体を湯船に浸してしまったら、後は浮力があるので腰と足を支える必要はない。横澤から体を離した弘基に向かって、深見が顎《あご》で示す。

「あの、これどうぞ」

言われた通りにタオルをユリに渡すと、ユリは思い詰めた表情で頷き、ブラウスの両袖を肘の上まで捲った。突如目の前に現れた彼女の白い肌から慌てて視線を逸らし、深呼吸する。

ユリが横澤の首筋から順にこわごわというふうに撫でていく。「もっと強く擦《こす》っても大丈夫ですよ」という深見の言葉に頷き、皺《しわ》だらけの皮膚を拭っていった。

「お母さん……」

ユリが呼びかけた。低いくぐもったその声に、横澤がゆっくりと瞼を開き、ユリはその目をのぞきこむようにして、柔らかく笑う。

「あんた、誰？」

横澤の口から尖った声が漏れる。

体を擦るユリの手が湯の中で止まり、深見も困ったように眉をひそめている。

「横澤さんの娘さんじゃないですか。私たちと一緒にお風呂に入れてくださってるんですよ」

深見が横澤の肩を叩く。ユリは気持ちを立て直すようにして手を動かしている。

「娘？　あたしの娘？」

呂律《ろれつ》の回らない口調は、痛み止めの薬のせいなのだろうか。朦朧《もうろう》とした意識の中で、横澤が思いきり首を振る。

「……お母さん」

ユリが横澤の手を優しく握る。すらりとした体型に似つかわしい、指の長い大きな手だ。爪に色は塗られていない。水に揺れるその手が、横澤の記憶を手繰《たぐ》り寄せようとしている。

「お母さん」

さっきより小さな声で、ユリが呟いた。深見も息を詰めるようにして横澤の顔を見つめている。

この場所で働くようになってから、いろんな家族を見てきた。涙をこらえて親をホームに預けていく人もいれば、放り込むみたいにして去っていく人もいる。誰にも迷惑をかけたくないからと、自分の意志でやって来る人ももちろんいる。その形はさまざまだけれど、誰もが何かしらの思いを断ち切って、この終《つい》の棲家《すみか》にやってくる。ここへたどり着くまでの葛藤は、自分たち職員にはわからない。

「あんた、誰？」

ユリの顔が寂しそうに歪むのを、黙って見ていた。

「長く入院しておられたせいかしら。ご高齢の方は新しい場所へ行くとせん妄《もう》という症状が出て、記憶が曖昧になってしまうことがあるんですよ。家族の顔を忘れちゃうような方も決して珍しくはないんですよ」

深見の必死の早口が、凍てついた空気を溶かそうとするけれど、ユリの表情に張り付いた落胆は消えなかった。

「真人は？　真人はどこへ行った？」

横澤がユリの手を振り払おうとして、その勢いで跳ねた水が彼女の頬を濡らした。

「真人は元気でやってるのよ、お母さん」

「なんであんたが知ってるの？」

「真人が連絡くれたから。お母さんのことも真人が教えてくれたのよ」

「本当？　あの子、私がここにいるって知ってるの？」

「ええ。お母さんに会いたがってた」

いつもの不鮮明な様子はなく、横澤がはっきりとした口調で会話をしていることに、驚く。

人は希望を持つと強くなれる——なんて陳腐な言葉を信じたことはないが、こうした横澤を見てしまうとそれも間違いではないと思う。息子に一目会いたいという希望に、今あるすべての力で縋《すが》りついている。

「あんた、お願いですから息子をここに連れて来てくださいよ。お願いします。ここへ連れて来てもらえませんか……あたしねえ、もう死ぬんですよ、すぐに死にます、時間がないんです、あなた様、どうかここに私の息子を連れて来て、最後に顔を見させてもらえませんか——」

警戒心を持ってユリを睨みつけていた横澤が突然、全身を震わせるようにして懇願する。

ユリは俯いたまま、何も答えない。

「横澤さん、そろそろ上がりましょうか」

深見が目配せしてきたので、腰と足をさっきと同じようにして支えた。白いバスタオルで覆われたあばら骨の浮いた胸が、烈《はげ》しく上下している。

「あの……私、部屋に戻って待っています。すいません」

床にしゃがみこんでいたユリが、静かに立ち上がる。肘まで湯につけていた両手からぽたぽたと水滴が落ち、スカートを濡らしている。「じゃあ衣服を整えてからお連れしますね」と深見が明るく告げると、「お願いします」と頭を下げて浴室から出て行こうとする。濡れそぼった手のせいで、ユリの通った場所に水の線が引かれた。

「本当なんですか？」

ユリの姿が見えなくなると、深見に訊いた。たった今まで大声を出し興奮していた横澤は、スイッチを切ったかのように目を閉じ鼾をかいている。

「何が？」

横澤の体をバスタオルで包むようにして拭き、手際よく肌着とパジャマを着させながら、深見が首を傾げる。

「高齢者が長く入院したら、家族のことも忘れるって」

「本当よ。よくあることよ。認知症が進むとつれあいや子供たちのことも忘れるケースだってあるのよ」

「でも……弟のことは憶えてて、姉のことは忘れるなんてこと、あり得るんですかね。同じ子供なのに」

「それも……あり得ることよ。横澤さんはずいぶん昔に離婚されてるそうだから。ひょっとすると娘さんだけ父親に引き取られたのかもしれないね」

「でもけっこうショックですよね。姉弟なのに、片方にはすごく執着していて、もう片方のことはてんで忘れてるなんて」

気の抜けたようなユリの横顔を思い浮かべると、胸が痛んだ。

「私たちには知る由《よし》もない事情があるのよ。十の家族には十の事情が、百の家族には百の事情があるんだから」

深見はきっぱりと言い、たった今目にしたことを削除するように首を振った。入所者の事情にこれ以上踏み込むべきではないと、その目が伝えてくる。当の横澤はさっきの気迫は幻《まぼろし》だったのかと思えるほど深く眠っている。生きているのか死んでいるのかわからない、いつもの横澤だった。

4

ユリが初めてひまわり園を訪れてから、今日で三週間が経とうとしていた。だが彼女が毎日通ってきても、どれほど長い時間を一緒に過ごしても、横澤がユリを思い出すことはなかった。

「町田くん、どうしたんですか。ジャンパーなんて羽織っちゃって。もうそろそろ配膳の時間ですよ」

　ユニホームを着替えるほどの時間はなかったので、とりあえず上着だけを身につけて階段を降りていると、千本とすれ違った。

「いいところで会った。千本さん、頼みがあるんだけど」

　その手をとって握手すると、千本に「気持ち悪いですね」と振り払われる。

「おれの担当部屋にも、配膳しておいてもらえないですか」

「嫌です。それは私の仕事じゃないでしょう、町田くんの仕事でしょう」

「今日だけ、お願いです」

「できませんねえ。仕事を押しつけられたって、施設長に訴えますよ」

「ただとは言いませんよ。この前のオークションで競《せ》り落としたミユミユのグッズ、あげますよ。超レア、一万円以上したんです」

「ぐえっ」

「お宝です」

「町田くん……ミユミユにまで手を出してたの？　本当に油断ならないですね」

「じゃあそういうことで」

　千本が嬉しそうに頷くのを見届けてから、ホームの玄関を飛び出した。ユリが帰ったのはほんの数分ほど前のことなので、今ならまだ間に合うと思った。

駅に向かう道の途中で、その後ろ姿を見つける。肩に大きな紙袋がかかっているのは、横澤の汚れた衣服が入っているからだ。入所者の洗濯は業者がまとめてやっているのだと深見が伝えても、「大丈夫です、これくらいさせて頂かないと」と半《なか》ば強引に持ち帰ってしまうのだ。

ユリの姿を見つけるのと同時に、勢いよく駆けていた足が止まってしまった。ここまで追いかけてきた自分が急に恥ずかしくなる。なんのためにこんなに走っているのだろう、と。前を歩くユリが、踏切の前で立ち止まった。カンカンという高い音とともに、遮断機が下りてくる。彼女の目は一途《いちず》に線路を見つめていて、後ろにいる自分に気づくはずもなかった。

ユリさん、大丈夫ですか——

自分にだけ聞こえる声でその背中に話しかけた。振り向かないでほしい。自分に気づかないでくれた方がいい。警笛《けいてき》よ、おれの声をかき消してくれ。そう念じながら、声をかけた。

「はい？」

ユリがゆっくりと振り向く。唾を飲み込む音が耳の奥で鳴った。

「あの……」

「あら、ひまわり園の方ですね。えっと、町田さん？」

少しだけ驚いた表情を見せた後、ユリは目を細めて小さく会釈《えしゃく》してくる。

「はい。あの……その、その洗濯物、やっぱり業者に出しますんで。洗濯代も込みで入所料金をいただいてますから」

電車が線路を踏んでいく音の中に、自分の声が埋もれていく。必死で言葉を繋げているうちに、電車は遠ざかり、遮断機が上がる。

「それを伝えにわざわざ、来てくださったんですか？」

ユリが目を見開いた。

「はい。大事な……ことですから」

「そうですか。じゃあ、お願いします」

顔を上げてユリを直視することはできずに、コツコツと上品な音を立てながら白い靴が近づいてくるのを待って手を前に差し出す。手首にかけられた紙袋はずしりと重かった。

「あの……横澤さんのこと、がっかりしないでください」

「えっ？」

「じょじょに思い出されると思うんです、あなたのこと」

「……そのことですか。平気です、それほど気にしてません」

明るい口調に誘われるようにして顔を上げると、ユリが笑っていた。こうして向かい合うと、彼女の方が十センチ近く背が高い。

「ありがとうございます。じゃあまた」

ユリが頭を下げたので、同じように「じゃあ」と首を折る。背を向けて歩き出す彼女の姿をしばらく見つめていると、また遮断機が下り始めた。時計に目をやると配膳の時間はとっくに過ぎている。胸の中に熱いものが広がり、カンカンという響きが、その熱を強く打った。

5

黒い流れに沿って、ラビットセブンのコンサート会場から出ると、外の眩しさが両目に沁みた。すぐ側で揃いのピンク色のジャンパーを着た男たちの集団が、まだ興奮冷めやらずで小さな雄《お》たけびをあげている。

「いやあ、今日のステージレスは最高でした。ミユミユと目が合った回数、なんと五回ですよ。そのうち三回はこっちに向かって手を振ってくれたし。きっと私の声も耳に届いたと思うんですよね、だってあの距離だったから」

興奮の絶頂にある千本が、引きつった笑いを浮かべ話し続けるのを黙って聞いていた。

「どうしたの町田くん、朝からずっとテンション低いじゃないですか。なんでなんで？　ペンライト忘れてきたことがそんなショックだったの？　それなら中で買えばよかったんですよ、割高だけどそれでもないよりは」

「忘れたんじゃないですよ。持ってこなかっただけです」

耳を塞《ふさ》ぎたくなる衝動をこらえ、できるだけ穏やかな声を出す。千本に限らず周りの男たちがみんな甲《かん》高い声でまくしたてているので、頭が痛い。

「せっかく買ったのになんで持ってこないんですか。あの席だったらリサチンからのステージレスだって可能だったでしょうに」

眉をひそめながらも満足感を滲ませた表情で、千本が人差し指で肩を突いてくる。メンバーからの目線や、声かけへの反応——。おれもこれまでは、どれだけステージレスが返ってくるかに一喜一憂していた。

「これからの予定なんですけどね。私、せっかくの日曜休みなので現場を回ろうと思うんですよ」

千本はひときわ大きな声を張り上げ、職場では決して見られない気迫のこもった前傾姿勢をとっている。

「現場、ですか」

「新人アイドルグループの握手会とCDリリースイベントがあるんですよ。まあラビセブほどのクオリティーはないんですけどね、この娘たちはまだ町田くんも知らないと思うなぁ、デビューしたばかりだから、本当に一握りの人間にしか知られてないんですけどね」

「おれはここで帰るんで、行って来てください。あ、そうだ」

背負っていたリュックから、オークションで競り落としたミユミユのグッズを取り出して千本に差し出した。この前、自分の担当する部屋の配膳を頼んだお礼だった。さっきから千本が、何か言いたそうにしているのは、たぶんこのことだろう。

「ありがたい。感謝です、町田くん」

「約束ですから。それでよかったですか」

「無論無論」

ラビットセブンだけではなくいくつかのアイドルグループをかけもちで追いかけ、地方のイベントにも参加している千本は、多い時で月に二十万近くもアイドル関係の出費をすることがあるのだという。中でも交通費が一番の負担になるので、グッズにまで手を出すことは難しいと嘆いている。包み紙をその場で剝がし、中身を確かめた千本は、ミユミユのカレンダーを胸に抱くように突っ立っている。

「ねえ町田くん、確認ですけど、現場、ほんとに行かないの？　今日なら三つは回れますよ」

非難めいた視線を千本に向けられ、目を逸《そ》らして「いいです」と答える。

「じゃあ」

と片手を上げて踵《きびす》を返すと、そのまま駅に向かって歩き始める。リュックを背負い両手をズボンのポケットに突っ込んで歩いていると、丸まった背をした自分の影が道路に映っているのが見えた。なんだ。おれは影まで格好悪いな。卑屈な感じに縮《ちぢ》こまった弱々しい影。笑おうとして唇がひしゃげた。周りで自分とよく似た男たちが、教室の隅で過ごしていた頃そのままに歩いている。独りきり満足気な表情を浮かべているのもいれば、何人かで連れ立って唾を飛ばして力説し合っているのもいる。そいつらに言いたかった。ステージの下から声を嗄《か》らして声援を送っても、特典のために同じＣＤを何十枚と買っても、推している娘のためにミニコミ誌を作っても、ラビセブのメンバーはきみたちを選ばない。可愛い彼女たちが選ぶ男は、コンサートには来ない。自分を応援してくれる男じゃなくて、自分が応援したくなるような男を選ぶんだ。きみたちは決して主役にはなれない。おれも同じだ。

駅前にファストフードの店があったので、ふらりと入った。二十代の半ばになっても立ち寄る店は十代の頃となんら変わりがない、腹を膨らますだけの食事。その中でも安いメニューを選ぶ。百円のコーヒーとかハンバーガーとか。そういうので一時間、二時間粘る。これからもこの選択が変わることはないんだろう。

トレーにホットコーヒーとハンバーガーを載せて二人席についた。リュックを下ろして足元に置き、小さくため息をつく。コンサートの日程に合わせて無理して日曜の休みを取ったのに、いつもみたいには楽しめない。

この前、ユリを追いかけていった日のことを思い出した。

相手にされるわけなんてないのに……求める気持ちは棘《とげ》だ、全身を蝕《むしば》む棘みたいなもんなんだ、抜けない棘は傷になり膿《うみ》を出し、そこからじわじわ悪臭を放って周囲の人に顔を背けられるぞ。こっちに目を向けられて、それで嫌な顔をされるくらいなら、初めから求めない方がずっと安全に暮らせるんだぞ。それでも、と思う自分がここにいる。

「あのさ町田くん」

すぐ近くで声がして、手元に落としていた視線を上げると、千本が目の前に座っていた。

「ええっ、なんですか？」

思わず大きな声が出る。

千本が粘り気のある目をこちらに向けていたので、咄嗟に構えた。

「あのさぁ町田くん」

リュックを背負ったままの千本が、顔をぐいと近づけてくる。

「町田くんさぁ、あれでしょ。横澤さんの娘だかのことが気になってるんじゃない？　ほら、この前勢いよく飛び出して行っちゃったじゃないですか」

哀れむ口調で千本が呟く。「そういうの、よした方がいいですよ」

千本が飛ばす唾がバーガーにかからないよう、そっとナプキンをかけた。コーヒーのカップも引き寄せて、ぐいと一気に飲み込んだ。いつもは砂糖もミルクもたっぷり入れるのだが、最近はブラックを心がけている。痩せているのに腹だけはぽっこり出ていて、それをなんとかしたいと思っている。つい三日ほど前、入所しているおばあさんから「あんた見てると恵《え》比《び》寿《す》さん思い出すわ」とからかわれた。悪意のない人だけれど、たしかに横から見ると雌のシシャモみたいだ。

「そういうのって……どういうのですか？」

テーブルに視線を落としたまま、千本に訊ねる。わざわざそのことを告げるために自分の後をついてきたのだろうか。おせっかいなおっさんだ。

「いや私ね、こう見えて昔、告白したことあるんですすよ。大学に通ってた頃ですよ。ああ、大学っていっても誰も聞いたことのないような大学ですよ。そんな場所にそんな大学あったのって驚かれちゃうような、森の中に打ち捨てられた祠《ほこら》みたいな大学ですよ。まあね、それでも一応女子はいてね、そこでその好きな人ができたというか」

瞬きを繰り返し、千本が体を揺らす。落ち着きなくそわそわするのは、緊張している時の千本の癖だ。

「女子にとって私なんて、接触するだけでキモイ存在なんですよ。ちょっと手が当たっただけで、顔をしかめられるんです。肩なんて叩こうものなら痴漢、セクハラ。そういう自分の立ち位置を、私は小学生くらいからもうわかっちゃってたんですけどね。それでも何を勘違いしたのか、二十歳で告白なんかしちゃったわけですよ」

千本の鼻息が、規則正しく耳に届く。

「告白して、どうなったんですか？」

「あ。それ訊いちゃう？　訊いちゃうか、やっぱり。町田くんだから教えてあげますよ。その告白で、相手の女の子が大学に来られなくなっちゃったんです。理由は『センボンがキモチワルスギテ』ということでした。だから私、退学しましたよ。私が学校をやめたら彼女、復学したらしいです。とまあこんな結論でした」

大学をやめてからはアルバイトを転々としてきた。そこからの流れは驚くくらい自分と似ていた。介護の世界は厳しい、長続きしない若者も多いと世間で言われているけれど、対象となる老人の懐《ふところ》の深さみたいなものに救われているところも自分と同じだった。人生を十分長く生きてきた彼らにとって、若者はみんな同等の若者で、「いけてる」とか「いけてない」とか、そんな振り分けはしないから。

「私はですね、絶対結婚したくないんですよ。もちろんこんな稼ぎで結婚なんてできないですし、一緒になりたがる女性もいませんけどね。それより遺伝子の問題ですよ。自分みたいな子供が生まれてきたら恐怖ですからね。うちの親もよくこんなクズを育ててきたなって思いますよ」

夢を見ない方がいい、と千本は年上らしい口調で言い聞かせる。「町田くんは私のことを三十歳にもなって、と軽蔑しているかもしれないけど、五年後の町田くんは私になるんです。きみはそうは思ってなくとも、今のきみは五年前の私ですよ」

千本はそれだけ言ってしまうと、そのまま立ち上がり店を出て行った。おれの反論も反応もどうでもいいというふうに。ただ釘《くぎ》を刺しに来ただけだったのかと、遠ざかっていく丸い背中を眺める。リュックを背負ったなで肩が、さっきの自分の影に重なる。

ユリがもう一週間以上、ホームを訪れていなかった。

踏切まで追いかけたあの日から、姿を見せなくなっていた。洗濯物、やっぱりそのままにしておけばよかったな。そうしたら少なくともあと一回は会えたはずだ。ラビセブのコンサートに百回行くより、ユリに一回会う方がずっといい。こんなこと千本に言ったらまた、むきになって叱られるだろうけど。

コーヒーを飲み干し、ハンバーガーを食べ終えると、椅子からのろのろと立ち上がり、さてどうしよっかと途方にくれる。千本が歩き去った方向に目をむけたがもちろんその姿はない。やっぱり現場めぐりすればよかったかな。少なくとも握手会に行けば「ありがとう」と微笑んでくれる可愛い女の子がいる。

千本の言う通り、この数週間どうかしている。とっくに引退したはずの現実世界に、翻弄《ほんろう》されている。

でもこれが本当に最後だったら？　人生ラストのリアル充実だったとしたら？

最後にリア充したのは、いつだったろう。大学に入学した時にいっぱしに映画サークルに入って、そこの同級生を好きになった。映画と漫画が好きなその女の子は特別に可愛いというわけではなかったけれど、快活に笑い、すぐに感動しては泣く子だった。彼女と話をしていると二時間でも三時間でも氷の上を滑るみたいにぐるぐる時間が経って、いい映画や本を見つけた時は必ずメールするようになっていた。それが恋だと気づいたのは彼女が他の男とつき合い始めてからのことで、自分と同じように彼女の良さを知っていた奴がいたことに愕《がく》然《ぜん》とした。もちろん告白せずに失恋したのだけど、それからは一度も手で触れることのできる距離の誰かを好きになってない。

いつの間にか早足で歩いていた。行き先はひまわり園。今日は非番だけど、もしかするとこんな日に限ってユリが見舞いに訪れているかもしれない。

6

ひまわり園を訪れ、「休みなのにどうしたの」と深見に訝しがられながら、さりげなく横澤の部屋にユリが来ていないかを確かめた。

訪問はなく、やっぱりなと諦めようかと思いかけた時に、横澤の自宅を訪ねてみようかとふと思い立った。施設利用者の住所を調べて訪ねるなんて法に触れることだ。でも、これが最後だから、と大きな何かに頼んでみる。横澤が亡くなってしまえば、もうユリと会うこともなくなるのだから。許してください、と懇願する。ユリと会えたとしたら、偶然を装って話しかけることくらいは許されるんじゃないだろうか。たった一度だけなら。

ひまわり園から電車で四十分、駅から徒歩五分の商店街に横澤の自宅はあった。いわゆるシャッター通りといわれる商店街なのか、日曜だからか、昼の三時過ぎのこの時間に営業している店は数えるほどだった。

写してきた住所には何丁目何番地、とまで記されているが、老人の歯の色のような古びたシャッターに、番地が書かれているわけではない。屋号というのだろうか「ヨコザワ電器店」という名称だけを頼りに視線を動かす。

「すいません、この商店街に電器屋ってありますか」

商店街をひと通り歩ききった所で引き返し、営業している数少ない店のひとつ、パン屋に入る。中年の女性がエプロンをしてレジに立っているところに頭を下げた。

「電器屋？」

「電器屋を探してるんです。前に買い物に来た時はあったんですけど」

おどおどした様子にならないよう、一重瞼を大きく見開く。

「前はあったんだけどね。もうずいぶん前に店閉めてるよ、お兄ちゃんが買い物来たのって何年も前のことじゃないの？」

「そういえばそれくらい前かもしれません。でも名前も憶えてて、たしか、ヨコなんとかっていう」

「ああ、ヨコザワ電器店でしょ。知ってるわよ、うちからたしか……一、二、三、四、五、六軒隣だもん。シャッター閉まってるよ、もう。誰も住んでないみたいだし」

店の中に客がひとり入ってきて、そちらをちらりと見ながら、エプロンおばさんが言う。

「誰もおられないんですか……」

たしかにこの商店街にユリが住んでいるとは思えなかった。

トレーにパンを載せた客がレジまで歩み寄ってきたので、体をずらした。エプロンおばさんは愛想笑いを浮かべて、軽妙にレジを打っていく。客が金を支払い、おばさんがポイントカードに判をつくやりとりを、黙って見ていた。

「すいませんお邪魔して。ありがとうございました」

接客に区切りがついた隙《すき》に、礼を告げる。何も買わずに出ていくのも悪いので、トレーにカレーパンを三つ載せて、冷蔵庫からコーヒー牛乳を取り出した。

「いえいえ、いいんですよ」

接客用の笑顔のまま、おばさんが頷く。

「あ、そういえば。その電器屋さんの前で何日か前に女の人がゴミを片付けてたっけ」

「ゴミ？」

「そう。ヨコザワ電器店のシャッターの前に溜まってたゴミ。たまに捨ててくのよ、モラルのない人がね。折れた傘とか、そういうのをポイポイって。電器店の前にもガラクタがうずたかく積もってて、そういうのうちにとっても大迷惑なんだけど、かたっぱしから私が掃除していくっていうのも面倒だから放ってあるのね。そう、そのゴミを片付けてた女の人がいたわ。まだ若い、きれいな」

「娘さんですかね」

「娘さん？」

呼吸するようによどみなく話していたエプロンおばさんがふと息を詰めて首を傾げる。

「そういわれると、あの人誰だったのかしら」

カレーパンを袋に入れたきりレジを打とうとはせずに、おばさんは目を細める。自分がユリの名を出すと怪《あや》しまれるので、口をつぐんだままおばさんの次の言葉を待っていた。

「ヨコザワ電器店はたしか一人息子さんだよ。横澤さんは女手一つ、店を切り盛りしててね。それに……」

言いかけて、噂話が過ぎると思ったのか、無理矢理句読点を打つようにしておばさんが話を切った。「それに……」の続きが聞きたくてたまらなかったが、痒《かゆ》い患部に絆創膏を貼るように我慢する。パンの代金を支払って店を出よう。そう決めて会計がすむのを待っていると、おばさんの目つきが変わった。窺うような表情で、おれの全身を見ている。靴から頭の先まで視線が二往復する。眉間の辺りに険が宿り、頬に影が差す。

「あんた、もしかして」

冷たく硬い声が、耳の奥に落ちた。「もしかして」の後の言葉がおばさんの口からなかなか出てこない。

「え？」

「もしかして真人くん？」

「あんた、真人くんじゃない？　横澤さん、施設に入られたって聞いてるわよ。そのこと知らなかったんでしょ？　ね、そうなんでしょう？　ずっと待ってたわよ横澤さん、あんたが帰ってくるのを。十年以上も何やってたの、親不孝にもほどがあるでしょうが。息子が帰ってきた時に店がなくなってるんじゃ申し訳ないからって、この不景気に独りきりで店を守ってきたお母さんの気持ちわかってる？」

合点がいったという表情で、おばさんは怒りを露《あらわ》にする。何が始まったのかわからなくなり、パンと牛乳の代金をレジの脇に置いて逃げるように店を出た。

ユリに会えなかったうえに、真人という息子にまで間違えられて怒鳴られて、叱られて、いったい何をしにここまでやってきたのかと情けなくなる。横澤の息子は十年以上前に家を出て行った、ということがわかっただけだ。十の家族には十の、百の家族には百の事情がある──深見がため息とともに呟く言葉を思い出す。

ユリはもしかすると、真人という男の恋人なのかもしれない。女の人がシャッターの前を掃除していたという話を聞いて、そんなふうに思った。もしくは、真人の妻なのかもしれない。自分の夫と義理の母の不仲を憂い、最後に二人の関係を修復しようとしていたのがユリという女……。そうすればすべてが腑に落ちる。ユリが自分を「娘だ」と言ったことも、横澤がユリのことを「あんた、誰?」と言い続けることも。

ヨコザワ電器店の前を横切り、駅に向かう。灰色のシャッターが次に開くのは、横澤が亡くなり、この店が誰かの手に渡る時なのだろう。薄暗い商店街通りは、まだ昼間なのに雨が降っているみたいに暗い。雨避《よ》けのアーケードが太陽の光までをも遮《さえぎ》っていた。

7

翌週も、ユリが老人ホームに見舞いに来ることはなかった。相変わらず横澤は、意識がある時には一人息子の話をし「真人はまだ来ないのか」と繰り返す。横澤の、「息子に会いたい」という強い願いは、ユリから真人に伝わっているはずだ。それでも会いにこない真人という人間の薄情さに、苛立《いらだ》ちすら感じる。

「町田くん、横澤さんの親戚に連絡とって。あと病院の先生にも」

詰所で申し送りノートの記載をしていると、深見が慌てた様子で入ってきた。

「横澤さん、どうかしたんですか？」

「今日かもしれない」

「今日って？」

「もう意識もほとんど戻ってこないし、呼吸の感じが変わったから」

これまで何人もの入所者を看取ってきた深見は、冷静に言葉を並べる。横澤の入所記録を目の前に差し出して、すぐに電話をかけるように告げた後、急いで詰所を出て行く。

横澤の義理の妹に急変のことを伝え、ユリの携帯にも電話をかけた。呼び出し音を聞いているだけで、手に汗が滲んでくる。彼女が電話に出ても出なくても、しばらくこの汗はひかないだろう。

「あ、あの、ひまわり園の町田というものですが」

思いがけずすぐに電話が繋がった。ゆっくりと状況を伝えていく。数分前に容態が急変したこと。ホームの看護師によると、おそらく最期のお別れになりそうなこと。

今すぐに向かいます——

電話が切れると同時に、横澤の部屋に駆けつけた。何の資格もない、いつ解雇になってもおかしくない、やる気も将来の展望も何もない派遣のパート社員の自分が急いだところで、何をできるわけでもないが、でも横澤に待っていてほしいと伝えたかった。ユリが来るまで、意識を保ち続けてほしい。一度でいいから、彼女の呼びかけに応えてあげてほしい。

水分の抜けきった干からびた腕をつかんだ。「横澤さん聞こえますか？」と耳元で声を出す。こうして話しかけると、横澤は自分のことを息子だと勘違いして、明るい声で答えてくれることがこれまでに何度もあった。

「横澤さん、もうちょっと頑張ってください。横澤さんに会いたい人がいるんです。一度でいいからその人に話しかけてください」

瞼が微かに動き、唇が震えた。聞こえているのだ。自分の言葉は届いている。

パク……パク……パク……三度、唇が開いては閉じる。パク……パク……パク。繰り返されるその動きが、横澤の息子の名を呼ぶ声だということに気づいたのと、ユリが部屋に入って来たのは同時だった。

「お母ちゃんっ」

青ざめたユリがベッドに駆け寄ると、横澤の瞼がゆっくりと開いた。定まらない焦点が、声を探す。

「お母ちゃん」

もう一度、今度は少し柔らかな声でユリが囁くと、横澤が自ら体を起こそうとする。まだ意識がはっきりとしている時ですら、自分で起き上がろうとする人ではなかったのに。

「まあ……さ？」

横澤の喉の奥から、音になる前の息が発せられる。声は音になりきらず掠《かす》れた息のままで消えていくが、彼女が息子を呼んでいるのだとわかった。

「すいません、ハサミをお借りできませんか？」

横澤の手を握り「お母ちゃん」と繰り返し呼んでいたユリが、おもむろに振り返る。

「は、ハサミですか」

「はい。貸していただけないでしょうか」

その切羽詰まった様子に、言葉を失う。

「大丈夫です、私は正気です。危ないことには使いません」

大丈夫です、ともう一度口にして、ユリが深く頭を下げる。すぐにお返ししますから、貸してください。

詰所から、一番小さなハサミを持ってきた。ユリに手渡す時、指先が微かに震えた。

ユリはハサミを手に取ると、羽織っていた上着を脱ぎ、その足元に広げるように敷いた。そして長い髪にハサミを入れた。耳の上辺りから、ザクザクと切っていく。肩の下まで伸びていた柔らかな髪が無残に切り落とされ、敷かれた上着に積もっていく。降り積もる雪のような無音の迫力に、行為を止めることも、声を上げることさえできず、立ち尽くしていた。一房、また一房と髪の束が落下していくのを黙って見つめていた。

毛先のはねた散切り頭になったユリが、大股で、室内の洗面所に近づいていった。蛇口をひねり、水しぶきを上げながら顔を洗う。勢いに水が跳ね、床を濡らしている。化粧を落とすために顔を洗っているのだと気づいたのは、洗面台から上げたその顔が、別人のように引き締まって見えたからだった。

「お母ちゃん」

髪を切り、化粧を落としたユリが、ベッドの上に屈みこんだ。

「お母ちゃん、会いに来たよ」

ユリが横澤の耳元で、繰り返す。

「真人……真人かい？」

横澤がはっきりと声を出した。生気というものが、実際に形をともなって存在するのだとしたら、今、目の前に見えているものだと思った。

「お母ちゃん、親不孝ばかりしてごめん」

顔を洗ったまま、水浸しの顔で、ユリ――真人が呟く。横澤の指先が水滴を拭ってやろうと、優しく伸びる。

「真人……まあくん、会いたかったよ、ずっと待ってたんだよ、私の大事な大事な……」

息子の顔を触ろうと、力無く伸ばした手を、真人がつかんだ。

「ごめんな、お母ちゃん」

真人の声に、横澤が目を細めた。真人は、落ち窪んだ横澤の目をまっすぐに見据えて深い呼吸を繰り返す。

「もう……いいよ。お母ちゃん、これで死ねる。真人に会えたから、最後に顔見せてくれたから、これで死ねる。謝らなくていいよ。お母ちゃん、許してる。あんたのことほんとは全部許してる。それを言ってあげられなくて……あんた帰ってこないから、好きに生きたらいいよってほんとはね、ずっとね……」

苦しそうに喘《あえ》ぎながら、横澤が視線を天井に向けた。

心の中に溜まっていたものをすべて出しきろうと必死で声を絞りだすが、息が吸えなくなり精根が尽きたように口を閉ざす。そんな横澤を、真人がベッドに覆いかぶさるようにして抱えている。横澤の指先が真人の頭を優しく撫でていた。

気配を感じて振り返ると、深見が医師を伴って廊下に立っているのが見えた。手まねきされたので後ずさるようにして部屋を出る。ドアを閉め、足音を消して部屋から遠ざかる。深見が引くワゴンには蘇生に使用する物品が載せられていたけれど、もう必要ない、というふうに深見がゆっくりと首を振った。

8

午後に施設見学の人が来るからと言われて、朝から部屋の掃除をしていた。ベッドはマットレスまで外し、カーテンも洗濯に出した。家具も私物も片付けられた横澤の部屋は広々としている。

ベッドの柵、洗面台、窓のサッシなどあらゆる箇所にアルコール除菌スプレーを噴きつけていく。シュッとひと噴きするたびに、窓から差し込む日の光に透けて霧状になった水滴が煌《きらめ》く。

息を引き取った横澤は、真人に伴われてここを出ていった。「横澤さん、逝かれたの？」横澤がまだ元気だった頃、仲良くしていた何人かの入居者が、最後のお別れをしようと部屋をのぞいていった。真人はそのひとりひとりに「横澤の息子です。母がお世話になりました」と挨拶をしていた。スカート姿の真人のことを訝しい目で見る人はひとりもいなかった。

「アレだったんだって？」

洗面台をアルコールで拭いていると、後ろから声が聞こえた。肩越しに振り返ると、にやにや笑いを口元に貼り付けた千本が立っていた。

「町田くん、すっかり騙《だま》されてたじゃないですか。この数週間、きみ、おかしいほど本気でしたよ。きみが熱望したリア充の結末がこれだということに、私は心底同情していますよ」

乾いた笑いを浮かべて、千本が部屋の中で歩き始めた。歩くといっても部屋は狭いので円を描くみたいにクルクルと回っている。詰所で横澤と真人の一件を耳にして、すぐにここへ来たのだろう。その場で跳び上がりでもしそうなほどに興奮している。

「どんなだったんですか？」

「……どんな、って」

「変身の瞬間ですよ、町田くん、その場にいたそうじゃないですか。横澤さんの息子が、娘から息子に変わるシーン、この部屋で髪をザクザク切ったそうじゃないですか、そんなの間近で見られるなんてそうそうないですよ、町田くんついてたというか、ついてなかったというか」

好奇に満ちた目を千本に向けられ、背を向けた。医師に臨終を告げられた時の、奥歯を固くかみ合わせて立ち尽くしていた真人の顔が頭に浮かんでくる。

今日の午後に来る見学者は、どんな人なのだろう。この施設を気に入ったなら、この部屋に入ることになるかもしれない。そうしたら、また長いつき合いが始まる。入居者は心で誰かと繋がりながら、この部屋でひとりきりの時間を過ごす。

「町田くん、どうしたんですか。さっきから黙り込んじゃって。そんなにあの女のことがショックなんですか？　あ、あの女じゃなくてあの男って言うべきですかね」

千本の言葉を聞き流し、掃除の用具を載せているワゴンに歩み寄った。ワゴンには花瓶とオレンジ色の花が載っている。花の名前は聞いていない。深見から部屋のどこかに飾っておいてくれと、言いつけられている。花瓶に水を満たしてそこに花を差すと、窓の側に置いた。白っぽい部屋に、明るい色が映《は》える。

「千本さんは自分が死ぬ時、誰に会いたいですか」

「……なんですか、その質問」

「最後に会いたい人っていますか？　その人は千本さんに会いに来てくれますか？」

部屋に吹き込んでくる風が花瓶を倒したりしないように、窓を閉めて鍵をかけた。窓ガラスに自分の顔がうっすらと映る。なんの覚悟もなくこれまで生きてきたぼやけた顔が、真昼の月みたいに白く透けて見えた。

デンジソウ

1

処置室にある水道の蛇口をひねり、紙コップに水を満たす。掌にはまだ飲めていない朝のぶんの薬がのっている。桜井奈緒《さくらいなお》はその薬を口に含んで、生ぬるい水で一気に飲み込んだ。ぬるい上に錆《さび》っぽい水の味が喉の奥に広がっていき、思わず深いため息が出た。離婚して一年以上が過ぎた今、自分がなんのためにこの薬を飲んでいるのかわからない。

「どうしたん？　頭でも痛いんか」

背後で声が聞こえ慌てて振り返ると、四方幸代《しかたさちよ》が顔中に汗をかき、眉をひそめて近寄ってきた。四方さんはこの医院の看護助手で、新人の自分を指導してくれている。

「いいえ。すいません、時間のない時に」

診療開始の九時まであと三十分、とにかく手早く掃除を済ませないといけない。

「それはええけど。大丈夫？　今、薬飲んでたやろ」

四方さんはモップを手に、奈緒の顔をのぞきこむように凝視してくる。

「……サプリメントみたいなもんです。すいません、仕事中に」

「サプリメント？　そうなん？　まあええけど、その紙コップ、検尿用のやで。底に青い丸が印刷されてるのは検尿用。新しいから大丈夫やけどな、今度から気をつけて」

奈緒は「はい」と頷き、傍らに立て掛けておいたモップを握り直す。この医院の看護助手は四方さんと自分の二人だけなので、もたもたしている暇はなかった。

「あせらしてごめんやで」

薬棚に薬品のアンプルを補充しながら、「ああ暑い」と四方さんは首にかけていたタオルで顔の汗を拭く。奈緒は気合い漲《みなぎ》るその横顔を見つめる。専業主婦を十年近くしていた自分の、三十四歳にしての社会復帰だった。働き始めるまで不安しかなかったけれど、仕事を教えてくれる先輩がこの人であったことに感謝している。

九時を回ると、院長が診察室に現れた。

「おはようございます」

奈緒と四方さんが同時に挨拶をしたが、院長は不機嫌な顔をしたまま黙って椅子に座り、机の上に積まれた一番上のカルテを手に取り、患者の名前を呼び始める。患者が診察室に入ってくると同時に院長の顔に満面の笑みが浮かび、嵐のような時間がスタートする。この京都府の北端にある整形外科医院には、午前中だけでも百人以上の患者が訪れる。

2

「今の新患、とりあえず点滴や」

患者をレントゲン室に案内し、診察室に戻ってくると、カルテになぐり書きしている院長の尖った声がとんできた。十台あるベッドはもう満床だったので「今はベッド空いてないんです」と答える。

「それなら座らせて点滴しろ」

奈緒は他のスタッフの姿を目で探す。座らせろといわれても、処置室はすれ違うのも大変なくらい混み合っている。

「もう……どこもいっぱいなんですけど」

「どこでもええねん。どっか空いてるとこあるやろ？　リハビリの部屋の隅でもトイレの前の廊下でも」

「もうすでに埋まってます」

「それやったらレントゲン室や」

三人いる看護師たちは注射や採血で手が離せない。患者の案内は看護助手の仕事だったが、院内に溢れかえる患者をどうさばいていいものか立ち往生していた。

「レントゲン室ですか？　でも撮影の患者さんが入ったら……」

「撮影の患者が入った時点で、針刺したまま移動させたらええやろ。頭使いや。あほはいらんで」

話している途中にも点滴室からのナースコールが鳴り響いている。院長は次の患者を呼んで処置を始める。

「すいません、ここで点滴させてもらいます」

薄暗いレントゲン室に患者を案内し、丸椅子に座ってもらった。座ったままでも点滴を受けることのできる元気な患者はベッドを使わせないようにと、四方から教えられている。横になると場所をとるから、同時に何人も点滴ができるように、と。

患者は促されるままおとなしく丸椅子に座り、右腕を台に載せた。看護師が来てすぐに針が刺せるように、上着の袖を上腕の辺りまで十分にあげておく。

「レントゲン室で点滴待ちの患者さんがいます。お願いします」

看護師に声をかけようと姿を探すが、誰もみなめいっぱい動いているので頼みにくく、一番若い上田美里《うえだみさと》に声をかけた。上田さんも両手に点滴薬の載ったバットをひとつずつ持ち走っていたが、とりあえず、「はぁい」と答えてくれる。

午前の診療時間がなんとか終了すると、院長が「従業員は全員ここに」と恒例のミーティングを始めた。

舌先で前歯一列をゆっくりと舐《な》めた後、院長は眉間に皺を寄せ腕を組む。この職場にまだ不慣れな奈緒ですら、これから叱られるのだということはわかっている。

「世の中が不況なのを、みんな知ってるやろう。正直言って、うちの経営も赤字続きや。きみらの生活を守るためにも、これからは経費節減を徹底してもらいたい。無駄なことをしている人間がいたら、注意し合うように。同僚を注意しにくいんやったら直接私のところに言いにきたらいい」

手拭き用のペーパータオルは使用禁止。明日からは布タオルを用いること。採血や注射後の患者に、穿刺《せんし》部の止血のための絆創膏を貼るのも原則中止、一枚当たり二円のコストを浮かす。院長は節約できるところは工夫していかなあかんで、とスタッフひとりひとりの顔を睨む。

「診療報酬に加算されない処置はとことん削っていく方針や。それから、受付ひとりひとりと看護師ひとりが今月いっぱいでやめることになった。まあこれを機に二人減の態勢でやっていくことにするわ。それから、無駄な残業はいっさい認めんからな。仕事は勤務時間内に絶対に終わらせるように」

仕事内容すらまだ覚えきっていないところに多くのことを忠告されたので、奈緒の頭の中は混乱していた。

「なんなんですかねぇ」

院長が出て行くと、上田さんが舌打ちをする。「何が赤字やねん、って感じですよね、毎日百人以上の患者が来てて。やる気なくなりますよね。これを機に二人減の態勢でやっていく、やて。息つく間もなく走り回ってるこっちの身にもなれよって」

奈緒も来月から今まで以上にきつくなるのかと思うと、気分が滅《め》入《い》る。

「桜井さん、ちょっと聞いてくれる？」

上田さんとこそこそやっていると、どこからか四方さんの声が飛んできた。

「点滴希望の患者さんのことやねんけど。診察券出した順番の早い人から、とりあえずいつもの点滴済ましとくようにって院長に指示されてるから、明日からそのようにしてな」

「えっ。診察の前にですか？　いいんですか？」

「うちはそういうやり方してんねんよ」

点滴にかかる時間は、一人およそ二十分なのだ、と四方さんは説明する。つまり効率よく十床のベッドを回転させれば、一時間に三十人の点滴が可能。一時間に三十人なので、半日なら軽く百人以上を回転させられる。

四方さんはそう説明すると「ベルトコンベアみたいやろ」と苦笑し、でもそれに慣れていってほしいと奈緒に笑いかける。奈緒はその笑みに応えるようにして、ゆっくりと頷く。

「今月いっぱいで私もやめよっかな」

部屋を出て行く四方さんにちらりと目をやり、上田さんが呟く。上田さんは京都市内の総合病院で働いていたが、激務が嫌になって地元に戻ってきたのだと聞いている。まさか田舎町の整形外科がこれほど流行《はや》っているとはと、院長の黒革の椅子を、横目で睨みつけている。

「桜井さんも考えた方がええよ」

「えっ。私？」

「うん。入ってまだ間もないんやし、見切りつけるのは早い方がいいって。そのうちみんなやめはると思うわ。ここの従業員ってみんな勤続年数短いんですよ。四方さんだけちがうかな、長いこと続けてるんは。しかも四方さんなんて……」

声をひそめる上田さんの言い方が意味ありげだったので、奈緒は思わず、

「なんかあるの」

と顔を向けた。

言いかけた上田さんが、慌てて口をつぐむ。そして先の言葉を吹き消すように「ふっ」と息を吹くと「とにかく何かあってからでは遅いですから」と部屋を出て行ってしまった。

ひとりきりぽつりと残っていることに気づき、奈緒は静かに席を立つ。処置の時にこぼれたのか、リノリウムの床にイソジンの茶色い染みが滲んでいるのを、ティッシュで拭った。

更衣室に戻って着替えをすませた後、四方さんの姿を探した。彼女のロッカーが半開きで、ハンガーに私服が掛かっているのが見えたからだ。

処置室を探した後、診察室、受付、トイレとその姿を探して歩く。冷房が切ってあるので、汗が噴き出してくる。奈緒以外のスタッフは全員帰ってしまったけれど、四方さんにきちんと挨拶をしておかないと。この忙しい時間の中で、今日もたくさんの仕事を教えてもらったから。

「四方さん？」

まさかここにはいないだろうと思っていたレントゲン室に、灯りが点いていた。鉛でできた重厚なドアを開けると、ユニホーム姿のままの四方さんの背中が目に入る。女手一つで三人の娘を育ててきたというぶ厚い背中だ。

「あ、ああ。桜井さん」

両肩をびくりと持ち上げると、四方さんの手が素早く動き、彼女の前に山積みにされた何かをシートで覆《おお》った。奈緒からは彼女の前にある物がなんなのかは見えなかったが、四方さんは隠すようにしてシートを広げる。ガサガサという荒っぽい音が、密閉された部屋に響いた。

「どうしたん、まだ帰ってへんかったんか？」

四方さんが肩越しに振り返る。その顔は明らかに動揺している。

奈緒は彼女の狼狽《ろうばい》に戸惑ったが、

「ご挨拶をと思って。今日もいろいろありがとうございました」

と礼を告げる。

「わざわざ言いに来てくれたん、おおきに。私もじきに帰るし」

ほっとしたように、四方さんが笑顔を見せる。今さっきの不自然な感じはもう消えていて、ここでレントゲンフィルムの整理をしていたのだと説明する。

「そう……ですか」

「外で五分待ってくれる？　今日の午後診療は看護師さんに出てもらうから、私もゆっくりできるねん。近くまで一緒に帰ろか」

四方さんの言葉に頷くと、奈緒は後ずさった。放射線を通さなくするための鉛のドアは重くて、体重をかけて押さないと開いてはくれなかった。

3

医院の裏口を出ると、カレーの良い香りがしてきた。ちょうど昼どきだったので、香辛料の匂いが鼻というより直接腹に沁み入り、空腹を思い出させる。

「今日もきつかったなぁ」

並んで歩く四方さんが、ゆったりとした口調で語りかけてくる。「ごめんな、桜井さん。慣れへんところにばんばん仕事いいつけて」

「いいえ、私の方こそ全然動けなくてすいません。四方さんばっかりに仕事させて」

「ええねん、私はもう慣れてるし。なんと言っても勤続十五年目」

「そんなに?」

「四十の時からやからなぁ。でもそんなに長いのはうちでは私だけやな。きついからみんな続かへん。桜井さんもできるだけやめんとってや」

四方さんが冗談めいた口調で肩を叩いてくる。

「それにしてもいい匂いやなぁ」

隣を歩く四方さんが、ススと鼻を鳴らして顔を動かす。「医院の裏が小学校やねん。だからお昼どきはいっつもええ匂い」

たしかに、どこからか子供たちのはしゃぐ声が聞こえていた。邪気のない子供の声は、いつだって奈緒の気分を落ち込ませる。

「うちの娘たちもこの小学校に通ってたんよ」

奈緒の憂いには気づかず、四方さんが笑う。

「だから私、この職場選んだんよ。お母ちゃんが近くで働いていると思ったら、子供たちも心強いかなと思ってなぁ。家と職場のこの道を毎日往復してたら、あっという間に十五年が経ってたわ」

鼻の頭に汗をかきながら、四方さんが目を細める。今日はピンク色をしたレース模様の日傘を差していて、私服はいつも綿シャツにジーンズといった彼女のイメージとはなんとなく違った。

「その日傘いいですね」

奈緒が指差すと、

「プレゼントやねん。この町は日差しが強いから桜井さんも日傘差さなあかんよ。顔なんてすぐ真っ黒に日焼けするから」

と照れたように俯き、末の娘が今年の誕生日に贈ってくれたのだと教えてくれた。奈緒は右の掌でそっと自分の頰に触れる。化粧が剝げ落ちた肌は、水分が抜けかさついている。

「桜井さん、前は大阪に住んでたんやろ。この辺は初めて？」

「母の田舎なんで……小さい頃には何度も。母はもう亡くなってますけど」

「じゃあ旦那さんの転勤か何かで？」

「いえ、そういうわけでは」

言葉を返そうとして口元が強張り、ぷつりと言葉が途切れる。四方さんが目の前にいるのに思考が止まり、会話も終わった。

「うちはな、駅前ロータリーの前の道路を、海に向かって十五分くらい歩いた辺りや」

会話を繫いでくれたのは四方さんだった。駅から少し離れるだけで、家賃が一万円違うのだと明るい声で説明する。彼女の暮らす1DKの家賃は三万円。そう自慢げに語り、

「こんど遊びにおいで」

と奈緒の肩に触れた。

そうですね、と目を合わせて笑い合った時だった。

「四方さん」

背後から大きな声がした。

奈緒が声に驚いて振り返ると、見知らぬ男が手を振っていた。

だが四方さんはちらりとだけ男の方に目をやったがそのまま前を向き、何も聞こえないように歩き出す。

「シ、カ、タさんって」

男がさらに声を張り上げて近づいてくる。見たところ別段おかしな人にも見えず、白い半袖のワイシャツにはきちんとネクタイも締められていたし、ズボンにはアイロンでついた縦線もあった。奈緒と同じくらいの年齢だろうか、笑みを浮かべて駆けてくる快活な姿を、奈緒は立ち止まったまま見つめる。

「止まらんでええ。無視や」

足を止めた奈緒に対して、四方さんは急に早歩きを始めた。奈緒の腕を引っ張るようにして先を急ぐ。

「でも……呼んでますよ」

「無視、無視。おかしな人や」

奈緒も四方さんに引っ張られるように急ぎ足になった。歩きながら顔だけで振り向くと、

男の人は諦めたように立ち尽くし、

「シカタさあん、シカトしないでくださいよ。シカトさあん」

と困惑顔で叫んでいた。

「な。変な人やろ。関わったらあかんねん」

怖い顔をした四方さんは足を動かしながら奈緒の耳元で囁く。

ロータリーまで来ると、

「じゃあ気をつけて」

と四方さんが手を上げた。奈緒はもしかしてと思い後ろを振り返ったが、さっきの男の姿はもう見えなかった。優しそうな笑い顔が、奈緒の記憶に明るく残る。

なんとなく気詰まりな雰囲気のまま、駅前のロータリーにたどり着いた。四方さんはこのまま海に続く道路を歩いていき、奈緒は線路の上に架かる跨線橋を通って駅裏まで帰る。

4

四方さんと別れてからゆっくりとした足取りで跨線橋に続く階段を上っていく。電車の数も少なくて、駅構内はひっそりとしている。都会だと駅の周辺は店が建ち並ぶのだろうが、ここはほとんどが民家で、その中に奈緒の新居もあった。二階建ての木造アパートだ。

バッグのポケットから家の鍵を取り出し玄関のドアを開けると、蒸された空気が体を包んだ。外も暑いけれど、閉め切った部屋も独特の湿った蒸し暑さがある。

「ただいま」

誰もいない部屋の中に声をかけるのは、主婦をしていた頃からの癖だった。でもそれが本当に一人きりになってしまった今では虚《むな》しくて、そろそろやめなくてはと苦笑する。窓を開けて空気の入れ替えをしながら、奈緒は朝から何度目かのため息をついた。

冷蔵庫から麦茶を取り出しグラスに注ぐと、ポストに入っていた郵便物を確認していく。少し大きめの茶封筒に、別れた夫の文字を見つけて封を切ると、中には奈緒宛ての郵便物が入っていた。もう一度封筒の中を覗いてみたが添え状はなく、ただ郵便物だけが放り込まれているのを少しだけ寂しく思い、まだそんな感情を抱く自分を叱咤《しった》するように封筒の角で頭を叩く。

離婚の理由は、世間ではよくある夫の浮気だった。いや、単なる浮気ではなく、彼はいつの間にか相手の女と生きる人生を選択していたので、浮気という言い方は適さないかもしれない。

相手の女に、奈緒は一度だけ会ったことがある。女は夫と同じ職場の人だった。職場の飲み会に珍しく奈緒も同席した時のことだ。もう三年以上も前のことで名前も顔も不鮮明なのに、

「生きがいはなんですか」

と質問されたことだけは憶えている。

いきなりそんな大義なことを問われて戸惑い、しどろもどろになってしまった。自分が場違いな所に来てしまったという後悔で身がすくんだ。

今から考えると、あの頃すでに夫と女は始まっていたのだろう。

「自分はこんなに頑張って生きているのに好きな人と結婚できない」

と女は自虐的な言葉を口にし、その場を笑わせていたけれど、奈緒を見る目は冷たかった。

「やめよ。考えんのは」

辛い記憶を再生するのはよそうと、奈緒は女友達に離婚祝いにと贈ってもらった音楽をかける。「男のことでうじうじ悩むなんてほんまあほらしいで」と電話口で笑った親友の元気な声を思い出す。独身の彼女は「男はもう卒業」したらしく、「いつ尼《あま》になっても後悔しない、むしろ明日にでも剃髪《ていはつ》したい」と笑っていた。今夜にでも電話してみようか。

六畳のダイニングキッチンに同じく六畳の寝室。たった二部屋の住居だったが、こうしてひとりきりでいると閑散としている。家具は洋簞笥と四人掛けのテーブルを新調し、あとは一人用の家電製品をいくつか買っただけだった。

銀行の預金通帳には六百万円と少し。これからもしばらくはかかるだろう治療費のことを考えると多いか少ないか、正直言って奈緒にはわからない。それでも二十四歳で結婚してから専業主婦として家でのんびりやってきた身にしては、納得できる金額ではないかと思う。財産分与として家の預金から半分の約五百万、慰謝料として約三百万、そこから弁護士に二百万円近く支払って、手元に残ったのが六百万円。

「慰謝料をもっと貰いなさいよ。嫌な思いしたんだから」

と相談に乗ってもらった時に親友は助言してくれたが、弁護士によると慰謝料の金額は婚姻期間によってだいたい定まっていて、奈緒のように十年間くらいだと平均額は四百万ほどだった。弁護士がその額を夫に提示すると、百万円ほどねぎられてしまったらしい。

「けちな男やな。でもまあよかったわ、もしここで太っ腹に貯金全部とかぽんと貰ったもんなら、未練残るかもしれんしなあ。よかった、よかった、最後までしょうもない奴で」

慰謝料の話をすると親友はそう慰めてくれた。

医院の面接では、勤務が半年を過ぎ、午前午後ともフルで働くようになったら、雇用保険に入れると言われていた。この町に引っ越して来てからいくつかの就職先を探したが、こんな条件を提示してくれたのはここだけだった。今の生活に慣れてきたら少しずつ仕事を増やして、なんとかやっていくしかない。生活が軌道に乗るまでは、足りない分を預金から少しずつ引き出して……。

さっき麦茶を飲んだコップに水道水を注ぐと、薬袋から薬を取り出し、奈緒は掌に載せる。検査で子宮の病変が見つかった時、「手術はしない」と医師に訴えた。病気がわかったのは夫の不倫を知った直後のことで、完治には子宮摘出することが必要だと医師に告げられた。でも子供を産めなくなったら、夫が完全に自分の前から去っていく気がして踏み切ることができなかった。

それなのに結局離婚を切り出したのは奈緒からだ。心が他にある夫と暮らすのは辛くてたまらなかった。手術をしてもしなくても、夫を自分の元に留めることはできなかったのだ。

コップに口をつけ水を含むと、ひと息で薬を飲みこむ。

「手術はしない」と言い張る奈緒に、主治医は薬を処方した。薬で完治する割合は、手術をするより低いことを何度も繰り返されたが、子供を産めなくなるなら死んだ方がましだとその時は思っていた。

夫が再婚したと知ったのは、半年前のことだ。それからはいっそこの薬さえもやめてしまおうかと考える時がある。

薬と併せて一気に水を飲み込むと、喉の奥で大きな音がした。

5

エアコンをつけてうたた寝をしていた夕刻の頃、四方さんが突然家に現れた。なんの前触れもなく玄関の呼び出しブザーが押され、ドアを開けると立っていたので、職場の夢でも見ているのかと思った。

「アパートの名前聞いてたから。コーポラスシーサイド。すぐわかったわ」

四方さんは、一緒に夕食でもどうかと誘う。エコバッグにタッパーを積み重ねて入れてきて、醬油を甘く煮たいい匂いがしてくる。

「そろそろ疲れてきたころかな思て。私なりの労《ねぎら》い料理」

二人で早めの夕食をとり、四方さんは発泡酒を飲んだ。

「気になってたんや。今日の帰り道、萎《しお》れた朝顔みたいな顔してたし」

「萎れた朝顔……」

「だいぶまいってるかと思ってなあ。うちほんまきついから。私らの業務が順調に回っているかなんて、院長には関心ないから。要は一日何人の患者が来るか。それによって医院はいくら儲かったか。それだけや」

四方さんは淡々と話すと、缶に残っていた発泡酒をひと息に飲み干す。

「体、大丈夫か？　疲れたまってない？」

見た目も性格も全然違うタイプなのに、亡くなった母を思い出して胸の奥が疼《うず》いた。

「平気です」

そうか、それやったらよろしい、と呟き、四方さんは空になった缶を箸で叩いた。景気のいい音が鳴る。

目の縁《ふち》をうっすらと赤く染めている四方さんに、一年前に離婚したことを打ち明けた。この町には母親の実家があって、子供の頃に何度も遊びに来ていたことを話す。夏は海で泳ぎ、冬は雪遊び。春と秋は草むらで草花を摘んだ。広々とした原っぱには四葉のクローバーがたくさんあって夢中で探した。奈緒の暮らしていた都会ではそんな簡単には見つけることができなかったので、家族や友達のぶんまで押し花にして持ち帰った。

でも今は実家もなくなり母親も亡くなっている。夫が出ていった大阪の家で暮らしていると気分が落ち込むばかりで、どこでもいいから引っ越しをしたかった。どうせ仕事も探さなくてはいけないのだし、それならいっそ大阪を離れようか。自分のことを誰も知らない土地で暮らすのもいいかもしれないと思い切ってこの町へやって来たのだ。

　心の奥の方に硬く小さく包んでいた気持ちを、奈緒はぼそぼそと話す。

「すいません、こんなつまらない話」

「いや、他人事《ひとごと》とは思えへん。お母さんは亡くなってはって……でもお父さんは？」

「父は再婚して、別の家庭を持ってます」

　自分の知らない女の人と暮らす父の家には、とても戻れないと奈緒は小さく首を振る。

「そらそうやなぁ。家庭は女が作るもんやからな。見知らぬ女の人と父親が暮らしてる家には行きにくいな」

　なんとなく奈緒の身の上話になり、彼女が離婚したくだりまで話は進むと、

「で、飲む打つ買うのどれや？」

　と四方さんはおもむろに訊いてきた。

「へっ」

「だから、あんたが旦那を見限った理由やんか」

「あ……三番目、のが一番近いかも。でも少し違うのかな」

「まあ早い話、女関係やねんな」

四方さんは一番大きなタッパーからスイカを取り出し、奈緒にすすめてくれる。彼女がスイカを頬張ったまま話すので、深刻な話をしているはずなのに場の空気は軽かった。

「そうです。まあなんというか、他に好きな人ができたらしく、それでまあ私もそういう彼を見てるのが辛くて」

「あかんなあ。ほんま、しょうもないわ。ああ、桜井さんのことちゃうで、旦那のことやんか。なんでそんなしょうもない男が多いんやろなあ。まあ気にせんとき。あんたまだ若いさかい、これからええ人生歩いたらええのんや」

奈緒のまどろっこしい話に焦《じ》れたのか、四方さんはさっさと結論を出して、前に進んだ。

奈緒は、

「そうですね」

と頷き、大ぶりに切られたスイカの、赤く甘そうな切断面に歯を当てる。

「子供はいてないの？」

皮に唇を押し付け最後の蜜を吸いきる仕草で、四方さんが訊いてきた。

「はい」

「そうかあ。でもすっきりしたやろ？」

彼女のガラス皿にはうす黄緑色の三角の皮が二枚残されている。「別れて、すっきりしたんと違う？　私が旦那と別れた時は、悔しさとか虚しさをひと通り感じた後ですごく爽快な気持ちになったよ。これでもうあの男の食事を作ったり洗濯をしたり、アイロンをかけてやったりしなくてすむと思うと、せいせいした。ただ自分には小さな子供が三人いたから、そこからは肉体的にきつかったけれど」

四方さんは笑い、

「新しく始めるのも、悪いことばかりやないよ」

と自分の言葉に納得するように何度も頷いた。

そこからは彼女の身の上話が再び始まり、奈緒はぬるく甘みが増したスイカを食べ、時おり相槌を打ちながら黙って聞いていた。「末娘が成人式を迎えた日は涙が出たわ」というくだりでは、実際に四方さんの目に涙が浮かんでいた。

「今夜は新人歓迎会や。アルコールもたくさん持ってきたよ」

四方さんが勢いのある声で言った。

「ありがとうございます。でも私ちょっと体の具合悪いところがあって」

「なんやそうやったん。だから薬飲んでたんか？」

「今は落ち着いてますけど、この先どうなるかは……」

「そんならとっておきの玄米、次に来る時に持ってきたげるわ。人間、体が資本やからな」

言いながら四方さんはTシャツの裾をたくし上げ、

「そういう私も八年前に胃をやってしもて。見て、切ったんやで。すっぱり。まだ末の子が中学生やったからお先真っ暗やったわ。一番お金がかかる時期やしな」

と両方の乳房の間から臍《へそ》にかけて、縦に残る手術跡を見せた。たるんだ腹の肉の間に埋もれた、赤黒い傷跡が痛々しい。

「でもまだ元気に働いてる。今はもう元通り丈夫な体や」

四方さんが「もうそろそろ帰るわ」と立ち上がったので、奈緒は家まで送っていくことにした。四方さんは断ったけれど、この辺の地理を覚えたいからと。

日は落ちているのに外はまだ蒸し暑く、波音だけが涼しげで、吸い寄せられるようにして二人で海岸を歩いた。

「この町のええとこは、海があることやな。魚はおいしいし、海を眺めてるだけで気持ちが落ち着くわ」

穏やかな声で四方さんが口にする。

「そうですね」

老後は、家からすぐ近くに海があるような場所で暮らしたいと思っていた。年を取って、夫が定年退職し、もし授かっていたならば子供たちが巣立った後、二人でひっそりと海の見える部屋で晩年を生きる。そんな映画で見たような夢を描いていた時期もあった。そのことを四方さんに冗談みたいに話すと、

「早めの実現やな」

と彼女は笑った。

八時を過ぎ、辺りは暗くなっていた。月明かりが冴え始める暗がりの中で、四方さんの声だけが明るい。

「私、何もないんです。三十四年も生きてきたけど大事なものが何ひとつないんです。それが情けないんです」

奈緒の声が波音と波音の間にはまり、浮き上がって聞こえた。自分の声が他人の声みたいに耳に届き、恥ずかしくなって下を向いた。

四方さんは打ち寄せる波音に負けない大声で、

「私にはあんたが何もないようには思えへんよ」

と返し、奈緒の胸をしめつけた。

夫と別れ話をしている最中、「おまえが何を目標にして暮らしているのか、おれにはわからなかった」と言われた。「ぼうっと暮らしている姿に共感できない」とも。そんな言葉の

呪縛が今ふと緩み、ほどけた隙間から四方さんの言葉が沁み入る。

「あ、そういえばさっきの人、誰なんですか」

打ち解けた気安さで、奈緒は訊いてみた。なぜか心に引っかかっている。

「さっきの？」

「ほら、仕事帰りの道で四方さんのことを呼んでた」

「ああ、あの人か。新聞記者や」

「新聞記者？　なんで四方さんに？」

「なんにしろ面倒くさい人なんや。ちょっと男前かもしれんけど、桜井さんもあの人に近づいてこられても無視しいや。絶対相手したらあかん」

答えにもならないようなうやむやな言い方で、四方さんはその話を打ち切った。曖昧な物言いが、普段風通しの良い四方さんとはあまりにもかけ離れ、奈緒にとってかえって無視できない出来事として胸の中に残った。

四方さんの暮らすアパートは、自分のと同じような造りをしていた。二階建てのこぢんまりとした建物。欄干に何枚もの看板が電車の車両のように連なりぶら下がっている。不動産屋のものや消費者金融の赤や青や金色の派手な看板が、老朽化した建物の中で浮き上がって見えた。

「ほなまた明日な」

ほろ酔いの四方さんの声に「はい」と答え、来た道を戻る。潮の香りが鼻をかすめ、夜空に三日月が浮かんでいた。

6

「あなた、四方さんの同僚の方ですよね」

仕事帰り、緩慢な足取りで一人歩いていると、どこからか声が聞こえてきた。差していた日傘を傾け声の主を捜すと、すぐ目の前に男の顔があった。

「あ、新聞記者の……」

「ご存知ですか。森川《もりかわ》といいます、森川卓司《たくじ》です。名前までは四方さんから聞いてないですか」

と男は丁寧に頭を下げ、にこやかに笑う。

あの人に近づいてこられても無視しいや──四方さんの言葉を思い出して後ずさった。

「あの、何かご用ですか。私、急いでまして」

あと少しで駅前のロータリーにたどり着く所だった。森川はこの場所で四方さんの帰りを待っていたのだろうか。

「まあ四方さんに用事があるんですけど、いつもいつもシカトされるもんですから。もしよかったらあなたにお話を聞こうかと」

「私に？　ええっ、私にですか」

「はい。あなたもあの医院にお勤めなんですよね」

笑顔を消し、森川が真剣な表情を見せる。

「少しだけお時間をいただけないでしょうか」

ズボンのポケットから茶色のケースを取り出すと、森川は中から名刺を一枚引き抜いた。肩書きには通信員と書かれている。

「私、まだ入ったばかりで何もわからないんで」

これ以上は話さない方が良いと、直感で感じた。奈緒はそう強く言い放ち、前だけを見て歩き始める。追ってきたらどうしようと思ったが、森川は「すいません。失礼しました」と呟いただけだった。振り返ると、森川が小さく会釈してきたので、奈緒も小さく頭を下げる。

　再び森川に出会うことになったのは、それから二週間ほど後の八月上旬の頃だった。仕事の帰り道、ロータリー付近で水筒のお茶を飲んでいた時に声をかけられ、奈緒は驚いてむせてしまった。

「なんでしょうか」

　驚いたのとむせたのとで、声が掠れる。

「すいません、ご無沙汰してしまって。夏季休暇を取ってたんですよ」

「別に謝っていただかなくても……。日焼け、されてますね」

「子供たちを海に連れていったり墓参りに行ったり。地方記者の特権で、長期休暇です」

　子供たちと海水浴……太陽の光に満ちた、楽しそうな光景が頭に浮かんだ。

「いいですね。子供さんたちも喜んでおられたでしょう」

「まだ小さいんで、海は最高の遊び場ですよ」

　森川は人懐こい笑顔を見せる。

「今日も四方さんは居残りですよ」

　彼の笑顔から視線を外すようにして伝えると、

「わかってます。今日はあなたにお話を聞かせてもらおうと思って」

　と前回と同じ言葉が返ってくる。

「話とおっしゃっても、本当に私は何も知らないですよ」

「じゃあ言い方を変えましょう。私の話を聞いてくださいませんか。あなたが医院にお勤めになって間もないことはわかっています。だからあなたが何も知らない、話すことがないとおっしゃるのは当然のことだと思います。だから今日はぼくの話を聞いてもらいたいんです」

森川が真面目な表情でじっと目を見る。

奈緒は、炎天下で日陰にも入らず四方さんを待っている森川のことがふと気の毒に思えた。なんの話をしたいのか、ということくらいは聞いてもいいんじゃないだろうか。

「話を聞くだけでいいんですね」

奈緒が頷くと、森川は意外な返答をされたかのように驚き、それから嬉しそうに目を細めた。

森川の後ろについて十分ほど歩くと、二階建ての建物が見えてきた。

「場所は、ここでいいですか。うちの支局なんですけど」

名刺にあった新聞社の看板が玄関に小さくかかっていた。奈緒が頷くと、森川が玄関のドアを開け中へ入っていく。

「あまり構えないで聞いてください」

奈緒が通された一室には事務用机が二つ並べてあり、その片隅にソファが向かい合わせに置いてあった。森川はソファに座るよう促すと、小さな冷蔵庫からペットボトルを取り出して、ガラスのコップにお茶を注ぐ。

「率直に言いますと、あの医院が気になっているんです」

森川はコップのお茶を一気に飲み干した後、一息に話し始める。「あなたはご存知ないかもしれませんが、あの医院には京都府が一度、立ち入り検査をしているんです」

「立ち入り検査？」

「はい。医療法についての立ち入り検査です」

言葉の意味がよくわからず、奈緒は首を傾げる。

「すみません、私、医療機関で働くのは初めてで……。言葉の意味がよくわからないのですが」

「あ、すいません。わからないことは聞き流してもらって結構です。まずぼくの考えていることをざくっと話しますね」

そういえばまだお名前をお伺いしてませんでした、と森川が慌てたので、奈緒は遅い自己紹介をする。

「桜井さんは医院で看護助手の仕事をされてるんですよね。ならあの医院の患者数がとてつもなく多いことはご存知ですね。少なくとも平均で百十人、多い時には百五十人を超えています。医師が一人の医院としては多すぎませんか？　ぼくが気になるのは、果たして十分な診察や治療ができているのかというところです」

そこまでを話すと、森川はテーブルの上に積み上げていたファイルのひとつを開いた。

「これはぼくが調べたものです。この近辺の住人で、過去二年間に府の総合病院へ体調不良で入院した患者のリストです。彼らに共通しているのが、どの人もみんなあの医院の患者で、体に変調をきたす前日かもしくは当日に医院を受診していることなんです」

「ただの……偶然なんじゃないですか。だってもともと体調が悪いから通院しているわけだろうし」

「そこなんです。すごく曖昧でね。患者本人も大事《おおごと》にして医師の機嫌を損ねたら大変だという思いがあり、それ以上の取材協力は得られなかったんです。でも、この数は見過ごすには多すぎる」

彼が示すように、偶然にはできないほどの患者数がリストに並んでいる。

「すいません、桜井さんを責めてるわけではないんで。ただぼくはその原因が院内の処置にあるのかないのかを知りたいだけです。従業員の方々にご迷惑をかける気はまったくありません」

こうして話をしたことは他言しないので安心してほしい、と森川は微笑む。「困ったことに、あの医院に勤める方はすぐにやめてしまって話を伺う機会がないんですよ。四方さんだけが長く勤めているけれど、彼女はあんな調子でぼくに対してはシカトさんだし」

森川は四方さんが無視をする時の顔を真似て、唇を尖らせた。

「正直なところ、医師ひとりで半日に百人以上もの患者を診て、適切な医療が行えるとは思えないんです」

この表を見てください、と森川は手元にある資料を開いた。細かい数字が並んでいる。

再診料　七十二点
外来管理加算　五十二点
院外処方箋料　六十八点
点滴注射（入院外）　四十九点

奈緒にとっては初めて知る診療報酬について、森川が説明を始める。

「ぼくが何を説明したいかというと、点滴や注射を毎日、あるいは隔日、週に一度でも定期的に行うことで、医院は確実に儲かるということなんです。例えば、患者が注射をするために医院に訪れると一回で再診料、外来加算、注射の手技料の合計をなんか報酬として得られるわけですよ。一点は十円に換算されます。それが薬だけを処方する医院であれば、患者は薬が切れた時だけ受診するわけだから、再診料と外来管理加算と院外処方箋料は二週間に一度かひと月に一度しか得られないんです。つまり、注射や点滴を患者に習慣づけさせていれば、ただ飲み薬を処方するのに較べてはるかに医院としては利益がでるんです」

さらに院外処方の医院ならば、薬代は医院ではなく薬局の収入となる。それに較べて点滴や注射なら院内で薬液を作るので、薬の仕入れ値と患者から受け取る薬代に差があるぶん収益に繋がるのだと森川は補足した。

「まあ薬代についてはわずかな収益にしかなりませんが」

これまでいろいろ独自で調査してきたというだけあって、森川はとても詳しく診療報酬についての知識を持っていた。

「森川さん……医療事務として働けそうですね」

奈緒は目を見開く。

「習慣的に注射や点滴を行う処置も、患者にとって有益ならばもちろん良いと思います。ぼくは医者じゃないから治療が正当かどうかはわかりませんし、患者になったこともないから、効果の有無はわからない。ただ、患者をきちんと診ることをせず、習慣のように流れ作業で点滴や注射をしているのだとしたら、良くないと思うのです。初めに話したようにあの医院の利益重視の治療によって、患者の容態が悪化しているようなことがあるのだとしたら、最悪な事態を引き起こす前に、改善できないかと考えているんです」

熱を帯びた森川の言葉を、奈緒は黙って聞いていた。彼が真面目な気持ちでこの疑問に取り組んでいることは伝わってくる。空になったコップにお茶をつぎ足しながら、森川は話し足りないことはなかったかと確認するような表情で、目の前に置かれた資料に視線を落とす。

人の良さそうな笑みは消え、怒っているのかと思えるほど深刻な表情だ。奈緒は自分が非難を浴びている気持ちになり、胸の前で組んでいた自分の手の指に視線を落とした。

「おっと。こんな時間か。ちょっとすいません、ぼく約束があって」

ほとんど一方的に話していた森川が、今度は一方的に話を切り上げる。慌てて腰を浮かせ、腕時計を見ながらテーブルの上の資料をひとまとめにする。

「行きましょうか」

啞然とする奈緒を急《せ》かし、森川が部屋を後にした。

「じゃあ私はここで失礼します」

建物を出ると、奈緒は頭を下げた。森川のことを四方の言葉通り、変わった人かもしれないと思う。でも彼が話したことは深刻な響きをともなって奈緒の胸に留まっていた。

「桜井さんも一緒に行きませんか？」

来た道を戻ろうとする奈緒の背後から、森川の声が聞こえてくる。振り向くと車に乗った森川がゆっくりと後をついてきていた。

「どこへですか？」

躊躇していると、道路の脇に車を停めた森川が窓から顔をのぞかせる。

「今から子供たちと約束してるんですよ。実はすでに約束の時間に遅れていて」

奈緒が立ち尽くしていると、森川が車から降りてきて助手席のドアを開けた。焦《あせ》る彼の声に押されるようにして奈緒は車に乗り込む。

「子供の通う保育園の園児たちが浜辺に集まってくるんです。その集まりにぼくも参加する約束をしてるんで」

信号のない湾岸線を、スピードを緩めることなく車が走る。

奈緒は窓を開けて、外の景色を眺める。海から吹く風は熱く湿っていたけれど、心地好かった。

「間に合った……」

森川が車を停めている間、奈緒は砂浜に整列する子供たちの姿を眺めていた。赤、ピンク、黄、ブルーと色とりどりの帽子を子供たちは被っていて、おそらくそれはクラスごとに分けられているのだろう、列ごとに揃っている。砂に咲くカラフルな帽子が、楽しそうにどれもクルクルと小さく動いていた。

「おとうさんっ」

ブルーの帽子がひょっこりと立ち上がり、こちらに向かって手を振った。するとそれに気づいた赤帽も立ち上がり、両手を上げて跳び上がった。

「あれ、うちの子供です。二人とも保育園児で、上から順に、六歳、四歳です。もうひとり上に二年生の息子もいるんですけどね」

森川は子供たちに手を振り、人差し指で空を示す。子供たちと先生は、みんなで空を見上げていた。子供たち以外にも数人の大人が砂浜に集まり、同じように空を見つめている。

「ほら、桜井さんも」

辺りを見渡し呆然としている奈緒に向かって、森川が手招きする。

「なんなんですか？　なんで空を見てるんですか」

「知らないんですか？　今日は日食が起こる日ですよ」

「日食って、太陽が欠けるやつですか」

「そうです。わくわくしますね。感動するような自然現象って、普段はそう目にできませんからねえ」

「わくわく、しますか？」

さっきまで恐いくらい深刻な顔をしていたのにと、奈緒は呆れる。

「しませんか？」

「そりゃ少しは……」

「少しだけですか？」

ポケットから手帳を取り出し、その手帳に挟んであった紙眼鏡を奈緒の目と空の間にかざし、森川が笑う。

「なんですか、それ」

「日食観察用サングラスですよ」

言ってるうちに少しずつ雲が流れ、三日月の光が現れた。園の先生が子供たちに声をかけ、子供たちもサングラスをかける。浜辺に大きな歓声が湧きあがった。

月のように美しい弧を描いた、けれど月より数倍強い光を放つ「欠けた太陽」が目の前に現れ、奈緒の心もざわついてくる。地球とか宇宙とか、そういう大きすぎる存在が自分の近くに降りてきたような気がした。

「今日みんなで見たこの景色を、大切に憶えておこう」

森川がかみしめるように呟く。奈緒は欠けた太陽から視線をずらし、彼の横顔を見つめる。心がうわずっていた。口を開け、空を見上げ、日食に胸躍らせている自分が信じられなかった。楽しい——という気持ちを久しぶりに思い出す。

「奥さんはおうちですか？　せっかくだから家族全員で見た方がいいんじゃないですか」

「まあ、どこかできっと見てますよ。こういうの大好きな人だから」

森川が空に視線を向けたまま答える。

自分も、別れた夫のことを記憶から引っ張り出し、彼も空を見上げてるんじゃないかと想像しようとしたがうまくいかなかった。

7

「なんでこんなにたくさんの患者さんが毎日来るんですか。よっぽど先生の腕がいいんでしょうか」

百六十番目の札を持つ、午前最後の患者が会計を済まし待合室を出ていくと、奈緒は側に

いる上田さんに訊いた。後片付けをしていた上田さんは振り向いて奈緒の目をのぞきこむと、

「あんたの体はこの点滴でもってるようなもんやで。この薬やめてしまったら今よりもっときつくなるでぇ」

と院長の声色《こわいろ》を真似る。「これです、これ。洗脳ですって。患者のほとんどが高齢者やし、体が痛くて辛い人ばっかりやから、何かにすがりたいっていう気持ちがあるんですよ。そういう心理をうちの院長はうまくついてますね。口だけは抜群に巧いから」

上田さんは口を尖らせると、片手を背中に回してこぶしで背骨を叩くような仕草をした。

そしてふと低い声になり、

「それにしても四方さんはよく続きますね」

と投げやりな感じで周りを見渡す。

「四方さん？」

「あの人がなんでこの激務や理不尽な院長に耐えられるんかわからへんってみんな言ってます。桜井さんがここに来る前『業務が多すぎて仕事が回りません』って院長に直訴したことがあるんですよ、看護師全員で。そしたら『きみらは帰ってええから』って。雑務は全部、四方さんにやらせたらえええって院長キレたんです」

「全部……」

「そう、全部。おかしいとは思うけど、四方さんも『わかりました』って感じですし。本人がそれでいいんやったら、私らもそれでいいかって思うことにしたんです。みんなパートやし、いらん責任は持ちたくないですし」

　上田さんはてきぱきと片付けをすました後「じゃあ帰りますね。私、今日は午後なしなんで」と出て行った。消毒液の匂いが充満する診察室に、いつの間にか奈緒だけが取り残されている。

「桜井さん、まだいたん？」

　声が響く方を振り返ると、顔中に汗をかいた四方さんが立っていた。

「はよ帰りや。残ってても残業代つかんで」

「四方さんは？」

「私？　……私はちょっとだけ用事してから帰るわ」

　更衣室の冷蔵庫に梅干が入ってるから持って帰って、と四方さんは笑った。

　エアコンが消えた更衣室で白衣を脱ぐと、疲れが一気に襲ってくる。冷蔵庫を開けるとジャムの瓶に入った梅干があった。四方さんは手提げのビニール袋まで用意してくれていて、奈緒のロッカーの扉に紙テープで貼りつけてある。ひとりきりで暮らしていると、こんなふとした親切が心に沁みる。誰かが自分を気遣ってくれるということ。自分の存在を思い出してくれているということ。

「四方さん？」

梅干のお礼を伝えてから帰ろうと、診察室に戻ったが四方さんはいなかった。受付も処置室も覗いてみたが彼女の姿はなかった。診療時間外はエアコンを点けてはいけない規則になっているので、歩くだけで汗が出てくる。

どこを探しても四方さんの姿が見えないので不思議に思っていると、

「あんた、まだいたんかいな」

と背後から声がした。

「四方さん」

「どうしたん、忘れ物か」

「いえ、あの、梅干ありがとうございました。またうちにごはんでも食べに来てください」

「わざわざ言いに来てくれたん？　ありがと、ありがと」

屈託なく笑うと、四方さんはまた夜診のない日に行かせてもらうと頷いた。奈緒も笑顔で応えると、

「今度こそお先に失礼します」

と会釈して処置室を出た。四方さんは薬液の入った戸棚を開けて作業しながら「お疲れ」

と片手を上げる。

廊下を歩いていると、レントゲン室の扉が半分開いていた。ああ、四方さんはここで何か作業していたのか、と謎が解けた気持ちで中に目をやる。

レントゲン室のベッドに山積みにされた点滴製剤が目に入った。傍らには針のついた注射器が置いてある。

人の気配に気づいて振り返ると、いつの間にか四方さんが立っていた。

「四方さん、これって」

「……点滴の作り置き、してるんよ」

一瞬だけ顔を背けると、四方さんは小さくため息をつき、奈緒の目を見つめる。

四方さんが毎日居残りをしていた理由が、夜診や翌日のための点滴液を調合していたからだと知り、奈緒は無言で彼女の次の言葉を待った。

「ほんまはあかんことなんや。それわかってるねん。でもなあ、うちは患者が多いからどうしてもその場でいちいち作ってたらさばき切れへんし、院長がストック作っておけって。最低でも百人分はストックしてるよ」

奈緒にはまだ教えていないが、この部屋の暗室に作り置きの点滴を保管する段ボール箱があるのだと四方は目を伏せる。

「別に隠すつもりはなかったんやで。でも桜井さんの仕事じゃないから黙ってたんよ」

「なんでですか？　なんで私はしなくていいんです？」

「そら……いくら院長の指示でも、ほんまはしたらあかんことやろ。点滴薬は使用する直前に封を切るのが常識や。こんな前日から用意しておくのはあかんことなんや」

大勢の患者の点滴を、あの短時間でさばける謎が解けたと同時に、奈緒の頭の中にいくつかの疑問が立ち上がる。

「あかんってわかってんのに、四方さんは院長に従うんですか？」

「院長が決めたことには逆らえへんから」

「従うしか……ないんですか」

「そう……私は他の従業員と違って、院長にものすごく世話になったことがあるから。誰も助けてくれへんかった時に、私からしたら大金を貸してくれたんや。その恩だけは忘れたらあかんと思ってる」

四方さんがまた業務に戻ろうとレントゲン室に入っていったので、「待ってますから一緒に帰りましょう」と背中に声をかけた。作業が終わるまで更衣室にいますと告げると、四方さんは薄い唇を少しだけ持ち上げる。

久しぶりに四方さんと一緒に医院を出た。鼓膜を震わせるほどの蝉の鳴き声を耳にしながら、奈緒は今がまだ八月の上旬であることを実感する。

「今日も暑いなあ。疲れたなあ」

目の下に溜まった汗をタオルで押さえつけるようにして四方さんが言った。

「このところ連日百人突破ですもんね」

さっきの話を避けるように、互いに明るい声を出す。

「最近、あれが来んようになったな」

「あれって？」

「新聞記者。ほらようあそこに立ってたやろ」

並んで歩く先にいつものロータリーがあり、四方さんがその方角を指差した。

「そうですね」

奈緒が曖昧な言い方で答えるのを、四方さんが横目で見ていた。なんとなく気づかれているような気がしたが、ひとまず顔色を変えない努力をしてみる。

初めて話をした日から、奈緒は何度か森川に会っている。会うといってもどこかへ出掛けるとかではなく、カキ氷を食べに駅前の喫茶店に寄ったり、彼の職場で出前の蕎麦《そば》をご馳走になったり。電話番号やメールのアドレスを交換したわけでもなかったので、本当に正真正銘、偶然に会ったら話をするという程度だった。それでも、奈緒にとっては楽しく、少し話をするくらいで十分満足していた。家庭のある人とそれ以上懇意になるのは間違っているという確信があったし、夫を奪った女に対しても私自身は潔白でありたかった。でもそれ以上に、誰かに強い関心を寄せるエネルギーが自分には残ってはいない。

「私もな、いろいろ思うところはあるんやで」

私が何も話さないのを、言いよどんでの沈黙だと勘違いした四方さんが話し出す。

「うちの医院のやり方はたしかにおかしいとこいっぱいあるわ。患者の容態も十分に把握してへんのに、回転寿司みたいに次々に点滴とか注射とか——無駄な検査も多いし。でも私らに何が言える？　私にとったらあんな医院でも長い間、自分の居場所やねん」

ロータリーの隅で立ち尽くしたまま、奈緒は四方さんの話を聞いていた。四方さんは汗が噴きだすのも気にしない。奈緒は四方さんの目を見て何度も頷く。

「何より患者が自分の意志で受診してくるんやから……ええんと違うの。患者が満足してるんやったら、それで」

四方さんは一気に話し終えるとさらに曇った表情になり、口元だけ曖昧に笑うと、

「また月曜日」

と背を丸めた。

奈緒は、四方さんの背中が見えなくなるまで、立ち止まったまま見送った。打ちひしがれた感じで角を曲がり、奈緒の視界から消えていく。

8

「こんにちは」

四方さんの姿が見えなくなってもまだぼんやり立っていると、後ろから声をかけられた。振り返ると森川がいて、笑顔が奈緒に向けられている。

「四方さん、いつもの元気なかったですね」

森川が曲がり角を見つめていた。

「いつからそこに？」

「十分ほど前ですかね。お二人で深刻な話をしていたから隠れていたんです。あの車の中にこうやって身を隠して」

森川は道路脇に駐車してある車を指差し、背中を丸めた。彼の冗談めかした口調に引っかかり、奈緒は黙った。この人はなんの不安もない場所で生きている。自分や四方さんのような人間がどんな思いで日々生きているのかはわからない。医院の実情を明るみに出すことでこの人は使命感を満足させるのかもしれないけれど、四方さんや自分にとってはどうなんだろう。

「あなたが言うようにうちの医院の実情を話して、私や四方さんになんの得があるんですか?」

奈緒は低い声を出した。

「どうしたんですか突然? 何か気に障《さわ》ることでも言いましたか」

森川が体を屈めて奈緒の顔を覗きこんでくる。

日傘を持つ手に力が入らず、風に折れた浜辺のパラソルのように傘が傾き、顔の前に被さってきていた。森川は帽子をつまむように傘の先を手で引っ張り、傾いた日傘をまっすぐに直す。

「森川さんには私や四方さんの気持ちなんて、わからないですよ。あなたはなんの負い目もない安全な場所で生きているから」

それだけ口にすると、言葉に詰まった。この人を信用してはいけない。

「失礼します」

柄を握っていた指に力を込めて自分で日傘を立て直すと、奈緒は歩き出す。ただならない雰囲気を察したのか、森川は黙っている。

家に向かってゆっくりと歩く。疲労と不安に潰されないように、大きな歩幅で足を前に出す。

粘りつくような暑さが体力を奪っていくが、ここで立ち止まったところで助けを乞う相手は誰もいないという思いが、足を前に進ませた。こうした気持ちを強さというのだろうか……そうではないような気がして、これ以上あれこれ考えるとよくないことにはたと気づく。人はこうして思考を止めていくのかもしれない。日々の暮らしが厳しすぎると、考えることをやめなければ生きてはいけない。

この先、自分はどうするのだろう。これまで暮らしてきた場所を出て、見知らぬ町で暮らせば少しは変われるかもしれないと思っていた。病気が進行しているんじゃないかと怯えながら、それでも手術には踏み切れない。再婚した夫がもし……もし父親になったとしたら耐えられないと思ったからだ。

認めたくはないけれど、自分は夫にとって、なんの魅力もない女だったのだろう。だからいつかは母親になろうと思っていた。子供の母親になればそれでとりあえずは居場所ができる。神はそんな自分の浅はかさを見抜いたのだろうか。

生きがいはなんですか――

そんな言葉がいつまでも記憶から抜けてくれない。

ただ家事をこなし、夫の帰りを待つだけだった十年間。家のことをきちんとしていれば、永遠に妻でいられると信じていた。いや信じるとか信じないとか、そんなことすら考えていない。

思考のスイッチを切ったつもりでいたのに、なぜかまたいつもの振り出しに戻っていくのを止めることができない。

烈しさを増す蝉の鳴き声が、奈緒の頭の中をかき回す。

「桜井さん」

喉が渇き、奈緒は鞄の中の水筒を取り出す。

「桜井奈緒さん」

ぬるくなった麦茶を飲みながら、声のする方に視線を向けた。自動車の窓から森川が顔を出している。

「乗ってください、送りますよ」

助手席のドアを開く。奈緒がためらっていると、後方から軽トラックがけっこうなスピードで近づいてきてクラクションを鳴らしたので、慌てて助手席に滑り込んだ。後部座席には三人の子供たちが並び、一途な眼差しで奈緒を見ている。

「家は駅の裏ですよね。この道は海に続く道ですよ。反対方向ですよ」

森川が呆れたように言い、エアコンの風量を上げる。

「すいません」

素直に謝った後、後部座席を振り返った。まだ小さな三人の子供たちが困惑の表情で固まっている。

「上から春都《はると》、秋都《あきと》、美紅《みく》です」

森川はひとりひとりを指差した。

「今、春都と二人で保育園の迎えに行ってきたところです」

秋都と美紅はカラフルな帽子を被っていて、うっかり落ちてしまわないように、顎の下に白く細いゴムがかかっている。

突然家族の輪に加えられて、奈緒はさっきから緊張している。あれほどわが子を持ちたいと願っていたくせに、子供とのやりとりは苦手だった。

「送って行くといいましたが、もしよかったら、今からぼくたちにつきあいませんか。といっても海岸に遊びに行くだけなんですけどね」

今日は仕事が休みなのでと森川は屈託がない。「この辺で一番エキサイティングなのはやっぱり海ですからね。桜井さんさえよかったら。さっきの話の続きもしたいし」

奈緒に慣れてきた子供たちが、後部座席で騒ぎ始めるのを見ながら、「行きます」と頷いた。


奈緒は森川と並んで、砂の上に座った。砂浜に日陰はなく、奈緒は日傘を差し、森川は頭の上にタオルを載せて、もう長い時間同じ場所に座っていた。子供たちはパンツ一枚の姿で波打ち際で遊んでいる。

この一年の間に彼女の身に起こった出来事をあらかた話し終えた頃、子供たちが砂浜に一本線を描き、その線をスタートラインに見立て、「用意、ドン」の掛け声で走り始めた。春都が圧倒的な差をつけて勝つのだけれど、秋都は何度も挑んでいる。

「気がついたらひとりになってまして……」

砂を蹴り上げて駆ける兄弟を見つめていた。

「さっきはすいません。森川さんに八つ当たりみたいなことを」

「さっき？　ああ、あなたにはわからない、というやつですか」

気にしないでください、と森川が笑う。

「でも、ちょっと間違ってることあります。ぼくも決して今の暮らしに安心しているわけではないです。この先ちゃんとやっていけるだろうか、子供たちを大人にするまで息切れすることなく頑張り続けることができるだろうかと不安になることがあります」

柔らかな笑みをつと引き締めて、森川は海に視線を戻す。

「森川さんが不安？」

「はい」

傾斜のある砂浜を、息を切らして上ってきた美紅が、「おとうさんもおいでよ」と森川を呼んだ。美紅は、奈緒を何度もちらちら見ては恥ずかしそうに体をよじる。兄弟も、こちらに向かって勢いよく駆けてきた。

「おねえさんも、走る？」

春都が訊いてくる。

「えっ、私はいいよ。それに『おばさん』って呼んでね」

「でも先生が、女の人はおねえさんと言うようにって」

春都はにんまりと笑い、「早く走ろ」と森川の手をつかんだ。

しばらくの間、森川と子供たちが走ったり、水に浸ったりして遊ぶのを眺めていた。いつもなら親子が遊んでいる姿からは自然と目を背けてしまう。けれど、今日は本当に楽しい。

森川が右手に春都を、左手に秋都をぶら下げ、彼自身が軸になるようにぐるぐると回り始める。兄弟の体が遠心力でしだいに浮き上がり、プロペラのように回転し始めると、傍らの美紅が大笑いする。春都も秋都も空中で笑い転げ、森川だけが真っ赤な顔をして踏ん張りながら回っている。

「あああ、疲れたぁ」

おかしくて乱暴なプロペラ遊びが終わると、森川は倒れるようにして戻ってきた。

「吐きそ……」

苦しそうに口元を押さえる顔を見ていると、笑いがこみ上げてくる。

「桜井さんも楽しいですか？」

森川はまだ苦しそうに喘いでいたが、口元は笑っている。

「はい、とても。ねえ森川さん、自分の子供ってどんな感じですか？　すごく可愛いんでしょうね」

素直な気持ちで奈緒は訊いた。唐突な質問に意表を突かれたような顔を見せた森川は少し考え込んだ後、

「命に代えてもいいと思える唯一のものですかね、月並みだけど。彼らの未来のためなら、自分の残り時間も惜しくないな」

と声に力を込める。

「そういうのすごいですね。命に代えていいものなんて、私にはそんな大切なもの、何もないな」

「仕事、頑張ってるじゃないですか」

「生活のためだから」

「それでいいんじゃないかな」

「私のやってることなんてつまらないことです。何を産み出すわけでもないですし」

「産み出さなくてもいいじゃないですか。毎日の生活を維持していく、それで十分ですよ。例えば洗濯ですよ。汚れたシャツやズボンなんかを毎日洗うじゃないですか。洗って、干して、畳んで、それでまた着られるようにする。マイナスのものをまた元通りゼロに戻すってことも、ゼロをプラスにするのと同じくらいの価値があるものなんだってぼく思ってます。人はプラス1、プラス2……と増えていく仕事に目がいきがちだけれど、マイナスをゼロに戻す労力も同じくらいすごいことですよ」

　家事や子供たちの世話をしているうちにそう確信したのだと森川は頷く。

　話しこんでいるうちに辺りがうっすらと暗くなってきて、飽きずに走り回っていた子供たちが森川と奈緒が座る場所に近づいてくる。子供は不安になると親に寄り添いたくなる。

「そろそろ帰りましょうか」

森川は立ち上がり、ズボンの尻についた砂を払った。それからゆっくりと奈緒に向かって手を差し出し、引き上げてくれた。大きな掌の力強い感じが、そのまま奈緒の心を強くつかんだ。

「車を停めてた場所からずいぶん離れてしまったなぁ。ちょっと歩くぞ」

子供たちに向かって森川が声をかける。

「めんどくさい」と春都が顔をしかめ、「疲れた」と秋都が舌打ちをする。そんな兄弟の頭を小突き、森川は「ほら、歩け」と父親の声を出す。

砂浜に横一列に並び、手を繋いで歩いた。奈緒の隣にいた美紅は、恥ずかしそうに肩をすくめ腕をこわばらせていたが、十歩も歩けば手を強く握ってきた。その汗ばんだ小さな手の力に胸が熱くなる。

兄弟は靴先で砂を蹴飛ばすようにして歩く。砂を踏むさくさくという音が、波の音と重なる。日が落ち、暗がりが分刻みで濃くなっていったが、寂しい気持ちにはならなかった。誰かが砂に足をとられてつんのめると、手に力が入り、列がぴんと張る。

車が発車すると間もなく、子供たちはシートに体を預けて目を閉じた。

「実は、うちの家族も、このところようやくゼロに戻ったところです」

子供たちが寝てしまうと、森川がのんびりと話し始める。

「森川さんの家族が、ゼロ？」

「四年前に妻が亡くなりましてね、その時はうちもひどい状態だったんです。春都が四歳、秋都が二歳、美紅がまだ生後八カ月の時でした」

乳飲み子の美紅と小さな兄弟を抱えて、絶望しかなかった時期が自分にもあったのだと森川は苦笑する。

「妻とは大学時代からのつき合いでね、ぼくがこんな仕事をしているんで家のことは任せっぱなしでした。美紅が生まれてしばらくした頃、『最近足が痛いのよ』って言い出して……。当時のぼくは本社の社会部にいたものですから毎日朝から晩まで忙しく、彼女が近所の整形外科で湿布をもらってきたことは聞いていたけど、正直それほど関心もなかった。でも捻挫か筋肉痛かなんかだと思っていたその痛みは、骨の癌だったんです。彼女もまさかそんな重い病気だとは思ってなくて、医者にも一度行ったきり、あとは市販の湿布薬を貼って我慢してたんです。病気に気づいた時はもう手遅れでした。妻がそんな病気になるまで、ぼくは彼女が超人的に我慢強いことを忘れていたんですよ、驚くくらい楽観的な人だってことも……。そんなところが好きで結婚したのにね。……美紅は母親のことを憶えてないんです。たぶん

た。

奈緒のアパートに着いても、エンジンをかけ冷房を入れたまま、車を停めて森川は続けた。

「後悔が大きすぎて、ぼくはしばらく何もできなくなりました。ああいう症状は急性の鬱、とでもいうんですかね」

奈緒には森川の気持ちがわかるような気がした。絶望が深すぎると、人は思考が止まってしまう。胸が焼けただれたみたいに重苦しくて、呼吸をすることさえ億劫《おっくう》になってくる。

「でも森川さんはそのままではいなかったんですね。ちゃんと立ち直った」

「いや数カ月は何もできない状態でした。心療内科にもかかっていたし、ぼくの両親がうちに来て子供たちの面倒を見てくれました。仕事にも行けませんでした」

そんなある日、携帯に電話がかかってきたのだと森川は息を吐く。

「電話?」

「はい。春都の幼稚園の担任の先生からでした。先生が慌てた様子で今すぐに病院に向かってください、と叫ぶんですよ。その声は本当に叫び声でした。春都が熱中症で、意識不明の状態にあるって」

秋都もかな」

淡々と話す森川の低い声を、黙って聞いていた。

プール遠足の帰りの事件だった。春都が幼稚園バスの座席からずり落ちるように眠りこけていて、担任も運転手も春都が降りていないことに気づかなかった。そのままバスの扉は閉じられた。

当時まだ四歳になったばかりの春都はそれから数時間、炎天下のバスの中に閉じ込められてしまった。

「怒りやら悲しみやらなんとか無事でいてほしいという祈りやらいろんな思いの中、病院まで車を走らせました。病室に入って、医者から命に別状はないと聞かされた時は、その場で声を上げて泣きました。数分の差だったと、医者は言いました。あと数分でも発見が遅れていたら、春都は助からなかっただろうと」

ありがとうございます、ありがとうございます——その場にいた人すべてにとりすがって土下座したい気持ちになった。担任や運転手を責める気持ちなんて、これっぽっちもなかった。発見してもらえたことがただただありがたかった。

「そしたらね、先生が『春都くんが自分で生きようとしたんです』って泣きながら言ったんですよ。三時のおやつの準備をしていたら、バスのクラクションが鳴ったんだって。船が港に出ていく時のような、長い長いクラクションの音が園内に響き渡ったんだって」

そのクラクションを鳴らしたのは春都自身だったのだと、森川は後部座席を振り返る。園の中の喧騒を思えば、ガレージに停車しているバスのクラクションが短く鳴ったくらいでは聞きとれなかっただろう。でも春都は汽笛ほどの長い音を響かせた。四歳の春都が、生きようとして、体重を乗せてクラクションを押した。ぼくを見つけてくださいと、全身で叫んだ。

「その話を聞いて、ぼくはその場で泣き崩れてしまいました。もしかすると、その音は、亡くなった妻の叫びだったのかもしれません」

それから自分たち家族は、妻の実家があるこの海辺の町にやって来た。会社には通信員として働けるように配慮してもらい、この四年間、マイナスをゼロにする努力をしてきた。今ようやくゼロがプラスになってきたところなのだと、森川が嬉しそうな顔を見せる。

車が走り去る時、奈緒は運転席の窓を半分まで開けた森川に向かって「ありがとうございました」と告げた。森川は微笑みだけでその言葉に応えると、静かにアクセルを踏む。車はハザードのランプを何度か点滅させた後、夜の中に消えていった。

9

翌朝、奈緒が出勤すると、何かおかしいような気がした。なんとなく空気が違い、腕の産毛が毛羽立つような嫌な予感があった。

だから、午前診が始まる前に院長から従業員全員に呼び出しがあった時、奈緒は心の中で「やっぱり」と呟いた。院長は苦々しい表情で、医院に通院していた患者数名が地元の総合病院に入院し、その中のひとりが重症化していることを伝えてきた。

「何を訊かれても、答えんでいいからな。余計なことは言いなや」

怒りを含んだ低い声で、その原因がうちの処置にあるのではないかと疑われていることを告げ、カルテの束を机に叩きつける。

「とにかく、おれは今から病院側に出向かんとあかんらしいわ。今日はこれで休診にするけど、くれぐれも余計なことは口にせんように」

今日は給料の支払いはないからさっさと帰るようにと言い残し、院長が出ていく。

「どういうこと？」

沈黙を破る小さな叫び声をあげたのは、看護師たちだった。病院からの電話を受けた受付さんに向かって目を剥いている。受付さんは興奮気味に何度も頷くと、

「一昨日までうちに通ってた亀井《かめい》さんが今朝、意識不明になったんやって。昨日の夕方から体調崩して入院してはって」

と答えた。受付さんを中心に、従業員たちは円陣を組む。患者を全部帰した後の静かな院内に、ひそひそ声が響く。

「でも亀井さんの具合が悪くなったのが、なんでうちの医院のせいってことになるの？」

上田さんが眉間に皺を寄せると、

「亀井さんと同じ日に急患で運ばれた人が他にも何人かいたらしいわ。その人たち共通してたのが、当日の午前にうちを受診してたってことらしいねん。それで病院側が採血してみると、セラなんとかっていう菌が全員の血液から検出されたらしいよ」

受付さんは走り書きのメモをみんなに見せた。駐車場から院長の車のエンジン音が、かすかに聞こえてくる。

「亀井さん以外に入院した患者さんの氏名ってわかる？」

深刻な表情で押し黙っていた四方さんが口を開いた。

「さっき院長に言われて、急遽《きゅうきょ》作ったリストがあります。コピーしてあります」

受付さんは小走りで診察室を出て行く。

「まあみんなで残っててもしかたないし、ここは私が院長からの連絡を待っとくわ」

四方さんは険しい面持ちのまま、努めて明るい声を出した。四方さんに促《うなが》され、みんなが暗い表情のまま部屋を出ていく。更衣室では声の調子を落としながら、それぞれの思いを口にした。

「いつかはこうなるって思ってたんですよっ」

上田さんが口火を切ると、受付さんが、

「今回ばかりは言い逃れできませんね」

と加勢する。

「私、今日で退職します」

白衣のファスナーを引き下げ上田さんが宣言すると、みんないっせいに「退職」という言葉を口に出した。

「やめるんですか？　ほんとに」

奈緒は誰というわけではなく、周りを見回す。

「やめるよ。桜井さんも考えた方がええよ」

受付さんは手際よくロッカーを整理し始める。上田さんのナースシューズが更衣室の隅にあるゴミ箱にねじ込まれる。

「四方さんは、どうするんでしょう」

奈緒の声が掠れた。受付にひとり残り、院長からの連絡を待っている四方さんは？

「さあ……」

ふてくされた表情で、受付さんが首をひねる。

「問題は、点滴の作り置きですか」

奈緒が思いきって言葉にすると、重い沈黙が流れ、誰もが互いの顔を窺うような表情になった。目を合わせたまま黙り込む。

「桜井さん……知ってたん。点滴の作り置きしてたこと」

上田さんが息を潜める。

「四方さんがレントゲン室で作ってるところを、見かけたんです」

「そのこと……誰か外部の人に？」

「言ってません。でも今回のことで明るみに出るかもしれません」

「誰かが通告したら明るみに出るやろうけど……。うちに来てる患者さんは、どちらにしてもみんな高齢で既往《きおう》を持ってる人ばっかりやねん。口外しいひんかったら、亀井さんが重症になった原因を、何もうちの点滴とは断定できひんよ」

言い含めるような上田さんの言葉に、奈緒はそれ以上言葉を続ける勇気を失う。奈緒が黙りこくったのを合図に、その場にいた従業員たちがドアを開けて通用門を出て行った。

奈緒は全員が出て行くのを見送った後、四方さんと話すために中に戻った。

四方さんは受付にいて、丸椅子に腰をかけていた。俯き加減で両手はデスクの上に載せている。前髪が目の下まで落ちてきて、寝ているのか起きているのかわからなかった。

「四方さん」

声をかけると、

「ああ桜井さん」

と力のない声で四方さんが、そっと微笑んだ。

「院長からなんか連絡あったんですか」

「さっきから待ってるんやけど、まだないわ」

電話がかかってきたらすぐに取れるようにと、四方さんは自分の前に、電話機を移動させている。

「私のせいやな」

組んだ両手で、四方さんは額を叩く。

「……そんなことないですよ。指示は院長が」

「でも、ほんまはあかんって思いながらやってたから」

染めた茶色や、元の黒色や、白髪が入り交じってまだらになった頭を振りながら四方さんが長い息を吐いた。

四方さんはまだ続きを話そうとして口を開いたが、その時玄関のドアが開く音が聞こえた。

「院長」

長く息を吸った後、四方さんが低い声をしぼり出す。

院長は上目遣いにちらりとこちらに視線を向けると、顔を歪めた。

「とりあえず病院で事情を訊かれただけやった」

左右のこめかみを人差し指で指圧すると、院長は目を閉じしゃがれた声で吐き捨てた。

「なんでやねん。なんでおれが事情を聞かれなあかんのやっ」

ずっとこらえていた怒りをぶつけるように、院長が側にある丸椅子を蹴りつける。丸椅子のコロがくるくると回りながら床を滑る。

「きみらのせいやで。おれは適切な診察をしてた。看護師と看護助手の責任や。きみらがちゃんと衛生的な取り扱いをしてへんかったからや。うちが潰れたら、困るのはあんたらやで」

院長は奥歯をカチカチと擦り合わせながら怒りで震えていた。恐ろしい目で四方さんを睨みつけている。

「医者が足りひん言うからこんなくそ田舎に戻って来てやったのに。毎日毎日おもろない治療続けてきてやったのに。なんでやねんっ」

院長はさんざん怒鳴り散らし、机の上にあったカルテやら書類を床に投げつけるなどした後、受付を出て行った。

四方さんは黙って下を向いていたが、院長の車のエンジン音が遠ざかっていくと、

「そんな顔しんとって、桜井さん。大丈夫やで、前にもこれに似たことあったし」

と立ち上がり、散乱したカルテを片付け始めた。

「私が点滴の作り置きしてたことにしましょう」

朝からずっと頭の中で考えていたことを思いきって言葉にし、奈緒は真剣な目で四方さんを見つめた。四方さんの顔から笑顔が消える。

「何、それ？」

「私はまだ勤めも浅いですし、そういう失敗をやらかす可能性は十分にあります」

「なんで桜井さんのせいにするの」

「そうしたらすべてうまくいく気がします。私だけの失態であれば院長や他のスタッフは罪を問われないでしょうし、今後はさすがに院長も診療方法を改善すると思うんです」

「あんたに身代わりになってやめてもらって私が嬉しいわけないやん」

「でも……」

「おとなしい人やと思ってたけど、おかしな人やな桜井さんは」

四方さんはそう口を開いてひと笑いし、また真顔に戻る。そしていつもの引き締まった顔

で「はよ帰り」と奈緒の背中をそっと押した。

その日の夕方、四方さんが奈緒のアパートにやって来た。

「これ桜井さんにあげよ思てもってきてん」

彼女は肩にかけたエコバッグの中から小さな植物の鉢を取り出した。掌に載るくらいの小さな鉢に、くにゃりとした青い葉が並ぶ。

「四葉のクローバー?」

奈緒は指先で葉を摘んだ。暑さで萎れてはいたが、しっかりと四枚の葉をつけたクローバーだった。

奈緒の言葉に、四方さんは小さく息を吐くようにして笑った後、

「四葉のクローバー、と言いたいところやけど、ほんまは違うねん。でも、どこから見てもクローバーやろ」

実はデンジソウという植物なのだと、四方さんは得意げだ。別名ハッピークローバーと呼ばれる水草で、ベランダの水鉢で育てているのだと笑う。

「どっから見ても四葉のクローバーですね」

「せやろ。でもほら見てみ、細かいけど根っこがある」

水を張った水槽の中に、この鉢を入れて日を当てるだけで丈夫に育つ。肥料は必要ないけれど煮干を一匹、株に埋めるように挿しておけば元気なデンジソウが放っておいても育つことを四方さんは教えてくれた。

「わっさわさ四葉のクローバーが育つで。試してみて」

四方さんは赤ん坊の頰をつつくような手つきで、指先で葉に触れる。

「私な、全部話すことにしたわ。これまでおかしいなって思いながらやってきたこと全部。あの新聞記者のお兄ちゃんの取材も受けるわ」

決意は固いから何も言わんといてや、と四方さんは胸を張る。

「なんでですか？　突然」

「あんたが私を庇《かば》うからや。『私、何もないんです』って嘆いていたあんたが、私のこと心配してくれて……。私は自分が何を守ろうとしてるんやろって思った。しょうもないもんのために、あんたを犠牲になんてできひん」

四方さんはひと息に話すと、奈緒に笑いかけたまま扉を閉めた。あんたがこの町に来てくれて、助かったわ――。ドア越しに、四方さんの陽気な声が聞こえてきた。

10

ロータリーの片隅にある停留所のベンチで、奈緒は大阪行きの長距離バスを待っていた。朝一番に引っ越し屋のトラックが荷物を全部運んで行ったので、奈緒の荷物は小さなショルダーバッグがひとつと、デンジソウの水鉢だけだった。水鉢はけっこうな荷物になったけれど、引っ越し業者がトラックに積むのを嫌がったから自分で持って行くことにした。鉢の口にラップを三枚重ねてバスの振動でも水が外に飛び散らないようにしてある。

昨日はこのバス停で、四方さんを見送ったばかりだ。

四方さんが京都市内に暮らす娘さんの元に発ったのは、医院に行政からの監査が入って一週間ほど経ってからだった。監査の結果、重症化した患者や入院患者の血液から検出された菌と同じセラチア菌が、点滴の作り置きを入れてあった冷蔵庫から大量に検出された。作り置きをしていたのは院長の指示だったと従業員全員で釈明した。重症だった患者は快方に向かっているらしい。ただ小さな町なので、四方さんが今回の騒ぎの中心にいることは広まってしまった。院長の処遇がどのようなものになるのかは、聞いていない。

「私のことは気にすることないで」

見送りに行ったものの、伝える言葉がうまく出てこなかった奈緒は、彼女を前にすると「いろいろ教えてもらって、ありがとうございました」としか口にできなかった。四方さんはそんな言葉に笑ってそう答えた。

「いらんもんにしがみついてただけや」

四方さんは奈緒の背中に、手を添えてきた。「それより桜井さんこそしっかりな」

ほんの短い間だったが、この町に来てよかったと薄緑の葉に指先で触れながら、奈緒は思う。

さっきから何度も開いては閉じている手帳をまた手にとって、手術の日を確認した。前回の検診の際に「子宮を摘出する手術を受けたい」と医師に伝えた。二週間後には術前検査のため入院することになっていて、心細いはずなのに気持ちは奮い立っている。

「膝の上、何を抱えてるんですか?」

耳元で声が聞こえ、顔を上げる。

「そんな大きな鉢を抱えて、何をしてるんですか」

いつの間にか目の前に森川が立っていた。両手を腰に当てて、いつもの困ったような笑顔を浮かべている。

「連絡もなしに出ていくなんて水くさいじゃないですか。さっきアパートまで行ったんですよ。そしたら隣人の方が今朝引っ越しのトラックが来てたって教えてくれて。でも間に合ってよかったです」

まさか引っ越しをしているとは思ってもみなかった。すぐに行ってよかったです、と森川が笑顔を消した。

「すいません。仕事もなくなったんで、とりあえずまた大阪に戻ろうと思って」

「大阪に戻ってからどうするつもりですか」

ベンチに腰掛ける奈緒の前で、森川は立ったままだ。

「どうすると訊かれても……それはわからないです」

森川が恐いような表情をしているので、奈緒もふてくされた物言いになる。手術後の生活は、その時になってみなくてはわからない。

「森川さんにご迷惑はかけません」

奈緒は水鉢の水面に、視線を移した。水面に森川の影がゆらりと映っている。沈黙が流れ、奈緒は鉢をしっかりと抱きしめるように持ち、気まずさに耐える。

「ぼくには」

森川が口を開こうとした時、奈緒の待つ大阪行きのバスがロータリーに入ってきた。運転手のマイクを通した大きなアナウンスが二人の間に割って入る。

奈緒は俯いたまま立ち上がり、バスに向かって歩き始める。

「ぼくには子供たちがいますから」

森川が後ろからついてきて大きな声で言葉を繋ぐ。

「ぼくには子供たちがいますから、このバスには乗れません。子供たちはぼくがいないと、生きていけませんから。それに医院の件もこれから調べないといけないことがたくさんありますし。だから、ここで待ってます。あなたが帰ってきてください」

運転手がエンジンを止めたので、森川の声が車内に響いた。もちろん奈緒の耳にも心にも、強く響く。

奈緒が振り返ると、森川は真剣な表情のまま、

「待ってますから」

と少しだけ、声を小さく落とした。

返す言葉が思いつかず、森川に背を向けた。車内の乗客みんながこちらを見ていた。大きな荷物を膝に置いた年配の女性が、目を細めている。

返事を急かすように、バスのエンジン音が再び唸る。出発の合図だった。

奈緒は振り返って森川の顔を真正面から見つめた。彼は昇降口から半歩下がったところで直立し、奈緒を見上げている。

「もうバスが出ます」

「ですね。これ以上他の乗客の方にご迷惑はかけられませんね」

「いろいろありがとうございました」

奈緒はゆっくりとお辞儀をする。もうずっと沈んで硬く縮こまっていた自分の気持ちを、この人は揺らしたり弾ませたり……。そんなことはもう、一生ないと思っていた。

「お礼なんていいですよ」

森川が手を伸ばして奈緒の抱えていた水鉢を取り上げる。はねた水がラップから漏れ出し、地面を濡らした。啞然としている奈緒を通り越して、

「すいません、どうぞ出発してください」

と森川は運転手に向かって告げる。丁寧な口調だった。

「これ預かっておきます。四葉のクローバー」

真顔のまま森川は言うと、手を振って後ずさりし、そして「ちゃんと返しますから」と笑う。

バスが動き始めたので奈緒は空いている席に座り、窓越しに彼を見た。彼は笑顔のまま水

鉢と自分の顔を交互に指差している。育てるから任せておけ、というつもりなのだろうか。

奈緒は窓を開けて、

「デンジソウですよ。四葉のクローバーじゃなくって」

と叫んだ。

その声は届かなかったのだろう、森川は首を傾げ困った笑顔のまま片手を上げる。窓を開けて、彼の姿が見えなくなるまで手を振っていた。バスが道を曲がり、目の前の景色が海に変わったので窓を閉めると、胸の辺りが濡れていることに気づく。左胸に四葉が、刺繍のようにぴたりと張りついていた。

解説

吉田伸子《よしだのぶこ》
（書評家）

藤岡陽子さんの名前を胸に刻んだのは、デビュー作『いつまでも白い羽根』を読んだ時だった。大学受験に失敗し、滑り止めに受けていた看護学校への進学を余儀なくされたヒロイン、木崎瑠美《きざきるみ》。自分で志望した進学先ではないため、当初はいつやめようか、もう一度大学を受験しようか、と悩みつつ、それでも授業を受けていた瑠美が、いつしか共に学ぶ仲間たちとの日々の中で成長していく、というのが物語の大筋である。

おぉ！　と思ったのは、瑠美の造形だった。瑠美の誠実さは今の時代には浮き上がってしまうものかもしれないけれど、敢えて、そういう造形にしたことで、藤岡さんが訴えたかったことがくっきりと浮かび上がっていたのだ。芯のしっかりした書き手が現れたなぁ、というのが、まず最初の感想だった。その後、プロフィールを拝見して驚いた。なんと、藤岡さん自身が現役の看護師であり、しかも、看護師になる前には、普通の大学を卒業、就職もされていたのだ。看護師になったのは、仕事を辞め、海外への留学を経た、その後なのである。

藤岡さん自身がドラマだなぁ、と思ったことを覚えている。

本書は藤岡さんの六作目で、初めての短編集だ。藤岡さんが作家としてデビューするきっかけとなった一作であり、宮本輝《みやもとてる》氏が選考する第四十回北日本文学賞選奨作でもある「結《ゆ》い言《ごん》」が収録されているので、藤岡ファンにとっては、マストリードな一冊でもある。

作家のデビュー作には、その作家の全てがある、というのは巷間《こうかん》よく言われることだが、デビュー作ではないものの、この「結い言」にも、作家・藤岡陽子の全てが凝縮されている。

「結い言」は、ごく短い物語である。ひょんなことから、会社の盆休みに十日間の着付け教室に通うことを思い立ったヒロイン・斉藤《さいとう》まみ。彼女の視点で語られるのは、その着付け教室に通って来ていた、倉嶋《くらしま》という一人の老人だ。ただ一人の男性受講者に戸惑った講師は、「すいませんが、今回は女性の方の着付けなんですよ」と丁寧な口調で件《くだん》の老人の辞退を促すのだが、彼の返答はこうだ。「承知しております。よろしくお願いします」

講師はかなり動揺していたようだったが、まみをはじめ、他の受講者は「なんとなくこの不可思議な老人を受け入れようという雰囲気だった」。それは、老人の佇まいから「不審者や変質者といった類《たぐ》いの人ではない」ことが窺い知れたからで、困った講師は別にして「誰もが素知らぬ顔でにこにこしていた」ため、当初の予定通り、講習は開始された。紅一点ならぬ、ただ一人の老人を含めて。

この倉嶋、枯れ枝のように痩せていて、あまりの細さに、講師が体重を尋ねると「今は四十キロしかないんですよ。復員した時ですら四十七キロあったんですが、情けないことです」と答えており、齢八十を過ぎていると推測された。倉嶋の動作は遅く、着付けの飲み込みも人の倍以上時間を要しはしたものの、「彼の懸命な姿勢と気迫は、周りの者に文句を言わせないだけのものがあった」。そして、倉嶋は、「いつしかいなくてはならない大切な存在として、私たちの中心に立っていた」。倉嶋の、着付けを学ぼうとする必死かつ誠実な姿勢に、「講習にいいかげんな気持ちで参加してくるような人はいなくなった」からだ。

倉嶋をして、受講者の一人である女子高生の靖子《やすこ》は、こう評した。「アルコールランプの炎のような人だ」と。「細い芯から吸い上げたアルコールで懸命に灯ろうとする、火力はないが誠実な炎」が倉嶋っぽいのだ、と。

物語の肝《きも》は、倉嶋が何故着付け教室に通ったのか、その理由なのだが、それは実際に本書を読んでいただくとして、この、靖子の言葉「アルコールランプの炎のような人」というのは、本書に収められた他の六篇にも共通するキーワードでもある。本書だけではない。藤岡さんの他の著作の通底音になっている言葉、それがこのキーワードだ、と私は思う。

表題作にもなっている「波風」に出てくるのは、大学病院勤務を辞め、個人病院で働く看護師の加藤朋子《かとうともこ》だ。彼女を「カトモ」と呼ぶ、看護学校からの友人で、今も大学病院に勤務する美樹《みき》のたっての頼みで、美樹の「どうしても欲しいもの」を手にするための旅行に付き合うことになった朋子。美樹の「どうしても欲しいもの」とはなんだったのか。この「波風」に出てくる、かつて美樹にプロポーズをし、今は沖縄で家業の農業をしながら、診療所で医師としても働く伊良皆《いらみな》もまた、「アルコールランプの炎のような人」だ。

「鬼灯《ほおずき》」に出てくるのは、上原孝造《うえはらこうぞう》という男で、語り手の祥子《さちこ》の母のぶ子《こ》の再婚相手、である。六年前、夫を自死という形で失ったのぶ子が、仕事先で知り合ったのが孝造なのだが、彼がまさしく「アルコールランプの炎のような人」だ。辛《つら》い過去を抱えた孝造だからこそ、不意打ちのような形で夫を喪《うしな》い、やり場のない哀しみを抱えているのぶ子に寄り添うことができるのだ、と祥子が悟るその瞬間がいい。ささやかでつましい、けれど何よりも大事なものを共有しているのぶ子と孝造の姿に、孝造の外見――肉体労働一筋で生きて来た孝造は、お世辞にも知的とは言い難い――から、しょぼくれた男だという印象を持ち、母の再婚そのものに疑問を持っていた祥子の気持ちが、すうっと凪《な》いで行くその様が、静かに丁寧に描かれているのだ。

「月夜のディナー」は、たまたま電車内で読んでいたのだが、途中からあぁ、まずい、これは、絶対まずい、と読むのを止めようと思ったのに止められず、案の定、落涙してしまった一篇だ。母の再婚相手からの仕打ちに耐えきれず、離婚した父の妹である昌子《まさこ》の元に身を寄せた華絵《はなえ》と弟の裕輔《ゆうすけ》。実の母は私たち二人より、新しい父と、その父との間にできた子どもを選んだのだ、と了見できた華絵と違い、五歳下の裕輔は、昌子に感謝するどころか、動物園の飼育員をしているため、獣臭い昌子を「臭い」と詰《なじ》る。「おばさんは、うちのお母さんとは何もかも違う」と。けれど、昌子はそんな裕輔を受け止める。

物語は、大人になり、明日は結婚式だという裕輔が、華絵と昌子を高級中華料理店に招待したその一夜のスケッチ、なのだが、これが、もう、じわじわと心を揺さぶる、揺さぶる。

そもそも、二人が昌子の元に身を寄せることになった時、裕輔はこんなふうに言い放つのだ。「……おれと姉ちゃんを、おばさんの家族ごっこに利用するのか?」と。それが、母親から見捨てられたことをうっすらと理解している裕輔の、精一杯の虚勢だとわかっている昌子は、こんなふうに返す。「そうだよ。だから裕ポンと華絵ちゃんもおばさんを利用したらいいじゃないのよ。おばさんを利用して大きくなったらいいじゃないの」

この昌子の言葉だけで、胸が詰まってしまったのだが、それよりもさらに大きな波、がラストで待ち構えています! この昌子もまた、「アルコールランプの炎のような人」である。

続く「テンの手」では、親友の晃平《こうへい》から「テン」と呼ばれている阿部典文《あべのりふみ》が、「真昼の月」では、老人ホーム「ひまわり園」で派遣のパート社員として働く町田弘基《まちだひろき》が、そして最終話

「デンジソウ」では、あることがきっかけで、主人公が知り合うことになった新聞記者の森《もり》川《かわ》が、「アルコールランプの炎のような人」だ（正確には、町田弘基はこれから、そうなっていきそうな人、だ）。

彼らはごく普通の、きっと本書を読んでいるあなたが、日々どこかですれ違っているような、そんな人たちだ。だからこそ、悲しい目にもあうし、辛い目にもあう。天を仰いで、何故私だけが、と絶望する日だってあるだろう。砂を嚙むような気持ちの日々だって、経験しているはずだ。けれど、彼らは、それを乗り越えて、一歩、また一歩、と歩み続ける人たちでもある。飽かず、疎《うと》まず、自らの道を歩む人たちである。藤岡さんの物語は、そんな彼らの人生を、そおっと、優しくなぞるように描き出す。尊きものを、細心の注意をはらって扱うかのように。

だから、私たちは、藤岡さんの物語を読むと元気になるのだ。誰かから尊重してもらえたように思えるのだ。大丈夫だよ、とそっと背中を支えてもらったように感じるのだ。それがどんなに素晴らしいことか。本書を読んで、その素晴らしさを、実感して欲しい、と思う。

「結い言」

第四〇回　北日本文学賞選奨作品

二〇一四年七月　光文社刊

光文社文庫

波《なみ》　風《かぜ》
著者　藤《ふじ》　岡《おか》　陽《よう》　子《こ》

2019年6月20日　初版1刷発行
2024年12月20日　2刷発行

発行者　三宅貴久
印刷　堀内印刷
製本　ナショナル製本

発行所　株式会社　光文社
〒112-8011　東京都文京区音羽1-16-6
電話　(03)5395-8149　編集部
8116　書籍販売部
8125　制作部

ISBN978-4-334-77862-0　Printed in Japan

組版　萩原印刷